Les détails muets dans un roman

无声的细节
小说的"读到"之处

走走 著

上海文艺出版社

理想的小说阅读
——走走《无声的细节:小说的"读到"之处》序

毕飞宇

我知道什么样的小说阅读是"理想的阅读"么？我不可能知道。我是中文系毕业的，我的有关小说的认知都是老师们在课堂上教给我们的。他们的讲授一般从概论开始，然后，作家群，然后，重点作家，最后延伸到重点作品，也就是所谓的经典。这样一说也就简单了，大学中文系的小说史也就是经典作品的目录。——这样的文学教育有用么？非常有用，它可以在最短的时间里帮助我们建立起小说的宏观世界。何为小说？小说是如何演变的？它是如何参与历史进程的？四年的本科教育完全可以完成这个工作。

在老师们的要求下，我们开始"系统地"阅读小说。这样的"课外作业"阅读量巨大，事实上，没有一个学生可以完成。到后来，我们的"课外阅读"不得不借助于电影，那些由世界名著改编的电影。历史系和数学系的同学们非常羡慕我们，他们说，中文系好哇，不花钱就可以看那么多的电影了。我们去的当然不是电影院，而是资料室。

我没有不敬的意思。——当我们拿起笔来，打算尝试着去"写"小说的时候，我们发现，有关小说的宏观世界完全不能推动我们手上的那支圆珠笔。还能怎么办？去问老师。老师们的回答心平气和："中文系不是培养作家的。"是的，这是我们的错。

是从什么时候开始的呢？我们在宿舍，在食堂，在足球场，在双杠的周边，在简易教室傍边的草地上，话题就扯到了"作业"上去了。因为一部小说，因为小说内部的一个局部，因为局部内部的一个细节，我们的话题出现了不愉快。年轻人就是这样，分歧一旦出现，那我们就要战胜对方，最起码，说服对方，好让对方接受自己的看法。讨论大多是不欢而散的——你懂什么？——你懂什么？好吧，谁也不懂，大家都不懂。但这样的不欢而散永远也不会影响我们的关系，我们依然会讨论，严格地说，就是扯淡。几个热爱小说的人——这里是不分年级的——不再按照"老师的布置"去阅读小说了，我们由着自己，由着自己对语种和风格的偏爱，信马由缰。我认为，我们的所谓小说教育，它是由两个部分构成的、一，课堂，二，阅读的信马由缰和对话的信马由缰。我把前者命名为学术规范，至于后者，我直接把它叫作法自然阅读。"法自然阅读"当然不是一个准确的说法，它是我个人扯淡。

我们这一代之前作家有一个共同的特征，动不动就要扯上"八十年代"，赞美者有，不以为然者亦有，我就不在这个话题上纠缠了吧。——有一点我们才是真正共有的，关于文学，尤其是关于小说，无论有没有读过中文系，我们都在"法自然阅读"上消耗过大量的时间与精力。我们心平气和，我们吵，我们辩，我们不欢而散，我们重归于好，我们永远也伤不了和气。面红耳赤小说在，相逢一笑泯恩仇。

我向所有大学中文系的老师们致敬，我向所有从事小说美学研究的学者们致敬，我向所有打捞小说史的文学史家们致敬。但是，弟子不肖，他们的许多教诲我已经忘了，让我刻骨铭心的，更多的还是我的"法自然阅读"。我至今所延续的，依然是法自然阅读。

当然，时代变了，音在"抖"，而书正"小红"。我为新时代欢呼，为文学的新时代欢呼。可我们也必须承认，在这个时间点上，"法自然阅读"小说的人比过去少了，愿意"谈小说"的人少了，愿意为谈小说而"斗嘴"的人更少。这有问题么？没有问题，文学，自然包括小说，它站在了它自己的位置上，抖抖的，小红小红的，太太平平的，在某些局部，奶凶奶凶的。

走走女士就是在这样的时刻和我聊起了小说，心平气和的时候多，话不投机的时候有。说起来我和走走女士的相识也有些年头了，她那时在《收获》做编辑，认识她似乎是必然的。十多年前，好几次我在上海做活动，都是请她做的主持，然后，我们似乎把对方都忘了，直到我用上了微信。她的出现通常没有任何预兆：毕老师，某某小说真~的挺好，你看看；毕老师，某某小说真~的棒，你看看。当然，我讨教走走老师的时候自然不在少数：走走老师，某某小说如何？走走老师说，不用看。后面就再也没有回话了。这使我有了一个颇有喜感的想象：走走老师否定一部小说的时候通常都在登机，给完了结论，她的手机就此进入了飞行模式。

走走老师做编辑，也写作。这是一个拥有写作视角的编辑，更是一个拥有编辑视角的作家。对，她的嘴巴毒。这一点和程永新老师构成了显著的对照。我几乎没有听到过程永新老师批评过作家或者作品，是的，他的杀手锏是"不发"。都不发了，还有什么可说的呢？他永远是微笑的，双眸明亮的，优雅，从容，从头到脚呈现出不发力的状态。走走反了过来，她发力,她挥舞的胡萝卜是呼呼生风的,大棒就更不用说了。

我和走走老师这几年聊得比较多,但是很可惜,我已经不怎么读小说了,许多作品还是走走老师逼着读的。因为里程文学院的缘故,我和她同台参与过好几次文本分析。她是一个具有广阔视野的人,这也许和她外语系出身有关。总体上说,她具有技术主义的倾向,注重小说的细节,尤为注重小说的内部进程。从根本上说,她的思路是"写"的思路,她的美学趣味也是行进的美学趣味。

我突然就得到了一个足以令我兴奋的消息,走走老师原来也在高校开小说课的。那我们不就是同行了么。我请走走老师把她的讲稿发给我看看,道理很简单,我也要坐在讲台上,我也要和同学们一起探讨小说该如何"写"。它山之石可以攻玉,我就想知道走走老师是如何讲的。我已经把走走老师的书稿读完了,现在,我正式地把它推荐给热爱写作的年轻人。我想这样说,这本书来自走走一个人的"法自然阅读",它打开的是走走老师的小说世界,说不定也就是你的小说世界。

目 录

第一读
艺术女性的疯癫形象

艺术的舞台、人生的黑洞　　　　　　　　　003
选择服从是一件非常女性主义的事　　　　038
艺术活力的苏醒让人如此不安　　　　　　076

第二读
谎言、欲望与羞耻

童年一句谎言，毁掉三个人生　　　　　　095
小说中的赎罪与赎罪中的小说　　　　　　184
一句谎言撬动世间全部恶意　　　　　　　223

第三读
傻子视角下的时代兴衰

逆袭的傻子,即将消亡的旧世界见证者　　　　　　239
生活就像傻子讲的故事　　　　　　　　　　　　　280
影史上最成功的愚人,142 分钟的反智奇迹　　　　304

第一读　艺术女性的疯癫形象

艺术的舞台、人生的黑洞
——毕飞宇《青衣》

《青衣》是毕飞宇代表作之一，小说灵感来自1998年12月的一期《扬子晚报》，报纸上刊登了一则关于一位身染沉疴的艺术家的报道。这位艺术家在北京演出时，救护车就停在人民大会堂西门外。外界给予这位艺术家的评价是"德艺双馨"，毕飞宇在崇敬这位艺术家艺德的同时，也看到了另一层面："一个女人的内心往往比'德艺双馨'要丰富得多、开阔得多。"正是在这则报道的启发下，他开始创作《青衣》。有意思的是，其实他从来没有看过一出戏，《青衣》里那么多专业术语用得恰到好处，要感谢家里一本名叫《京剧知识一百问》的书，此外他还请教了京剧团。所以，虽然没有真实生活体验，但深入了解所写的人物、背景、环境等，还是必要的案头功课。

灵感有了，现在，想象一下你是那个写作者，准备动笔，你是否设计好了结局？是走向喜剧，悲剧，还是不喜不悲？我相信毕飞宇在构思这部小说时，已经决定，它将是悲剧，而且这悲剧跟身份认同有关，跟执念有关。所以他都做了哪些设计呢？比如——

环境是冷的：《青衣》的故事开始于十月，结束于风雪中的冬夜。

人是冷的："筱燕秋胖了，人却冷得很，像一台空调，凉飕飕地只会放冷气。"除了人物喜欢"冷冷地"看人，"冷冷地"说话，人物的名字也都不乏冷意。柳若冰、李雪芬、筱燕秋，三代著名青衣的命运如同她们的名字一般寒凉。唯一的"春来"，看似有了希望，最后却很有可能投入老板怀抱抛弃青衣行当，对这个剧种来说，可不是什么好事。毕飞宇创作《青衣》的年代是世纪之交，如果说前三代青衣是因为意识形态不曾自由，那么到了春来这一代，市场经济洪流同样异化着人，所谓艺术、艺术家，仍是不自由的。

主要意象是冷的：青衣主要演绎命运多舛的女性形象，青衣筱燕秋在剧目《奔月》中饰演嫦娥，月亮是清冷的，嫦娥则因为跟整个男权体系割裂而孤冷；和月亮类似的意象还有水。水能变成人间的冰，也能化成天上的雪。"这个女人平时软绵绵的，一举一动都有些逆来顺受的意思，有点像水，但是，你要是一不小心冒犯了她，眨眼的工夫她就有可能结成了冰，寒光闪闪的，用一种愚蠢而又突发性的行为冲着你玉碎。""当水下的筱燕秋企图浮出水面的时候，岸上的筱燕秋毫不犹豫地就会用鞋底把她踩向水的深处。……岸上和水下的两个女人一起红眼了，怒目相向。"

现在我们知道，作者有备而来，一切设计指向那个早已设定好的结局。也因此，作者用了非常捷省的方法处理人物：用戏剧的行当直接对应人物的性格。比如春来是花旦出身，花旦是活泼的，随机应变的，不认死理的。老生乔炳璋则是老成持重的。青衣筱燕秋也就有了天然的悲剧性命运。

这部中篇为什么时隔二十多年，仍然值得学习？因为它在面对一个写作的纯技术难题时，通篇完成得堪称完美。这个纯技术难题就是：视角。

一般而言，叙事主要围绕"我""你""他"三种视角展开，但不少初习写作者往往在不同类型叙事视角之间切换时出问题。小说是以主人公视角展开，就只能有其内心活动，但往往会切进其他人物的内心活动。

毕飞宇是如何在多个视角间切换，既不真正进入人物内心，但同时又展露出了人物内心状态的呢？

首先我们来看看作者本人的创作实践谈。他意识到原有叙事视角都有局限，开始探索一种新的"'第二'人称"叙事视角。他说："这个'第二'人称却不是'第二人称'。简单地说，是'第一'与'第三'的平均值,换言之,是'我'与'他'的平均值。"他认为"第一人称"视角不仅狭窄,而且太过主观,往往具有过多的自我成分,容易迷失自我;"第三人称"视角有点隔膜,高高在上,叙述不到位,对人物的描写不能细致深入。所谓"第二"人称视角,是"我"和"他"两种视角之间的"第二"种视角,是自己创造的另一种视角。这种视角融合了"第一""第三"两种视角,避开了双方的局限,兼有了"我"的贴近和"他"的开阔,使"我"——叙述者与"他"——小说人物同时在场,构成了二者之间的一种对话关系,可以更逼真、深入地描述生活和人物,可以更便捷、自由地表达作者的思想和感情。像他那些以写人为主的小说《彩虹》《家事》《虚拟》等,都采用了这种叙述视角。

接下来,我们细读文本。

第一章第一句话是:"乔炳璋参加这次宴会完全是一笔糊涂账。"这显然是靠近乔炳璋视角的,作者如何交代这个人物?这个人物的身份是什么?他只用了一句话:"后来有人问'乔团长',这些年还上不上台了?"接下来交代,"'乔团长'原来就是剧团里著名的老生乔炳璋",这里有一个细节,"半导体里头一天到晚都是他的唱腔"。不是收音机电视机,而是更符合"八十年代初期"这个背景的物品细节。小说也好,影视也罢，所谓年代感很强的生活细节，就是指这样的部分。这个乔团长的性格是怎样的呢？"乔炳璋是一个傲慢的人"，所以他和烟厂老板的眼睛"几乎没有好好对视过"。但接下来大伙儿夸了之后，"乔团长很好听地笑了笑"。"好听"一词，既展现了他曾经著名唱腔的专业素质，又能看出他在摆谱。

一部中篇小说，如何做到内容看上去十分丰富？把握时间跨度是一个诀窍。留心看作者如何在四万字中做到时间跨度整整四十年的。

"这时候对面的胖大个子冲着乔炳璋说话了，说：'你们剧团有个叫筱燕秋的吧？'又高又胖的烟厂老板担心乔炳璋不知道筱燕秋"，这句切换成了老板视角。如果仍旧是乔炳璋视角，就得这么写："又高又胖的烟厂老板顿了顿，又补充说……"为什么这样的切换读者觉得很自然呢？因为写的是言语的行为，是外化的。说了什么呢？"一九七九年在《奔月》中演过嫦娥的。"这就把时间往前提了近二十年。

社会经验并不缺乏的乔炳璋此时的表现是矜持的，他"放下酒杯，闭上眼睛，缓慢地抬起眼皮，说：'有的。'"他"一脸的矜持"，他用了"女士"一词来称呼自己团里的下属。然而老板直指景气与否的本质：钱。他是颐指气使的，"送出他的大下巴"。接下来两人的对话恰到好处地体现出"机会决定性格"这点。

老板连说两次"让她唱","老板没有起立,乔炳璋却弓着腰站起来了。他用酒杯的沿口往老板酒杯的腰部撞了一下",放低的杯口与其后"低三下四"一词相得益彰。"人一激动就顾不上自己的低三下四。"这一句,却又是叙事者视角了。不妨在阅读时留心一下,这个叙事者的身份,是男性还是女性?为什么?

一边叙事,一边评头论足,这种方式一方面加快了节奏感,另一方面增加了一个审视的角度,使得叙事者与小说人物之间形成碰撞。而读者在审视人物的同时,也在审视这个叙事者。读者与小说之间形成了复杂的审视关系,也造就了文本的丰富、复杂,所谓"众声喧哗"。

到了第二节,又是一句话,将时间从一九七九年往前回溯,"其实《奔月》的剧本早在一九五八年就写成了"。一九五八年的时代特点又是怎样的呢?作者通过两句话来体现。"公演之前一位将军看了内部演出,显得很不高兴。他说:'江山如此多娇,我们的女青年为什么要往月球上跑?'"江山如此多娇,出自《沁园春·雪》,是毛泽东诗词代表作,写于一九三六年二月。一方面说明,当时人们已经习惯在说话时引用毛泽东语言;另一方面则让我们隐隐感受到,决定一部艺术作品命运的,并不是那些专业人士。"女青年"这个词用得也吻合时代风貌,而不是什么

"女孩子""小姐姐"。

一九五八年的将军与一九七九年的"军区著名的将军书法家",可谓细节严丝合缝。"军区著名的将军书法家一看完《奔月》就豪情迸发,他用苍松翠柏般的遒劲魏体改换了叶剑英元帅的伟大诗篇……"这里,为什么是魏体?能不能是瘦金体?草书呢?显然,作者通过这一细节暗示:不是文人字。魏体是森严规整的,其实跟筱燕秋饰演的古典怨妇形象是错位的,这个细节又连接起后面坦克师慰问演出——李雪芬试图教筱燕秋以巾帼豪杰方式演绎——筱燕秋情绪反弹等情节。

庞德说,精确是唯一避免平庸的方法。作者写一个人在时代中的经历时,用了非常少的笔墨,却蕴含了另一个饱含张力的人生故事。"说起来十五岁那年筱燕秋还在《红灯记》中客串过一次李铁梅的,……气得团长冲着导演大骂,谁把这个狐狸精弄来了?!"一九七五年,"文革"尚未结束,团长骂她是狐狸精;时隔四年,同样是这个团长,一言九鼎,"十九岁的筱燕秋立马变成了A档嫦娥"。但作者用了六个字和一个动词,让读者有了浮想那些年的空间。一是"重新回到剧团",一是"嘟哝"。这八个字,又带来了一个故事:老团长身上发生了什么?作者蜻蜓点水,透露了一点:"老团长是坐过科班的旧艺人。"那个年代,受到冲击的艺术家不在少数，小白玉霜自杀的时候手上有行字："我不识字，你们不要欺负我。"然而作者有意延宕，直到第二章第二节，我们才知道，老团长在大牢待过七年。延宕，使得故事有快慢，有回旋，充满节奏感。

我们常说小说来源于生活，文学期刊编辑一个常用的毙稿理由是虚构不合理。造成不合理的原因有很多种，内在逻辑、大众心理认同等等，时代背景是否吻合也是标准之一。《杜鹃山》里的女英雄柯湘、"和其他各条战线一样"、"第二个春天"、燕秋小同志，都有其时代出处。

前面提问过：这个叙事者的身份，是男性还是女性？从文本特征来看，是男性。比如下面这些议论，看似来自他者，来自其他同行，用了两个动词：一个"压"字，一个"守"字。"《奔月》阴气过重，即使上，也得配一个铜锤花脸压一压，这样才守得住。"压的是青衣的戏，其实也是在束缚和压制筱燕秋。再比如，后面筱燕秋发现自己怀孕，"她这三亩地怎么就那么经不起惹的呢？怎么随便插进一点什么它都能长出果子来的呢？……她像一个最粗鲁的女人用一句最下作的话给自己做了最后总结：'操你妈的，夹不住大腿根的贱货！'"这些自言自语，看起来似乎是筱燕秋自己的悔恨和对自己的责备，但事实上，并不是筱燕秋自我的声音，而是筱燕秋猜测别人知道这事后表现出的幸灾乐祸，是他者的声音，是潜在的男性叙事者把男性的价值标准化并强加于女性的自我憎恨。

"否则剧组怎么会出那么大的乱子，否则筱燕秋怎么会做那样的事？"作者预叙悲剧之后，剧组在一个冰天雪地的日子到坦克师慰问演出了。为什么悲剧要在坦克师发生？无论是经济大潮碾压，还是意识形态碾压，坦克意象和此前那个"压"字异曲同工。"这一天李雪芬要求登台。"在这部小说里，她不是主要人物，如何刻画？演嫦娥的她的"一招一式，观众们可以看到女战士慷慨赴死，女民兵英姿飒爽，女知青豪情冲天，女支书须眉不让"。战士—民兵—知青—支书，作者用一句话，既写出她长达十多年的舞台生涯，也交代了那十几年舞台上的主要形象，还暗示了她与嫦娥这个角色的违和。

这时，作者第二次预叙悲剧了。"厄运在这个时候其实已经降临了，它笼罩着筱燕秋，同时也笼罩着李雪芬。"

为什么要再次提前暗示结局？我问过毕飞宇，他的回答是："筱燕秋的悲剧是多重的，最终的结局是输给了时代和命运。第二次是输给了商品大潮之后的命运，但是在她起步的阶段，实际上是输给'文革'。她只能以愚蠢的方式抗争，泼开水把自己赔进去，这是最终的悲剧之前的悲剧，是不该出现悲剧时出现的悲剧。所以要铺垫，要强调。"

这符合他"命运才是性格"的观点。关于《青衣》的创作，毕飞宇曾说："人身上最迷人的东西有两样，一，性格，二，命运，它们深不可测。它们构成了现实的与虚拟的双重世界。筱燕秋的身上最让我着迷的东西其实正是这两样。有一句老话我们听到的次数太多了，曰：性格即命运。这句老话因为被重复的次数太多而差一点骗了我。写完了这部小说，我想说，命运才是性格，这个结论是狰狞的，东方式的。"

也就是说，如果《奔月》当时不是这样的导向影响，没有两次下马，筱燕秋的性格是否不会被逼到这样一个偏执的极端？

作者有意为之，左手拉右手，右手拉左手，将笔下的李雪芬处理得比较脸谱化：一个身体力行传帮带的形象。这时，叙事者又发声了，他喜欢用四字习语来嘲讽，"一个德艺双馨，一个谦虚好学，许多人都看到了这个令人感慨的一幕，这个令人心宽的一幕。"

重复叙事是小说创作的一种叙事策略，主要包括情节重复、话语重复等。重复叙事用得好，能给小说带来简朴有力的表现力和富于乐感的旋律美，并成为作者的一种风格。

"筱燕秋……看着热气腾腾的李雪芬一点一点地

凉下去。……这一回一点一点凉下去的却是筱燕秋。"叙述语句的简单重复,追求的是形成回环复沓的效果。

接下来就是筱燕秋浇开水,那之后有一句,"眨眼的工夫后台就空荡荡的了,而过道更空荡,像通往月亮的路。"这一句,看似环境描写,实际却是心理描写。境由心生,被描述出的景物,需要带上人物的感情色彩,按人物的感情基调寻找合适的投射对象。描写一条空荡的过道,可以有各种方法:视线可以落到某一侧的墙皮,因年久失修而裸露出一部分墙砖;可以写自己在过道上投射下的阴影,等等。作者还是扣了《奔月》之月,意象不曾外溢半分。

这里见功力的是对话。急火攻心口不择言之际,作者为科班出身的老团长选择的不是官话套话,而是类似本能反应,背起了戏文,"丧尽天良本不该,名利熏心你毁就毁在妒良才!"

"不是这样的。"筱燕秋说。
"又是哪样?"
"不是这样的。"筱燕秋泪汪汪地说。
老团长一拍桌子,说:"又是哪样?"
筱燕秋说:"真的不是这样的。"

注意这二层对话是如何在递进中,为筱燕秋日后真的嫉妒起自己学生做了铺垫,以及区分这里的情绪,老团长并不真正懂她,或者,没人懂过她,包括她自己。她的失控,缘于李雪芬说的那句:"你呢?你演的嫦娥算什么?丧门星,狐狸精,整个一花痴!关在月亮里头卖不出去的货!"其时愤怒而浇开水的,并不是筱燕秋本人,而是嫦娥。

对话之所以难写,难在把握叙事用语和人物用语的距离问题。投稿中经常可见叙事像卡佛简洁,对话却像有些国产电视剧聒噪的文本。但符合人物身份的同时,又不能太遵照真实二字,既不能完全口语,家长里短;也不能不像人会开口说出的话;此外,不能推动故事、情绪发展的对话,也应该舍弃。初学写作,可以采取无引号的间接引语方式,比如:

  回去的路上父亲哭着对格桑说,你一定要见到苏袖,你替我看一看,她是不是还活着。
  格桑说,苏袖当然还活着,现在她被关在里面了,就安全了。
  ——弋舟《嫌疑人》

这样能消弭叙述与对话之间的距离,显得自然、可信。

叙事不动声色的法国新小说、新新小说作家们的办法也比较可行，那就是极简主义，以轻描淡写的方式淡去人物身份色彩。但这些作家放弃传统的塑造人物的写法背后有其哲学思考：当代社会，人已丧失个性、异化、空虚，成为只能行动的物；人与人之间，不再有可以区分彼此的心灵的丰富。

> 要不还是看看吕西安那儿吧，路易丝建议说，你有他地址吗？好像有，薇克图娃思索着说，在十三区吧？我给你写下来，路易丝说，在阿拉戈大街往下去的那一头，你身上带没带点钱啊？哦，薇克图娃说，没有。给你，路易斯说。
> ——让·艾什诺兹《一年》

还有一种办法，也是新新小说作家们常用的，就是各说各的，并不有问有答，乒乓球般来来去去。这是一种生活中的可信，很多时候人与人的交流就是鸡同鸭讲，或者，欲言又止。把这些用简洁的方式表现出来，看上去，对话就会像那么回事。（当然，那只是入门。）比如：

> 你知道杜弗医生的电话号码啦？巴兰太太问他。不，不，先生用交谈的口气回答说，我也不知道。他向她解释说，刚才他是给他的老板打电

艺术的舞台、人生的黑洞

话，请他们不必担心。啊，我不知道你是在工作，巴兰太太说。那你是干什么的？他是贸易部经理，他的未婚妻回答说。我的老天，先生边说边坐下来。是的，是的，他的未婚妻说，这是法国菲亚特公司里三四个最重要的贸易部经理之一。

千真万确，先生说。

那你是知道价钱的咯？巴兰太太问。什么？先生说。你是掌握汽车价钱的人啦？我不知道，先生回答道，一边轻轻地敲着桌子。那你可以了解到，她说。是的，如果你想知道的话，我可以拿到价钱。先生说。很好，很好。还有别的问题吗？

——让-菲利普·图森《先生》

接下来，进入第二章。这里的一段对话同样起到了塑造人物的功能，尤其是它的无声部分。

"你怎么一直坚持下来了？"

"坚持什么？"筱燕秋说，"我还能坚持什么。"

炳璋说："二十年，不容易。"

"我没有坚持，"筱燕秋听懂炳璋的话了，仰起脸说，"我就是嫦娥。"

仰起脸,三个字,既是肢体语言,又是情绪语言。为什么要仰?这里呼应了后面她和面瓜恋爱的情节,她是一直往月亮方向看的,因为她就是嫦娥。

"筱燕秋从炳璋的办公室里出来,人却恍惚了。"接下来整个转向筱燕秋视角。但为什么不觉得别扭呢?是因为作者全部通过选取外在景物反映内心。一个很简单的自查办法,你写下的,是不是能转化成画面,演员能演出来?能,就说明还在"知道一切,看到一切"的全知视角范畴内。注意,是看到,而不是想到。

这个部分,出现了月亮以外的第二个意象:水。

筱燕秋发现自己的身影"臃肿得不成样子,仿佛泼在地上的一摊水"。于是决定减肥,第三个意象出现:药。《奔月》里,嫦娥窃药飞升,现实生活里,筱燕秋想东山再起,决定吃减肥药,后面还吃了堕胎药。也正是这两次药,改变了她的命运轨迹。

为了开药,她直奔人民医院而去。人民医院原本是她伤心之地,"这么多年了,即使在肾脏闹得最厉害的日子,筱燕秋也没有到这家医院就诊讨一次",因为当年,被她浇了开水的李雪芬,用听了检查后的笑容水一般"浇在了筱燕秋的心坎上。'吱'的一下,筱燕秋如焰的心气就彻底熄灭了"。这时她为什么又愿意面对了呢?潜意识里,她觉得自己扬眉吐气的时候就要到了。但作者在这里，再次埋下了命运不容其盲目乐观的暗示。怎么暗示？用了三句话。

楼已经不是老样子了，墙面上贴上了马赛克，但是屋顶、窗户和过廊一如过去，这一来又似乎还是老样子。筱燕秋立在那里，发现生活并不像常人所说的那样，在伸向未来，而是直指过去。至少，在框架结构上是这样的。

"但是"，一次转折，暗示了筱燕秋以为新的人生来了。来了吗？没有。而且事实上人和人的关系，权力和权力的关系，仍然跟这座医院建筑是一样的：表面上变了，框架结构没变。

筱燕秋回家了，这时出现了她的丈夫。这个丈夫一出场，作者就让读者感受到了他的性格，以及他在这个家中的地位：随遇而安不求上进，牺牲型、被动型。作者是用了这样一句话：因为女儿在做作业，"丈夫正歪在沙发里头看电视，电视只有画面，没有声音。"

筱燕秋则"懒懒地倚在了门框上，疲惫地看着自己的丈夫"。这是什么？是一次设计过的、欲扬先抑的"上场亮相"，她在宣告，这个青衣回来了。亮相的重要性在于要使观众被其牢牢吸住，果然，这使得丈夫疑疑惑惑，方寸大乱，"匆忙跟进卧室"。筱燕秋抱住他，喊出的是丈夫的绰号：面瓜。

面瓜可以简单理解为吃着很面的瓜。说一个人面，本身就有点负面评价，软弱的、怯懦的、优柔寡断的。这样，通过一个绰号，人物特色就传达了出来。这时女儿听见动静，"怯生生地堵在房门口"，看起来，这个家是筱燕秋绝对说了算的，不仅丈夫面瓜，女儿也都看她脸色行事。

接下来，作者又用一段的体量，交代了这个家庭的情感状态。家庭关系是如何的呢？是温馨美满的，还是平静的表面下压抑不稳呢？筱燕秋本人对这个婚姻是否满意呢？

> 女儿一点都不像自己，骨骼大得要命，方方正正的，全像她老子。但是筱燕秋今天晚上觉得自己的女儿特别地耐看，细细地推敲起来还是像自己，只是放大了一号。……筱燕秋把巴掌放到女儿的头顶上去，说："你不嫌我肥，观众可不承认嫦娥是个胖婆娘。"

"女儿一点都不像自己，……全像她老子。"也就是说，这么多年，母亲从没满意过女儿的外表，也没真正爱过这个女儿，就像没真正爱过面瓜一样。"骨骼大得要命，方方正正的"，这说明，她其实嫌弃面瓜的长相。仅仅因为这天她知道自己能再次上台，她的艺术生涯能焕发第二春，所以她心情很好，她"今天晚上觉得自己的女儿特别地耐看"，但还有一个理性的转折，"只是放大了一号"。接下来才会在一点点娇嗔中，把手放到女儿的头顶上表示爱抚。这个家庭其乐融融的状态是要她事业上出现转机，也就是说，此前可能她都没有过这么亲昵的举动。所以这个家庭真实状况下的暗流已经被勾勒显现。

叙事者这时适时送上一句议论。但这句议论，却有着精准的调侃。"幸运的夫妻最急着要做的事情就是命令孩子上床。"是幸运，不是幸福。如果是客观叙事者视角，这里显然更应该用"幸福"。"幸福"和"幸运"的区别或许是，前者是一种总体生活状态，是对自己生活价值的满意评价，是坦然受之的；后者则是一次性的，战战兢兢的，唯恐哪天就把握不住。能娶到筱燕秋，面瓜显然觉得自己"幸运"，就像这个妻子可以配合自己心意的夜晚。也因这"幸运"二字，我们知道，小说转向了面瓜视角。

面瓜所经历的相亲—恋爱，同样布满水—冰的意象："冰美人"；"两只手就凉了，心口也凉了"；"一身寒气，凛凛的，像一块冰，要不像一块玻璃"；"亮晶晶"。然后，就像《奔月》的起起落落牵引着筱燕秋的命运一样，月亮这个重要的意象再次出现，它既是她心底的艺术追求，也是毁灭她的因素之一。筱燕秋之所以最终下定决心跟面瓜在一起，也是因为她"一直斜着头，看着天上的月亮"。作者没有任何闲笔，没有说她看鸟看树什么的，而是紧紧围绕意象做文章。

接下来有一场夫妻之间的性描写，和此后她与老板之间的性描写形成呼应。有学生问，为什么一定要有这两场？去掉，确实未尝不可。但如果说，筱燕秋身上一直有她自己（现实生活）和嫦娥（艺术生活）两个人格，那么这两场性描写就起到了使这两个人格互相渗透、互相浸染，最终嫦娥这个人格胜出的助推作用。

因为摔疼被面瓜照顾，"坚硬的冰块一点一点地，却又是迅猛无比地崩溃了，融化了"，这里消融的是嫦娥人格，现实生活里的筱燕秋图的"就是一个过日子的男人"；知道自己能登台的这个晚上，筱燕秋"积极而又努力，甚至还有点奉承"，是因为那个在潜意识中沉睡的嫦娥苏醒了，所谓"来日大难，口燥唇干。今日相乐，皆当喜欢"，她已经知道，自己的一部分，要随嫦娥离开这世俗的家、这世俗的丈夫女儿了。"疯"是因为，心起歉疚。

启动资金到位，团长决定请老板吃顿饭。这里我们可以集中看到作者叙述语言的一大特征，那就是戏仿常见的、严肃的、定型的意识形态话语，比如"江山如此多娇",再比如:"一手挠领导的痒,一手挠老板的痒,这才称得上两手都要抓。……革命不是请客吃饭,对的。炳璋不想革命,就想办事。办事还真的是请客吃饭。……资本就是流淌的血,肮脏不肮脏事后再说。剧团等着这滴血,靠着这滴血,生产、生产、再生产、扩大再生产。"既解构了严肃,赋予了反讽的力量,又保留了通俗易懂的特点。

这顿饭局是为了让老板和筱燕秋认识。但是作者有没有直接写这个饭局呢?没有。通过筱燕秋的惶恐、联想,作者把年代又拉回到一九七一年。为什么说作者是全知全能的上帝?只要细节逻辑交代清楚,作者只用一句话,一个全新人物就能"招之即来",来就能讲个故事,讲完即去。

就柳若冰这个故事细节而言,则更体现出了男性叙事者的特点。作为被凝视的客体,在被毁坏的美的象征柳若冰身上,表现出了只有男性视角才会有的暴力倾向和厌女心理;此外作为欲望化的对象,女性被臆想成玩物已经很不幸;而当欲望被现实清除,那句"不能为了睡名气而弄脏了自己"则是在说,作为玩物,女人的失格。这和之后筱燕秋跟老板发生性关系,却发现老板对她并无兴趣一致。我相信如果是女性作家来写,还是会从女性主体出发,即使是悲剧,也会处理得不那么脏,甚至,如果柳若冰是一个被凝视着的客体,那么,这个客体同样也可以凝视主体(副军长和/或警卫战士,又或者,人们)。

对于这次饭局,叙事者继续自己的嘲讽口吻。与局者,一个烟厂老板、一个文化局局长和其他头头、一个剧团团长、一个女演员,却用上了谈论国家大事时的套话语汇:鼓舞人心的、继往开来的、同喜同乐的、推心置腹的、豁然开朗的……

《奔月》要再次上映,筱燕秋身体里的嫦娥也再一次苏醒了,在这一过程中,筱燕秋因为已有了丈夫和孩子,"俗世的女人"筱燕秋和"极致的女人"嫦娥在筱燕秋的躯壳里几乎可以说得上是势均力敌,可筱燕秋对"俗世的女人"是厌恶的,在嫦娥苏醒后,她便不再愿意承认自己是一个俗人"筱燕秋",所以她不在乎折磨筱燕秋的躯体,减肥、堕胎,跟面瓜上床,跟老板上床。她在以为跟老板上床的是筱燕秋时,心里"没有什么特别的感觉","从古到今反正都是这样",可当她发现老板对作为筱燕秋的身体并不感兴趣,结合柳如冰和副军长的事以后,她心里也隐隐意识到,像老板这样的人,睡的不是身体而是名气,筱燕秋的名气就是嫦娥,所以老板嫖的并不是筱燕秋,而是嫦娥,"极致的女人"受到了玷污,筱燕秋意识到以后在街角"呕出了一些声音"。

她也挣扎过,曾试图将自己的一腔热血与梦想转移到春来身上，可是一方面，春来是反叛的孩子，不可能受筱燕秋的完全支配，另一方面，嫦娥已是筱燕秋的第二个灵魂，无法剥离，无法磨灭，只要她一站在戏台上，嫦娥的灵魂便会占据筱燕秋的躯壳。她对春来的教学就像是筱燕秋和嫦娥两个灵魂的争斗，作为筱燕秋的倾囊相授和作为嫦娥的妒忌之情在她的心里激烈斗争，最终在她站上舞台的那一刹那，嫦娥打败了筱燕秋，她不是角色，不可以被平分，她就是嫦娥。

嫦娥意识的日渐强烈终于在与筱燕秋的斗争中占了上风，她作为筱燕秋的个人意识在逐渐迷失，先是无缘无故憎恨面瓜，到看到春来登台的那一瞬间，她曾经寄托梦想与热血的最后一丝情感也消耗殆尽，她作为筱燕秋的自我意识彻底消失。她对春来扮演了嫦娥这件事发泄不满的方式就是，变成嫦娥。

第四代青衣春来出场了。之前筱燕秋对待女儿的态度此处有了呼应，"简直就是筱燕秋的宝贝女儿"。这里作者又提前暗示了情节的走向："戏校的老师们开玩笑说，春来的嗓子天生就是和筱燕秋唱对台戏的料。""对台戏"这种关系已经暗示了她们将来必然互相伤害。

这一节的结尾部分，作者示范了一个成熟作者对细节的用心之处：他用标点符号体现出了叙事的真实性。叙事的真实性，是情节的真实，更是人性的真实。酒后的筱燕秋"用纯正的韵腔对着面瓜念起了道白：'亲——娘——啊——啊！'……筱燕秋的嘴巴给堵紧了，……她用她的腹部一遍又一遍地呼喊：'亲、娘、啊、啊、啊、啊！'"从破折号到顿号，标点符号的明确画面感既符合嘴被堵上后的短促，也符合筱燕秋从怨艾到激伤的表现。

对自己有专业要求的写作者会同意，标点符号是写作风格的一部分。考试正确或符合校对要求的标点符号只是用得对，不等于用得好。库尔特·冯内古特说："这是一堂关于创造性写作的课。第一条规则：不要使用分号……它们只能证明你上过大学。"菲茨杰拉德说："去掉所有这些感叹号。感叹号就像被自己的笑话逗笑。"朱利安·巴恩斯则认为："优秀的作家很少使用（感叹号），因为他们知道它发出的声音会像枪响一样响亮。"

《青衣》中有不少情节令人阅后难忘，学生们列举了以下三处：一是结局处，筱燕秋在风雪中马路上唱戏，流产后的她血流不止；二是和老板发生关系后，筱燕秋回家把洗澡水的温度调得很烫；三是排戏时，她的手指在春来身上抚摸。

我个人觉得极惊悚的，是这缓缓抚摸一段。她在抚摸她自己。她以为看到了自己，"二十年前的筱燕秋就在自己的面前，亭亭玉立。筱燕秋迷惑了⋯⋯"这就像一个女人在镜子前看着自己爱抚一样。她真正的嫉妒，应该就起于那个时候。也是在那之后，筱燕秋跟春来在心理优势方面掉了个个，春来占了上风。从意识到自己真正衰老开始，筱燕秋的失败已经命定。

筱燕秋和老板发生关系之后，是一种刻骨铭心的难受感。筱燕秋为什么如此难受？作者首先从外界景物作了一番描写。大家可以看到这样一段文字："满眼都是汽车尾灯的倒影与反光，猩红猩红的，热烈得有些过分，有些无中生有，因而也就平添了许多颓伤的意思。"从这段景色可以看出筱燕秋的内心反映。她的痛苦在于老板对于她身体的渴望并不是那么强烈，为什么老板如此捧她，却对她的身体如此不感兴趣？作者在原文中有了这句话："减肥后的身体是多么的不堪入目。"才有了老板一味享受的性爱描写。更让筱燕秋觉得白嫖的是她想克制巴结老板的思想，可是这种卑贱念头是她与面瓜没有的感觉，她陷入了。从这大家还可以看出，无论是性爱还是舞台，筱燕秋一直在内心渴望着什么。

回到家的筱燕秋是什么心理？在我看来，有两种心理活动。首先是对自己的厌恶，没想到自己在老板身边这么卑贱。她回家就洗澡，洗澡水用的是滚烫的热水。仔细地洗过，还是感觉自己很脏。通过作者对筱燕秋洗澡动词的描写可以看出这一点：冲、搓、抠、拽。这一点大家可以借鉴下，就是对细节的描写，要通过词语的生动描述。还可以看到的是愧疚心理，"进了门就没有看面瓜"，面瓜很想，但是筱燕秋的动作语言是什么？筱燕秋是直接把面瓜从沙发上推下去，尖声叫道"别碰我"。作者通过这段描写来反衬她的愧疚心理。按照前面她和面瓜的亲密过程描写，她虽然讨厌和面瓜身体上的接触，可是她还愿意配合，不至于这么生气。她只能以粗暴的方式表达愧疚：很想让面瓜得到自己，得到没有和老板发生关系的那个自己，而不是现在这个。

她对面瓜这样做，面瓜一定非常生气，所以整晚拿背对着她。因此才有"筱燕秋好几次想伸出手去抚摸面瓜的后背"这样的动作描写。大家可以想一下，夫妻恩爱时，一定是面对面，相互拥抱。这也是大家写作中的细节把握问题，文学创作既高于现实生活，又来源于现实生活。这里，我想筱燕秋也是孤独无助的，她想用温柔的身体语言补救两人关系，她想与面瓜进行诉说，弥补自己刚才的错误，可是又不知从哪里说起，因此，她才处于矛盾之中，只是"想"，手指却并未真的落到面瓜后背上。

在这个不眠之夜，作者通过黑夜又暗示了她的命运，在漆黑的夜里，"筱燕秋的一只眼睛看着自己的过去，一只眼睛看着自己的未来。可筱燕秋的两眼都一样的黑。"这是时空错位，也是写作方法，通过时空差距，设置悬念的同时，预示人物命运。

第六章第三节部分，又一次用到了水这个意象。原本水是柔软纯洁清爽的，可是在这里，大家看到了一种涌动的水、矛盾的水、斗争的水。通过小说我们看到这样一些话："一个站在岸上，另一个则被摁在了水底。""岸上和水下的两个女人一起红眼了，怒目相向。"从表面来看，这是心理描写。但是从写作角度分析，它应该被准确描述为：外化的心理描写。

想要弄清楚什么是外化的心理描写，就要理解什么是外化，外化的名词解释是指内部的心理活动转化成外部活动的过程。外化的表现形式比较多，主要有三种类型名词解释：

第一种是代表人们内心活动的言语；

第二种是人们的行为，它是心理活动的直接表现；

第三种是各种产品，如诗歌、小说、绘画、音乐、建筑等。

内化是外化的基础，没有内化也就不存在着外化。内化是外部活动转化成内部活动的过程，是客观见之于主观的过程。外化是人的各种心理品质与知识经验的客观化，是主观见之于客观的过程。言语和语言是外化的重要表现形式，它对于内外化的相互转化起着重要的作用。理解了这些,再看外化心理描写,就简单多了。

从不吃减肥药这么一种放弃,到吃流产药这么一种自我觉醒,筱燕秋吃的药每次都充满寓意。"筱燕秋脱了鞋,光着脚,'呼'的一下一蹦多高。……筱燕秋都忘记了为什么而跳的了,她现在只是为跳而跳,为'咚咚'作响而跳,为地动山摇而跳。筱燕秋痛快淋漓了,升腾起来了,飞起来了。"飞,扣合了嫦娥飞天。接下来,"筱燕秋躺在地板上,眼窝里沁出了幸福的泪。"作者完全可以紧接着叙述:"中午时分那粒'珍珠'从筱燕秋的体内滑落了出来。"这样叙述没有问题,可是作者的高明之处就是放缓叙事脚步,加入了这么一段:"楼下小卖部的女人听到了楼上的反常动静。她伸出了脖子,自语说:'楼上这是怎么啦?'她的丈夫正在数钱,没有抬头,'嗨'了一声,说:'装修呢。'"这一组对话就把筱燕秋这么亢奋、这么疯魔的情绪打下来一点,打回日常生活。

第八章第一节,作者对药这个物件展开了议论。看似简单,却包含着人物的命运。看看这几句话就知道:"人总是吃错了药","吃错药是嫦娥的命运"。到了《奔月》公演的这一天,环境描写平铺直叙,只是借助雪景来描述筱燕秋的心情。可是这普通的雪景,在她看来是一个巨大的蛋糕。这种环境描写实写景,暗写情，主人公的思想感情。到了第八章第三节，由于输液迟到，她在雪里赶往演出地点。这时候的雪已不再可爱，毕飞宇是怎么进行描述的？雪花成了无处不入的小婊子，同样的雪，因为人物不同的心情，对雪的态度也在改变。这个写作方法其实没有什么技巧，即一个人只要心情是快乐的，看到的事物也就变美好了。通过明写事物的美好与丑恶，暗写人物的内心情绪。

筱燕秋上了舞台后是痴狂、疯狂、癫狂的状态。演完了之后，筱燕秋"感到自己成了一颗熟透了的葡萄，就差轻轻的、尖锐的一击，然后，所有黏稠的液汁就会了却心愿般的流淌出来"。这仍是一个水的意象，但却有了盛极而衰的毁灭迹象。

如果我问大家，在这部小说里，谁都可以做嫦娥吗？一定有很多人会说，是的，那还不是化妆师的功劳？化妆师把谁打扮成嫦娥，谁就是嫦娥。这个答案有对的地方，也有不对的地方。形像和神像永远隔着一层，从文中我们可以看到，"她想告诉每一个人，我才是嫦娥，只有我才是嫦娥"。这一刻，是筱燕秋演绎嫦娥演到骨子里，以至于她看到春来，"上了妆的春来比天仙还要美"，却没有说，比嫦娥还要美，这就是对比，春来外表美，但骨子里不像。当筱燕秋从现实中醒来，就意识到嫦娥已死。作者这里有很精彩的一句话："嫦娥在筱燕秋四十岁的那个雪夜停止了悔恨，死因不详，终年四万八千岁。"它的前面一句是："筱燕秋知道她的嫦娥这一回真的死了。"这句写完，如果不延宕开，再对筱燕秋心理做直接描写，就会不自然，浮夸，效果就只能往下走，于是作者转化成嫦娥，这句话特别大，却又自然而然，有气场，时空给一下撑开了，不突兀。像这样的处理，就是需要作家有顶上去的勇敢。或者说，职业写作者的天赋。这些精打细算的地方恰恰不是精打细算出来的，就是作家的直觉，知道必须这样处理，因为力量的配置在这里，好比有人送你五个西瓜，需要你拿回家，你看一眼就知道要发力，要用哪里发力。模糊判断有时候特别精确。所谓的叙事能力、才华，往往就在这些模糊而精确的地方。

我们接着看结局，结局既有大雪，又有流产出血，液滴在灯光下面是什么颜色的？黑色。

"它们落在了雪地上，变成一个又一个黑色窟窿。"这是一处意象描写。意象描写是什么？简言之就是被赋予了作者感情色彩的事物，如松竹梅一类事物就被人们赋予了特定象征意义，象征高洁的品格；疏桐、寒枝这些表现了诗人的孤独寂寞等。黑色窟窿这个意象代表死亡。如果进行联想，我们看月亮，经常会看到黑洞，黑洞把筱燕秋吸进去了，其本质回到小说主题，她的嫦娥和《奔月》被吞噬，消失。

《青衣》发表于二〇〇〇年，今天再读，有学生认为它"有点俗"。这"俗"，至少完成了作者的期望。毕飞宇曾说过这样一句话：文学要有俗骨。王安忆也说，"我（上世纪）九十年代以后创作的小说都比九十年代以前的好读，现在在向故事妥协。小说要讲故事，讲得好听。小说生来不是伟大的，是世俗的。"

包含现实生活人间烟火的俗好写吗？热闹恐怕还是好写的，但热气腾腾，却又是难的。要写好俗，就要贴着现实生活的人情冷暖写。还要写出人物的时代性。比如《青衣》里的老板，他对筱燕秋的行为其实也暗含着时代对女性命运的一种压迫。写出时代局限性对某个群体产生的影响，就叫作时代烙印。但真正臻于化境的俗，是福楼拜《包法利夫人》的副题"外省风俗"那种俗。那种俗要怎么写呢？毕飞宇在浙江大学做过一次名为《屹立在三角平衡点上的小说教材：〈包法利夫人〉》的演讲：

> 有一句话我相信大家都很熟悉，叫作"小说是塑造人物的"。朋友们，这是一句鬼话，千万不能信。画家可以塑造人物，雕塑家也可以，小说家却很难做到。——你让我去塑造许钧教授，我做不到。那么，我到底该如何去完成许钧这个人物形象呢？也有办法，那就是交代许钧和他人

> 的关系，他是如何和他的父亲相处的？他是如何和他的儿子、和他的邻居、和他的同事相处的？在小说的内部，这叫人物关系。我现在就告诉你们一个不算秘密的秘密：在小说里头，人物的关系出来了，人物也就出来了。所以，对小说而言，所谓塑造人物，说白了就是描写人物的关系。

那篇演讲里提到的一个重要发现是：如果没有第二个女佣怂恿艾玛去找公证人借钱，艾玛就真的成了一个单纯的荡妇，艾玛就成了通俗小说里的扁平人物。"艾玛的性格区间，正是通过艾玛与两个女佣的关系体现出来的。"毕飞宇之所以能注意到这一点，是因为他自己的写作也很注意刻画关系，他的《玉米》《玉秀》《玉秧》三部曲刻画的就是这种权力关系的搏杀。

其实从小说发展史来讲，最早的时候写性格，其实就是写人和人之间发生的冲突。之后有了像海明威的《老人与海》这一类小说，写的是人与自然环境，人与动物等等发生的冲突。人物的刻画，基本上也只有两种方式：一种是自我概括，一种是心理描绘。作者一般都会两种方式交替使用。如自我概括性的代表小说《项链》，开头三段通过议论直接交代人物。第一段交代"美丽动人的女子总似阴差阳错般投生于工薪之家"。第二段就写到她"没钱打扮，因此不得不穿简朴的衣服，但她却认为自己像贵族沦落为平民一样不幸"。第三段则写她"备受煎熬，内心愤愤"。

《青衣》创造的是一个对事业执着，执着到轻微变态程度的人物。毕飞宇不落俗套的一点是没有借助弗洛伊德去回溯其童年各种阴影等等。现在很多作者总是用父亲的缺失，母亲的乱伦等交代人物何以成长为今天这个样子。作家是艺术家，画家也是艺术家，难道画家就没有一个有童年创伤，童年阴影？为什么他们的画作就没有和童年产生直接联系呢？

有学生提出疑问，为什么毕飞宇会被誉为"写女性心理最好的男作家"？

这观点似乎始于莫言，他曾说："我认为在写女性心理方面，在中国当代男作家里面，只有两个人让我佩服，一个是毕飞宇，另外一个就是苏童。"

在我看来，毕飞宇写得好的，不是女性的心理，也不是女性的情感，而是欲望，是不分男女的、想要成就个人的野心与欲望。就像有同学提到，写筱燕秋减肥那段，用了"抠"这个字，这种为了上台完美而对付自己的手段堪称恶狠狠，但如果把她换成男性，比如电影《霸王别姬》里人戏不分、表里如一的程蝶衣，也完全成立。男性也会因为某个目标去狠狠减肥，也可能为了获得某个出人头地的机会出卖自己的肉体灵魂。不过，和程蝶衣相比，筱燕秋有点"小"。小的心胸，小的格局，小的世界。在她那里，没有一意孤行的理想主义，她的肩头没有必要也没有资格，像程蝶衣那样去担起一出国粹的重量。她只是一个望着天上的月亮，却行走在人间的女人。

　　细读《青衣》后，有学生反映：感到沮丧，没有写作的欲望了。这其实是好事。至少体会到了一点：小说中的很多细节，需要设计。初学写作，需要对文字的处理有敬畏之心。写作没有那么容易，想写什么，就立刻拍了脑袋去写，所谓真情实感流淌出来就好，其实是没法进步的。

课堂交流

来自学生的一个开放性问题:能否实现雌雄同体、中性视角下的写作?

学生:有一个很有趣的发现,很多男性作者在写女性的时候,会一直用"女人"去称呼女人,文本中会出现很多"女人"。(《青衣》中共出现五十六次。)对"女人"的一再强调,恰恰说明他们不了解女性。写炳璋和面瓜,就算用的是第三人称,读者也能感觉到他写的是炳璋和面瓜自己。可是在写筱燕秋的时候,就算他是用筱燕秋的视角去写,读者也觉得他是在用第三人称叙述。

男性描写女性欲望,总是以男性视角来刻画。为什么他们就一定认为,一个女性的欲望要通过生理来展现呢?这更多是出自男性的想象。比如可以直接描述女性的外表变化。像男女相亲时,女性会用对方的时尚程度来判断与自己是否适合,如果看得上眼,就会继续交往。春节,家里的女性长辈凝视我们的时候,也往往会评价穿着怎么样,她们很在意女生的外在形象打扮,对男性就不一样。

走走:怎么写欲望,这是一个开放的问题。很多女性作者也会这么处理,似乎身体是最容易承载欲望的。而且女性描写时，对自我摧残往往更厉害。在不能报复他者，去施加同等伤害力度的时候，似乎只能选择伤害自己。托尔斯泰处理安娜·卡列尼娜的欲望，处理的是她精神上的危机，绝不是肉体上的骚动。以性的方式进行抗争性发声，也可以视作一种写作的惰性。

学生：作品中如果不写男女性别对立问题，或许能上升一个境界？比如可以把男性和女性替换成主动方和被动方，当然，作者也可以创造新的形式去代替这种对立，这样反而能上升到人生高度，充满人生哲理。

选择服从是一件非常女性主义的事
——耶利内克《钢琴教师》

但丁·阿利吉耶里是欧洲中世纪后期最伟大的作家。他的一生及其创作与一个女性密切相关。在少年时期的一次宴会上,他结识了终身挚爱贝雅特丽齐。不幸的是,不仅两人的恋情没有结果,贝雅特丽齐还在一二九〇年去世。一二九二到一二九三年间,但丁把给她写的情诗整理成诗集《新生》,表达爱慕与哀思。在诗中,但丁把贝雅特丽齐看成是上帝派来拯救自己灵魂的天使,这种理想化的象征形象也延续到了后来的《神曲》中。

一六六七年,失明的英国文豪约翰·弥尔顿出版了《失乐园》,其中所体现的婚姻爱情观念却是绝对的男权思想:爱情必须以女性对男性的服从为基础。比如第四卷(610—656行)就有这样的描述:

有天仙般丽质装饰着的夏娃对他说:

> "我的作者和总管呀，凡是你吩咐的
> 我百依百顺，这是上帝的规定：
> 神的话是你的律令，你的话是我的，
> 不要再求知，女子无才便是德。"

从但丁笔下的贝雅特丽奇到弥尔顿笔下的人类之妻，几百年来，男作家笔下的女性往往被塑造成纯洁美丽的理想天使。这些女性脱离自身舒适区，回避自己的愿望，她们生存的主要目的和价值是向男性奉献自己、牺牲自己，这种献祭注定她们的命运是走向死亡。

一直到一九七九年，桑德拉·吉尔伯特和苏珊·古芭合著出版了《阁楼上的疯女人》一书，带领读者重新将注意力集中到《简·爱》里一个几乎没有正面出场的人物——男主角罗切斯特的"疯妻子"、西印度群岛种植园主的女儿伯莎·梅森身上。十九世纪英美女性文学里，父权主义文化对不肯顺从的、不肯放弃自我追求的、试图表达自我声音的女性的精神束缚被重新审视，"每个温顺善良的女人背后，都或多或少拖着一个癫狂的影子。"男性人物往往认为这样的女性人物是自私的，对此抱有厌恶和恐惧。这种心态从耶利内克的《钢琴教师》中也可以看到。作者站在一个反叛的叙事立场上，拒绝了对于女性美和男性美的传统界定。如果你认为埃里卡的行为是变态的，也许是因为你的内心对女性已经有了先入为主的概念，没有把她作为一个完整的人来看待。耶利内克自己用的词是"病态"。她改过笛卡尔的名言，说"我病态，所以我存在"。

选择《钢琴教师》与《青衣》对读，是因为两个女主人公有共同点：都是艺术领域的专业人士，都把艺术看得高于生活、高于男性。但和筱燕秋不同，埃里卡永远要求平等对话，始终有自我思考，包括她对舒伯特、贝多芬等人音乐的理解。

我们首先需要注意到:《钢琴教师》里的埃里卡是一个能够养活自己的单身女性，她不需要靠男性，她是有专业背景的教授，在社会上受到尊敬。这和母亲的长期教育有关。

一方面，她像普通女孩一样认为"她的内核如同一些超尘世的事一样美"，但也希望自己能换头发颜色，"一会儿换成金黄色的头发，一会儿换成褐色的头发，男人们经常喜欢有这两种头发颜色的女人。她以此为榜样，也希望自己被人喜爱。她自己就是一切，只是不漂亮。她是有天赋的人，谢谢，别客气，但是不漂亮。更确切地说，她不引人注目，她母亲不断向她保证着这一点，让她不要觉得自己漂亮。母亲用一种最通俗的方式威胁说，只有靠她自己的能力和她自己的知识,她才能吸引每一个男人。"母亲固然钳制女儿的自由,但也让从小缺失父亲的女儿变得独立自主。"为了从强者中脱颖而出,她希望同强者保持关系。自从母亲第一次发现权力以来,她一直喜爱权力。"从此,"她决定:她将不让一丁点儿自我落到别人手中。""她给陡峭的山上培土,她的知识和能力构成了一座高峰,高峰上布满滑溜溜的冰雪。"这暗含了她对自己所有的培养和训练,都是为了抬高在配偶市场上的自身地位,也暗示匹配得上她的男性将会减少。"只有最勇敢的滑雪者才对付得了上山的路。"

接下来,她自我讲述说,"渴望得到一个见多识广,会拉小提琴的男人。但是他将先抚摸她,然后她才把他搞到手。""她绝不会使自己陷入软弱无力处于劣势的状况,……母亲还同样告诫说:谁要是冒险,就要惨死于冒险之中。"因为恐惧自己的身体会听任他人摆布,她于是用刀片自己切割开下身。"下身和恐惧是她的两个友好的同盟者,他们几乎总是一起出现。"

她对女性之间的塑料友谊也一针见血:"两个女学生或女教师大声嬉笑着紧紧挨在一起,脑袋相互交叉,像两颗塑料珠子。……如果其中一个或另一个的男朋友靠近她们,她们肯定会立即摆脱如胶似漆地缠在一起的状态。她们立即从亲热友爱的拥抱中脱身出来,把她们的吸盘转向男友,像一只盘状的水雷往他皮肤底下掘进。以后有一天腻烦了，女人又离开男人，那时再去发展一种已经荒废了的才能，却为时已晚。"

书中的埃里卡是一个独行者的形象。她会去嘲讽别人是"没有形状的裸体蜗牛没有立足点和支柱"；课堂上她不断打击学生，内心却十分渴望顺从。男学生在巴赫作品前望而却步，"如果给他一个活生生的人演奏，他会失败得怎么样呢！"但这句话的隐藏意识却是想把自己交给一个值得托付的人，完全让那个人去弹奏自己。

这部长篇发表于一九八三年，以四十年后的今天，女性主义视角来看，这样一个女性（除了自残行为外），基本符合优秀、出色的定义。今天女性受到的普遍教育是：不能为了男性牺牲。作家亦舒曾经说过，一个女人，只有首先经济独立，才有资格去争取其他权利。否则别人不会把你的话当真，甚至你说的一切还会被当成撒娇。

小说的第一句话告知，女钢琴教师名为埃里卡·科胡特。科胡特是古老的捷克语，传统词源是阴茎、性器官。耶利内克本人的名字也有古老的词源，第一种解释也是阴茎，第二种解释则是小鹿，这个形象在小说中也出现过几次。"母亲和外祖母，……这两位年纪已经不小的女人，她们扑到每个男人面前，使男人无法靠近她们的幼鹿并在她身上得手。爱情、乐趣什么的不应损害幼鹿。"所以当耶利内克命名自己的女主人公时，她就已经创造出了一个崭新的人物形象：一个因为教育而拥有"阴茎"的女性，如何去性征化。小说中有一段，描述她如何亲吻自己的母亲，但母亲很紧张地推开她。

埃里卡的成长过程中，父亲是缺位的，这个痴呆的、眼睛也近乎失明的父亲很早就被她们母女俩送进了精神病院。因此，她其实只有一个残缺的父亲镜像和一个过于完整的母亲镜像。她要么选择成为母亲，要么选择成为残疾的父亲。所以她会切开自己去窥看。她先是在手背上切了四刀，这和她之后切开下体的象征意义是不同的。注意，她是在什么时候切开自己手背的呢？是在她被大学生表弟布尔西的摔跤表演摔得跪在他身前之后的那个夜晚。耶利内克笔下没有爱情，只有性。她所描写的性，男人跟女人之间的性，即便是玩闹的游戏，本质也是力量变形为权力的压制与抗争。对待其他乡村姑娘，布尔西也是让她们半推半就地跪倒在自己脚前。"在他面前地上爬行的姑娘还可以亲吻他的双脚，因为在这之前布尔西并不把手松开。"对待自己的表姐，由于母亲叫喊的抗议，"通常作为游戏结束的亲吻脚，今天也由于特殊情况而取消。……母亲费了很大力气烧了饭，而现在好像站在了雨水里。"

男性是否意识到这种性强势行为对女性体面、尊严的伤害呢？布尔西"为了缓和一下气氛，他晃了几下身子，羞怯地从原地向上蹦了几下，大声笑着、蹦跳着跑开了"。埃里卡在厕所对克雷默尔实施了类似精神性质的性强势行为后，克雷默尔也做了向上跳起这个动作，"做了几秒钟的短暂锻炼，向左右跳起，往空中击拳。……一个屈体跳跃跳到过道里，在那儿完成一次三十米短跑训练。"从二维地面到三维空中，男性似乎认为改变空间格局就改变了心理优劣势。

切割手背发展到切割下体，是因为埃里卡对提琴手的感情被无视，"她绝不会使自己陷入软弱无力处于劣势的状况"。切割下体是为了去性征化，动刀那一刻，她还没想清楚，是成为一个像父亲那样有阴茎的人，还是像母亲那样保留自己的性别特征。但当她一刀切下去后，她看到的只是陌生和害怕，从此陷入生存的一个矛盾，而她希望找到答案。这一刀，是打破男性设定的规则，男性对于女性既定认识的有勇气的行为。她通过这种自残的疼痛，通过这种自我施虐自我受虐的方式，去打破男性界定女性受到羞辱的界限。受虐与疼痛成为了武器，导致她后面写下很长的一封信，要求克雷默尔去虐待她。

作为一个女性主义作家，耶利内克笔下的埃里卡为什么要哀求着成为男性的受虐者呢？

在过去诸多文学作品中，女性被固定地定义为被动者，是男性施虐的对象，是受虐者。奥地利作家莫索克的《穿裘皮大衣的维纳斯》是特例，因为男作家本身有受虐倾向，所以他会在文本中想象女性去虐待男主人公，而且是强迫没有这个倾向的女性去虐待。这本书后来成为受虐心理的经典之作，由此产生了现代心理学中著名的概念——"虐恋"。但莫索克实际展现出的是一个在现实与幻想、游戏与严肃中只属于两人的乌托邦。他所反对的，其实是对生活无动于衷或是不屑一顾的态度。

而耶利内克处理的虐，是自虐，和恋情没有关系。虐这个动词，在她笔下是有意识形态功能的，虐的要点不是痛苦本身，而是权力。埃里卡以自虐来掌握自己身心，你固然可以对我施虐，但却是我主导了你的情欲，所以我这个"受害者"才会变成"胜利者"。在清洁工的小屋里，埃里卡对克雷默尔说，我是彻底服从你，是跪在你身前的。其实她是用自我的降低达到占有对方的目的。她后来呕吐了，这就可以看出，她的心没有真正地臣服于他，她的心要的不仅是男性器官本身，还要争夺控制权。如果穿过她的整个行为表面，抵达内心，会发现那里有一个思想（性幻想）

上的强者，试图逆转权力结构。结局却是"求仁得仁"，克雷默尔暴力虐待了她，还不断地反问：这是不是你要的结果？

耶利内克写这部小说时的社会背景，正值第二次女性主义运动时期，出现了一些激进的女权主义者，宣扬女性可以选择无性别，既非男性，也非女性。而耶利内克塑造的这样一个人物，其实以结局的这种溃败反驳了这种说法。现实生活中，女性是没有办法成为非男或者非女的，她必须承认体力上的差异，也必须承认女性的柔软，女性其实是需要爱的，不管她以什么样的方式来索取。也因此，耶利内克并不受女权主义者待见，虽然她自认为是女性主义者。

埃里卡的性压抑显然由母亲的强势控制造成。母亲极具占有欲，把女儿紧紧攥在手里，竭力不让她去接触任何男人，快奔四十了，她还跟母亲睡在一张床上，导致她对性既因为好奇而渴望，又有种本能的厌恶。这个母亲完全可以和张爱玲《金锁记》中的母亲曹七巧对读。曹出身卑微，就算嫁给富贵人家的残疾少爷，也依然被人轻视嘲弄。压抑守寡数十年，心态越来越乖戾，最终变成"有毒"的母亲，女儿长安则成为受害者。但耶利内克笔下的母亲形象更为多面，母女关系也有动人细节，比起《金锁记》的一径黑暗，层次要丰盈得多。

埃里卡的母亲，其实是为了顶替缺失的父亲，自我模仿男性权威，代替男性成为不自觉的压迫者。在父亲疯了之后，她们把他送进疗养院，这是要付"一笔巨款"的，"不得不花了很大的代价"，钱也是这母女俩省出来的，她俩宁愿花钱，去获得一个更加自由一些的空间。生活层面，她把女儿照顾得很好，一直督促女儿在艺术的道路上不断攀登。小说里写到，埃里卡只要攀上一个高峰，就有大盒冰淇淋等着她。一个女性服从于一个男性、隶属于一个男性之后，会失去什么，母亲深刻认识到这背后的含义，才会不断激励女儿进步。因此，她不断地提醒女儿，要独立，要特别，要做唯一。给女儿灌输这样一种思想，你不需要任何人，你就是你。此外她还频频教育女儿，你不需要那些美丽衣服，我们要买一座大房子，那样我们会更自由。

这个母亲也有本能疼爱女儿的一面。比如，她生气女儿晚归，把一件旧的礼服撕毁作为惩罚之后，还是给她准备了很多东西，在床头柜上的床头灯旁的杯子里"倒满了水，准备夜里渴了时喝，……为了让水尽可能保持冰冷、清新，保证里面没有因已经放了太久会走了味的小水泡，母亲从水管里又接了一杯水。在双人床上自己这边，她倒是没这么精心。……考虑了一会儿之后,母亲又把一只大青苹果放在书旁,让女儿有更多选择"。在女儿被克雷默尔殴打的时候,母亲被锁在房间里,一直在问外面的女儿是什么情况。虽然耶利内克写到母亲对女儿的感觉,是一种对于自己的财产要被他人侵占的提防,但笔下还是流露出母亲想要保护女儿的本能反应。女儿呢,和母亲吵架乃至动手后,"一边咒骂母亲是卑鄙的坏蛋,一边心里企盼着母亲热烈地亲吻自己一下,立即同自己和解。"

因此,这组母女关系与《金锁记》里的相比,有更多的羁绊,母亲在心里是把埃里卡也当作了自己的伴侣。这难道不是埃里卡自己的选择吗?她尽可以独立,可以自己去租房子,可她没有这么做。受到克雷默尔爱的表白后,她的本能反应是:"埃里卡想回家。埃里卡想回家。埃里卡想回家。"小说结尾处她用刀刺伤自己后,想的也是要回家,回到有母亲的家。"埃里卡知道她必须去的方向。她回家。她走着,慢慢加快了步伐。"

除了自残、自我受虐,《钢琴教师》里还有一个重要主题是窥视,即窥看和被窥看。耶利内克本人写过一篇文章分析自己对主人公的性格塑造,她把埃里卡塑造成一个窥视者。所以她经常去看色情电影,去看别人在野地里野合。

小说开头以倒叙的形式回顾了埃里卡的青少年，母亲和外祖母投向她的目光被比喻为两只猛禽，苍鹰的母亲和鹫的外祖母，她们"住在能够俯视山谷的、自己的农家房屋中，她们习惯用双筒望远镜向外张望"，"手握望远镜站在窗边观察"。这种目光整天窥视着埃里卡。到了埃里卡观察自己的学生克雷默尔的时候，几乎是同样的状态。耶利内克仍然用了猎物的比喻，"她看见这个年轻人从身边经过，就像一头母狮似的跟随着猎物的足迹。由于没有被人看见和听见，她的捕猎行径便也就好像没有发生一样。"埃里卡一直想要保持自己作为窥看者的统治地位，而且她的这种窥看是隔着一段距离的，不会让那些事物靠近自己，就像我们戴着墨镜在地铁车厢里面窥看别人一样。

投币观看色情表演时，"她只想看。她只不过想静静地坐在那儿看，观赏。埃里卡，只看不摸。……埃里卡看得非常仔细。不是为了学习。在她身上仍然没有任何触动和激动。尽管如此，她还得看。为她自己消遣。"虽然混在男人的队伍当中成为看客，而且看起来若无其事，完全没有任何害羞腼腆难为情，她看的仍然是女人本身，这也揭示了埃里卡的自身命运：她没有办法真正改变女人被看的实质。

埃里卡窥看的目光和男性窥看的目光是有区别的，不是同一种冷静地保持距离的客观窥看。"他看着她上臂肌肉的动作，肉体的碰撞和臂膀的运动令他激动。肉体服从于音乐所产生的运动，克雷默尔祈求，他的女教师将来会服从他。"他的目光带有性幻想，更有攻击性，已经把埃里卡物化为满足性需求的对象之一。"就像开车的新手，先买辆二手小型车，等掌握了，就提高到比较大的新款车。"通过这些语言，可以看出克雷默尔的观看视角更原始、更本能。

埃里卡的有距离地看，本质是一种统治关系。不妨看一下苏珊·桑塔格的《论摄影》，书里讲到摄影的侵略性，"拍摄就是占有被拍摄的东西。它意味着把你自己置于与世界的某种关系中，这是一种让人觉得像知识，因而也像权力的关系。""在摄影师与其拍摄对象之间，必定要有距离。相机不能强奸，甚至不能拥有，尽管它可以假设、侵扰、闯入、歪曲、利用，以及最广泛的隐喻意义上的暗杀——所有这些活动与性方面的推撞和挤压不同，都是可以在一定距离内进行的，并带着某种超脱。（距离）"苏珊·桑塔格所形容的相机背后有侵略性的目光，和埃里卡冷静的、居高临下的审视的目光，本质上是相同的，都是一种威权。因此埃里卡和克雷默尔之间是一种不断争夺主权的状态。她观察克雷默尔读信的场景，是要看这个人会以什么样的方式去接受自己、爱自己。尽管她是一个目光中具有权力诉求的女性，可她对于男性文化传统的冲击结果是失败的。因此，小说结尾有一句话是："世界毫发无伤，没有停顿。"

当然，整个过程中有过小小的、短暂的胜利。这一短暂的胜利发生在厕所，也是小说相当关键的一个场景。画面非常有趣味性，描绘的是男性如何完全不能控制自己。"埃里卡反驳道，闭上你的嘴！她用的是那样一种声调，他真的闭嘴了。""克雷默尔像树叶在风中发抖。"埃里卡先是用手但却戛然而止不再满足他，也不允许他自己动手，她利用了他被暴露的情欲来对他发号施令，使得两人在性的权力当中完全调换了主客体。但她赢得很短暂，几乎是立刻反转。在这段描写的结束部分，拉上裤子的克雷默尔"越来越感到松弛、柔韧、灵活，女教师相反越来越僵硬，变得紧张。……克雷默尔只得用平平的手掌心游戏似的敲打她的面颊……"

是什么使得穿好衣服的克雷默尔立刻又有了权力？为什么拉上裤子，男人就成为人？

男女有别，也许也体现在阅读感受上。上课前随机询问了几个男性评论家，都表示不喜欢这部作品。他们承认耶利内克是个女巨人，"但是我们不看、不接受、不喜欢"。由此联想到上一堂课，有女生提出疑问：《青衣》里的筱燕秋，为什么必须跟老板睡上一觉？明明老板之前已经答应投资。男评论家们却回答：

学生太天真了，她们不在社会上。筱燕秋是戏子，戏子对这种事情是不在乎的。在成人的社会规则里，如果男人对女人施加了恩德，女性往往就会想到用身体去回报。所以他们认为那样处理没什么问题。

男性重新掌握权力后，即可对女性为所欲为。女性的对象却只有自己的身体。小说结局是埃里卡被克雷默尔野蛮地强暴，她带上刀去找他，最终没有将它刺向施暴者，而是刺向自己。

我们再来看看，在这部小说里，都出现了哪些比较重要的意象？意象这个词最早来自于希腊文，原本是投掷的意思。庞德认为，当在文本中扔进一个既有理性又有感性的复合体的时候，它就叫意象。

有一个意象令人印象深刻，那就是鲜血。耶利内克说自己很喜欢吸血鬼文学。吸血鬼是什么？如果不吸血，就将枯萎死去。吸了血之后，就有了活下去的可能，有了生的种种可能。血在《钢琴教师》里，是一种生存的手段。女性在这一世界中其实无法生存，她必须尝试在另一个不同的世界里生存，她付出的代价就是血。

因此耶利内克写了好几次血。"流出的血液还带着体温，……四条小小的血溪在床上和地板上已经汇成了一条大的血流。随后只有我的眼泪，小溪很快接纳了你。形成了一小处血泊。血在继续不断地流淌。血在不住地流啊、流啊、流啊流。"这里对血流的描写和毕飞宇在《青衣》中用水比拟女性，有些异曲同工。但《青衣》结尾，"液滴在灯光下面是黑色的，它们落在了雪地上，变成了一个又一个黑色窟窿。"毕飞宇的文字描写呈现出一种黑色堕落进白色的视觉变化。鲜血处理成黑色，本身就有黑暗的象征意义。看起来，黑色窟窿与血液最后汇成的小血泊表达了一样的情绪，但黑窟窿，相对比较静态。而耶利内克笔下的血，更多是呈流动的状态，因为埃里卡要观察血流出的过程。

所以，如果拿这两个人物进行对比，筱燕秋追求的不是自由，只是某种意义上的成功。对她来讲，黑色窟窿就是向下沦落的，吞噬了她，这个意象对这个人物而言是准确的。但是埃里卡其实一直在努力拓展边界。她是被母亲局限在家、学校、公园的，小说里面有很多意象表现出这点。比如，"埃里卡是琥珀中的一只小昆虫"，"像被大头针钉在结实的物体上的一只蝴蝶、一个昆虫"，它们都跟埃里卡一样，没有办法掌控自己命运，是被禁锢、被观赏的。对她而言，流动的鲜血其实是一种延展，是某种自由选择后的延展。这两种意象都是准确的，都符合人物的性格。

"为了止血，她找出了喜欢的卫生巾"，接下去的一段点明：初潮之后，女性意识到了自己与男性的不平等。和《第二性》这本书里，波伏娃将月经初潮描绘成女孩儿的危机类似："一个让她体力变弱的存在，让她疼痛，让她自卑，一个纯粹让人讨厌的事情。"耶利内克的描述是这样的："它迅速取代了灵巧小姑娘的儿童舞会上公主小姐的金色的纸板王冠。……女人终于认识到自己在生活中的位置。"女性的性别优势如今从头上的自豪显然滑落到了裤子里，从此成为一个偷偷摸摸存在的事物，没有办法暴露在光天化日之下。接下去，耶利内克继续写道：在裤子里，"女性的木柴必须悄悄地等待斧子。"女性的身体必须悄悄等待男性。这样的男性可以分成三种。"一位先生想要一件装有贴面板不太惹人注目的家具；另一位先生要一件真正高加索核桃木的镶饰；可惜第三位先生又是只想把柴火高高垛起来。"第一种男性需要女性的实用功能，要女性在家好好劳作，不惹是生非。第二种男性追求外在。他要女性能上得厅堂，像花瓶一样，有装饰功能，以她女性的美丽来为自己争得面子上的荣耀。在西方文学里，火的意象是带有欲望的。因此，第三种男性看重女性的生殖功能，即性功能。

　　耶利内克使用意象堪称密集。围绕埃里卡的意象往往美丽而脆弱，母亲的则壮硕而结实。比如，"她活像一只张满翅膀很占空间的蝴蝶。……尽管蝴蝶有权选择，但是它愿意否定自己的力量。母亲提供选择，提供音乐乳牛的丰富多彩的乳头。"

意象需要跟人物相连。这其中，有一个意象会让我们重新思考，作者为埃里卡选择的立身职业，以及小说的命名。"她像一头疲惫的海豚，无精打采地准备表演最后一个节目。筋疲力尽地注视着这个可笑的彩球，被例行公事地抛到动物的鼻子上。它深吸一口气，托着这东西做圆周运动。"就像《青衣》一样，一个好的小说标题本身，往往已经暗示出很多东西。《青衣》是那种悲悲切切的女性形象，这已经暗示了主角悲剧性的命运。《钢琴教师》的德语标题 *Die Klavierspielerin*，直译是"女钢琴演奏家"，并没有现在书名里教师身份的含义。（而出版社定下《钢琴教师》这个书名，显然是想强调她跟学生之间的"虐恋"关系。）女钢琴演奏家，并不是作曲家，演奏的都是已有的作品，不是自己创作的。这就意味着，从严格意义上来说，埃里卡是一个重复表演者，尽管母亲寄予厚望，她仍然不是那种有创造力的艺术家，她只是去重复别人的曲子。她的一生，从学音乐开始，一辈子没有办法摆脱那些作曲者。小说里也强调过几次，弹错音符是没有问题的，但是不能理解错作品的精神。这种原作者的精神也是一种外在强加给她的力量，她没有办法自我产出。耶利内克自己也解释过这个标题，她说她们无权去拥有创造能力，甚至无权去拥有自己的生命。这一观点，也把小说中被动性的精神本质推向极端。

所以我们在写小说时，不要随随便便定标题，更不能像中国古典诗人那样，动不动来一个"无题"。对成熟的作者来说，基本上一个题目定下来，这个故事里的人物性格走向、命运已经被塑造。

再来看看和之前谈到的母女关系相关的意象。

书中有一句话，她说自己很干净，像婴儿一样干净，表明自己没有被污染过，生活在艺术的羊水里。为了贯彻埃里卡在母亲的监管下，身心都像个婴儿这一形象，小说里一共出现过三次类似"母亲羊水里的鱼"这样的表述，比如："埃里卡非常健康，这条母亲羊水里的鱼，养得很好。"当克雷默尔闯入她们生活，一定要把她们送到车站时，她又很想回到母亲身体里的舒适区。"埃里卡特别想重新爬回到母亲肚子里，在温暖的羊水里轻轻飘荡。"

"羊水里"，一方面喻指她一直被母亲束缚，小说讲述的是男性对女性的压迫，但母亲对埃里卡，也体现了被男性中心社会异化后的女性对女性的压迫，而母亲的性格形成显然跟外祖母也有一定关系，上一代女人压迫了下一代女人。有压迫，自然就有反压迫。埃里卡寻求过独立，也寻求过主导权，但她是明确向男性要回。这与同学所理解的斯德哥尔摩综合征其实不太一样。

"羊水里",也说明她体验到了母亲的温暖。鱼是能活泼游动的,是游刃有余的,母亲的照顾是她需要的。窥看也好,做一些普通女性不会做的越界的事情也罢,她从未想过离开母亲。深层原因仍然是对男性社会的恐惧。母亲告诉过她,外在环境是恶劣的,像小红帽进入大森林。外面的男性都很糟糕,都会伤害你,比我对你的伤害严重。因此母女俩拒绝了亲戚,她们也没什么朋友。我们可以想象小说结尾处的埃里卡,她此后的人生都将躲避应对,不再抗争,但也拒绝融入男性社会。

耶利内克是很会用比喻的,她的比喻和毕飞宇的比喻风格完全不同。不同点在于她特别喜欢用讽刺的方式,而非传统理解中的正向。比如说到维也纳,"音乐之都嘛!……城市文化那白色肥硕肚子的纽扣开线了,活像水中的尸体似的"。此外特别有动物性,多次用到"野兽"的比喻,比如埃里卡在公园里偷窥别人野合时,"她把眼睛睁得很大,在努力搜寻着,像野兽用鼻子嗅一样"。

有不少学生阅读后反馈:这部小说的叙述方式很特别,很晦涩,读起来非常费力。阅读这样的实验色彩很强烈的小说时，可以顺着它每一句话的句号去做停顿思考。是一个很笨拙的法子，却会更容易理解文本。学习创意写作，学的其实是不同作家的叙述技巧，不关注句号，也可以贴着文本看它流动的方向。如果耐下心来，就会发现小说中的每一句话都很准确。只是克雷默尔到埃里卡家的那部分有一些重复带来的冗长感。

耶利内克的作品很少用第一人称"我"作为叙事者，她其实是很谨慎选择个人声音的，避免"我"被等同于作者的叙述者发言。她不希望读者认为她的作品是女性精神分析的个人自传。因此，《钢琴教师》里包含两种叙事声音：一种是作者的观点，通过嘲讽、议论等；另一种是故事的叙事，埃里卡是怎么长大的，她经历了什么事情。这两种声音混杂在一起，包含了叙述者视角、人物视角和隐含作者的评论视角。通篇基本上没有单一视角叙述，而是不断在各个视角之间跳跃。这种跳跃使得叙事空间拉得非常大，既加大了全知视角的比重，又能不时看到隐藏的权威作者跳出来评论。而且她的叙述者视角非常独特，往往突然代入某个路人的视角去对埃里卡进行客观的审视描写，有一种不可琢磨感。小说起始部分用的是第三人称即女钢琴教师视角，讲述埃里卡的生活、个人情况、住所等。接着又转到母亲视角来讲述，在经历多年艰辛的婚姻生活之后,埃里卡才来到这个世上。读者如果顺着文字叙述探索,会从母亲的角度感觉到操持生活的不易。母亲的望女成凤,需要有一个合理的逻辑解释。正是从这样的叙述角度切换之中,读者可以看出人物不同的立场导致的不同反应,产生同理心和共情。

不妨来看看克雷默尔追到埃里卡家后,他们在楼梯上的那段对话。

> 这儿,在楼梯上只有我们俩。(这句话是克雷默尔讲的,跟着标点符号看到句号,就能判断哪句话是谁说的。)现在是在玩火。(这是埃里卡的心声。)……埃里卡望着本该离去的男子,因为他一定要留下来。(在叙述情节,在交代。)女人在她的精美的包装底下暗暗地兴奋起来。这种繁茂的花朵与粗暴的情欲不适应。它不适于长久在楼梯间逗留,因为植物需要光和太阳。它最适合于在母亲身边,电视机前。(叙述者讽刺的声音。)

短短一段,就转换了三个视角。整部长篇里,都没有什么"他说""她想"等等,几乎没有引号,也没有提示语。

再来看这一段。

克雷默尔先生非常想成为埃里卡的朋友。（叙述者视角）埃里卡已经发福，她是钢琴教师，从她身上可以看出职业，因为她还不太老，这个松弛的编织袋在职业方面最终会有发展。（既可以理解为是男主人公克雷默尔的心理活动，也可以是叙述者的刻薄。）如果和她母亲相比，她甚至还比较年轻。（既是克雷默尔的视角，也是叙述者的。）这个病态弯曲的、耽于理想的可笑的人，愚蠢而痴迷，只在精神上活着，将被这个年轻男人转换到尘世上来。（又是一个叙述者兼隐藏作者的视角。）

耶利内克跟毕飞宇的处理方式是一样的，不断进行视角转换，但却从来不会进入某个人物内心，而是停留在外部的。诺贝尔文学奖对她的授奖词中，有一个突出的词是"声音"，"在她的小说和戏剧中，声音和与之相对抗的声音构成一条音乐的河流，以独特的语言激情揭露了社会庸常中的荒谬与强权。"《钢琴教师》中，在她几乎不用引号的漫长叙述中，三种声音相互缠绕，形成了和声的状态。

小说中，只有两处直接引语。其中重要的一处是克雷默尔说的。当时克雷默尔觉得已经得到她了，"我们怎么能定期，不定期地会面，不让别人知道，埃里卡？"为什么要在这个地方用直接引语？为什么要把克雷默尔的这一句话强调出来、突显出来，有什么深意呢？

在这句话的前面几行处，"克雷默尔称呼他的女教师'你'了。"在德语、法语、俄语的语法里，"你"和"您"的差别是非常大的，也是非常讲究的。社交场合下，都是要用"您"的，尤其是与埃里卡这样的教师交谈时，语言上是要保持尊称的距离的。即便相互都产生了好感，打算改称，主动权也应该掌握在年长（或是自认为年长）一方。年轻的一方如果提出用"你"来称呼，是非常不礼貌的。同样，下级也是不能对上级提出的。所以年轻好几岁的学生克雷默尔，已经认为自己可以掌控埃里卡，才会如此理直气壮。他"建议找一个共同的秘密房间"，他需要时则是定期，他不需要时，则是不定期；他界定两人关系是性伴，连同居都不是，也不能影响到他未来的婚姻，所以得向所有其他人保密。我们可以想象作者写到这里时讽刺的表情。

这部小说强烈的实验色彩还体现在排版的形式感上，就译本而言，她、她自己、她的、其他那些人、不得不做、不能……我们可以看到这些词语被黑体赋予了新的意义。作家有意打乱叙述的时间线和埃里卡的成长线，但如果按照时间顺序来整理，会发现很有意思的一点：在有轨电车中，在她的学生时代青春期的时候，黑体"她"出现了二十七次。她的高中时代，黑体"她"出现了十七次；在维也纳森林度假的时候出现了十三次；成年以后出现了八次；到了与男学生的后期，就一次都没再出现，再也没有出现过被放大的、被黑体强调的"她"。

在她没有开始这段感情时，她流露出的是骄傲，二十七次"她"时期，是一个拿着乐器、曲谱的音乐人，认为自己跟车里的众人是不同的，是与社会格格不入的，她是要把乐器当成机关枪的。那时的她是一个有洁癖的、有攻击性的人。慢慢地，她对自己独特性的强调在不断减弱。小说描写到维也纳森林度假这个阶段，即表弟出现后，黑体的"她"减少了一半多。在这一阶段，尽管她一再强调自己独自一人坐在房间里，远远避开众人等，她有一半的心神分散给了男性，她不断地分心，听着表弟同乡村姑娘们发出的喧闹声。她不再是一个纯然的"她"了，不再是一个学艺术的、反叛的、看不起那些肮脏的散发出种种臭味的车上乘客的骄傲女性了。再等到她在房间里练琴的时候，黑体"她"削减到了八次。那个时候的她，或许没有那么爱音乐了，或者说她已经意识到失败无可挽回，她不可能成为艺术家。而母亲的控制又压得她喘不过气，这个时候黑体的"她"是什么？是那头无精打采准备表演最后一个节目的、疲惫的海豚。她开始被男学生追求后，黑体的"她"就再也没有出现过。出现的是什么呢？是克雷默尔的行为、克雷默尔的想法。"她"在开始消失。最终，音乐没有办法使她坚持她的独特性，她最终还是渴望爱情。

我们总说写作者要增加小说的信息量，至少涉及人物塑造部分的专业知识要准确。耶利内克曾经花费十年时间学习音乐，但即便如此，她也只是专业的钢琴、长笛、中提琴、小提琴演奏者，并没有成为大师。在写这部小说的时候，为了写清楚舒伯特、贝多芬等人的区别，特别是音乐品质上那种很细微的区别，她还专门找了一名音乐人合写这部分。所以小说中涉及的音乐知识是非常专业的。这种专业不仅仅体现在最基本的正确使用术语方面，而是结构都有类似交响乐的处理。如果再仔细一点，就会发现小说中每一个章节都是用音符来划分的。形式的考究是跟情节有关联的。而人物提到的音乐本身、音乐家的气质和人物自身性格也是结合在一起的。如果我们在写作中为自己的人物选定了一种身份，那么涉及的所有背景信息都必须跟这个人物、跟情感、跟情节推进有所关联。与毕飞宇用戏剧行当对应人物性格相类似，耶利内克用对舒伯特的喜欢来暗示出埃里卡本人的性格特征。这样一个女性，一直受到这样的音乐熏陶、浸染，她对乐曲的理解肯定跟自己的个性相联系。再比如，埃里卡提到巴赫的痛苦、贝多芬的痛苦、舒曼的痛苦，这说明什么？无形中映射了埃里卡自己也是内心痛苦的。而男女主角对于音乐发表的不同看法，也成为他们俩争夺主导权的一种方式。

小说中，两人主要争论的音乐家是舒伯特，对他的音乐精神的理解和处理，两人有很大的分歧。"埃里卡几乎不张嘴地警告他说，他正好亵渎了舒伯特。……说他还没看到过一处特别陡峭的岩石，一个特别深的峡谷，一条特别湍急的溪流奔腾穿过峡谷，或俯瞰一个宏伟壮丽的新拓荒的湖泊。舒伯特表达出的是如此强烈的对比，特别是在这个无与伦比的奏鸣曲中，……埃里卡·科胡特回忆起舒伯特的音乐符号，心情激动。她的血液沸腾。这些符号从叫喊到耳语，而不是从大声说到小声说。"

男学生对舒伯特的理解是世俗意义上的那些，诸如古典的、守旧的、传统的，有一种颇为城市化的规整的、理性的、严谨的结构，这也是他对埃里卡的错误认知：认为她工作的时候是刻板的，做音乐老师的时候也是比较冷酷的，会把学生的自由意志折断等等。但事实上，埃里卡这只表面平静冷漠的茶壶里，随时都可能来一场惊涛骇浪。

此外，音乐的变化也和他们情感关系的热度有所关联。比如，第二届巴赫音乐会上，埃里卡是"用能切割玻璃的目光挨个打量学生"，她没有产生性的欲念，整个情感是平缓的。于是，"巴赫的音乐如溪水流淌。""巴赫音乐的溪流进入快板，而克雷默尔以逐渐增强的饥渴目光从下面打量他的钢琴女教师座位以下的身体。"克雷默尔的性欲望随着快板不断增强，随着埃里卡演奏的升华而飞升，他渴望抓住埃里卡这个风筝。接下来"在演奏巴赫的最后一个乐章时，克雷默尔先生两颊绯红"。他要努力地克制自己，于是从肉体上升到精神，随着音乐开始趋于平稳。克雷默尔的欲望也慢慢下降到了一个平缓状态。

这部小说之所以阅读起来并不流畅，很难一口气读完，还因为它频繁的时空切换。叙事既不按照正常的时间线性发展，场景的跳切也很多，一会儿是牢笼般的家，一会儿是举办音乐会的音乐厅，或者维也纳的森林、田野，教书的音乐学院等。对于一个写小说的新手而言，怎么在时空的不断切换当中，保证稳定的叙事流向，是需要不断锻炼的能力技巧。

有学生在课堂上提出，自己在处理空间的时候，没有办法强行切换。在这部小说中，埃里卡乘坐有轨电车这部分处理得很精彩。由于乘客都是下层民众，

选择服从是一件非常女性主义的事　　065

她内心看不起这些人。因此,她就经常去恶意弄痛他们。接下来怎么从车厢切去音乐会现场呢?耶利内克的处理方法是,用相同的情绪来连接:"她要使人们懂得惊恐和敬畏。交响音乐会的节目单里便充满着这种情感。"

找到有关联性的事物,从而在时空中跳跃,是一个很重要的写作手法。比如,如何从校园空间切回老家空间?这个人在课上觉得很无聊,借助无聊,直接切换到老家空间另一个让自己感到无聊的场景中。

有同学提出疑问:这部小说有些内容很色情,还偏变态,这和低俗的网络文学或耽美小说有什么不同?为什么这却是纯文学?有什么辨别的界限吗?

一般而言,文学作品中出现的变态行为背后,必须提供一套深层的思想逻辑。至于是色情文学还是纯文学,要分析那些色情场面的写作目的,究竟是为了取悦读者,还是为了探讨一些深刻的问题。比如这一部,首先可以感受到耶利内克对小说语言有一种自觉性的追求。西方文学评论界形容她的语言像雪崩一样。靠词语的重复、堆砌可达不到这种雪崩的力量感。判断是否取悦读者,就看它是否不间断地去描写性本身。《钢琴教师》里的性是不断被打断的。作者不断切换,把读者的注意力不断引开,并没有让人集中在性行为本身。

耶利内克曾在一次访谈中提到她为什么要写这部作品。她说，她原本是想尝试写女性的色情文学，但是她翻阅大量资料后发现，色情文学是用男性的语言写成的。女性被展览，男性是看客。女性是客体，男性是主体。即使是在女性写下的作品中，也不过是用取悦男性的视角写成的。她指的是法国小说《O的故事》。耶利内克认为自己写作的重点是解构色情和暴力。

性是人类最微妙、复杂的行为，是一种两性间的权力结构，可以用黑格尔的主奴定义来解析。

黑格尔的主奴辩证法，有四个环节：

1、欲望、生命和生命搏斗

2、相互承认

3、主奴关系的确立，以及死亡的恐惧

4、劳动

黑格尔的主奴定义是主人和奴隶，是《精神现象学》里的一章。黑格尔认为社会早期发展的时候，氏族或家庭之间是通过战争来建立关系的。战胜的一方成为主人，失败的一方成为奴隶。失败的一方也可以选择不自由毋宁死，于是活下来的失败者都是怕死的，低贱的。主人是自我的象征，奴隶是丧失自我的。这是最初关系的形成。但是奴隶是执行主人意志的那一方，也就是说主人是有意志，但是由奴隶来执行的。

主人和奴隶到后来是不可分割的，变成了一个完整的自我意识。慢慢地，这个关系又发生了反转，因为奴隶是实际行动者。比如，主人要求奴隶去种地，种地的那个人、控制牛马的那个人，是奴隶本身。在种地这个行动当中，奴隶运用的是自我意志。比如罗马有很多奴隶做雕塑、绘画，他们是奴隶，但后来成为艺术家，并不是主人成为艺术家。这就到了第三个阶段，就是奴隶的自我意识觉醒，意识到自己的人格，黑格尔认为这个阶段诞生了自由意识。真正的自由意识是什么呢？是我可以为你服务，可以给你做牛做马，但必须是我自愿的。如果有一天我不想做了，你就是把我杀了，也不会改变我的想法。这就是我精神上的自由，即使戴上枷锁，我还是自由人。

如果用这个理论去理解耶利内克塑造的两性关系，就能理解埃里卡的服从性，她是用服从来达到自己的自由追求，对她来讲，情欲是女性自由意识的觉醒。

所以耶利内克说，自己所做的是反色情文学的写作，因为她写作的主要目的是戳破欲望。她说色情文学让人误以为到处都有可遇之物，但我的文学戳破这一切，掀开虚构的表层，男性的所作所为只是要骗女人上钩而已。反之，女性一直是色情文学的对象，男人注视女人时几乎能用凝视穿透女人的身体。

那么，女性叙事是不是一定要用到身体呢？耶利内克认为，女性文学应该通过身体的叙事，去反抗和解构现实社会的男权统治。性的描写不能有诱惑读者的目的。她认为如果人物用身体表现出了社会的不平等、不和谐，那么描写本身就是女性主义用身体写作追求的目的。耶利内克也讲到，很多女作家，包括一些女权主义作家在强调男女之别的时候，其实是站在男性的视角和立场出发的。而她认为她的视角是一种抛弃了女性，独立在女性之外的视角。

学生补充

电影《色·戒》改编自张爱玲的同名小说。一开始我非常不明白为什么李安导演要在影片中安排如此多场大胆露骨的床戏,这与他一贯的导演风格并不符合。直到看了一期他的专访才知道,这样的安排是有依据的。原来小说里有几处含蓄提到两人之间的性事,例如:"英文有这话:'权势是一种春药。'对不对她不知道。她是最完全被动的。""又有这句谚语:'到男人心里去的路通过胃。'是说男人好吃,碰上会做菜款待他们的女人,容易上钩。于是就有人说:'到女人心里的路通过阴道。'""他这安逸的小鹰巢值得留恋。"也许是以前看小说的时候年纪还小,对这个不太关注,又或者是因为我一贯不仔细,小说里的这几句话从来没有引起我的丝毫注意。听了李安导演的一席话,不免如醍醐灌顶,茅塞顿开。

对应小说,电影里也有三段性的场面,集中展示了女性对男性的,男性对女性的态度转变。开始是特别粗暴的性动作,到最后逐渐变得温柔。女性也是由开头抵抗,逐渐变得很接受。电影通过这三个场面去展示女性逐渐爱上男性的过程。它对整个故事主线往下延伸有非常重要的作用。因为它的性场面不是为了取悦观众,所以不是一部黄色电影。

附：电影《钢琴教师》
——男性导演改编背后的性别思维定式

《钢琴教师》是诺贝尔文学奖得主、奥地利女作家耶利内克的代表作，二〇〇一年，德国男导演迈克尔·哈内克将这部小说拍摄成了同名电影。该片获得第五十四届戛纳电影节评审团大奖。电影中的男女情欲关系场景令人不寒而栗，在暴力与病态的交错复杂关系中展现了不少富有冲击力的画面，极具震撼性。忠实于原作的画面处理不再展开，我们来看看男导演是如何以自己特有的性别出发点进行改动的。

一部没有什么直接对话的小说，要把它全部变成画面；要把一百三十一分钟集中在男女关系，还有一个母亲身上。导演在很多细节方面下了功夫。比如用素白这样一种颜色表达冰冷感。厕所是白色的，教室是白色的，楼梯间是白色的，墙、沙发、滑冰场等等都是白色的。就像埃里卡说自己很干净像婴儿一样，干净的白色也在拒绝情感的顺畅流动。

再比如，电影中埃里卡第一次跟克雷默尔照面，是怎样的场景呢？

克雷默尔走的是楼梯，埃里卡和母亲是坐电梯。

克雷默尔也想搭电梯来着,但她们直接把电梯门关上了。一个是楼梯,一个是电梯,这代表从一开始就已确立,埃里卡和母亲两人是一体的,她们是同一战线的。而电梯间很小,传统的电梯轿厢是一个封闭空间,这两个人是被关闭、囚禁的,她们是不自由的,没有其他选择。给到克雷默尔的则是一个长镜头,他抢在她们之前,每次都比她们更快上到更高一层楼,经过她们时还笑一下。他的活力,他的微笑,他所处的空间,都表明他是自由的,有更广阔的选择。这是一处很细致的处理,导演是完全理解小说内涵的。

电影里增加了冰场那一场戏。小说里,克雷默尔做冰球运动,然而并没有出现打冰球的描写,强调的主要是划艇漂流。导演为什么要改掉?为什么划艇漂流就不足以表现?电影里,埃里卡跟着他到了冰球场,那为什么不能跟着他走到一条河流边,看着克雷默尔把小艇放下水去自由地划走?她到了冰球场后能进去吗?不能。因为有栅栏拦住。她只能隔着栅栏看到男生们哈哈大笑,笑得特别开心。此外还有一个增加出来的细节:冰球场上原来是一些女孩子在练冰上芭蕾,跳得美美的。克雷默尔等一群男生冲进去之后,这些女孩子全部都退场了。美丽的女性的艺术,被男性的力量直接覆盖、取代。导演想得很明白,如果跟着克雷默尔跑到山下、河边,跑进自然里,那样的空间是平等的，所有人都能自由进入、离开。而他要塑造出一个不平等的空间。

小说里好几次出现栅栏的意象，电影里也出现了。因为栅栏的围困，她的行动一直都是被拦阻的。结尾处她扎伤自己，从音乐厅走出来的时候有一个远景镜头，视线所及是栅栏，在她的外部世界，整个维也纳这座城市的栅栏横竖格交织得密密麻麻。这暗示她固然离开了家庭的封闭空间，走向城市之野，却仍会被无限牢笼围困。她到底能走到哪里去。这也是一处做了特别处理的场景，为了增加小说中没有的绝望感，导演特意将阳光充沛的白天改成了夜晚。

改动最大的，应该算是选择扎伤自己的时间点。小说中埃里卡是在被殴打强暴后的第二天白天，揣上一把刀去找克雷默尔的。电影则改动成，她带母亲去参加自己担任演奏者的音乐会，那天本来应该是她代替年轻姑娘演奏。克雷默尔和家人也来了，他的生活已经恢复正常，在音乐厅这样的社交场合，他若无其事，微笑地跟埃里卡打了一个招呼，这说明整个过程对他毫发无损。于是埃里卡在把所有人都送进去之后，一个人站在音乐厅里，刺了自己肩膀一刀，流出了血，接着往外走去。

一个专业人士，马上就要上台工作，为什么要在这样一个时候刺自己一刀呢？首先，工作跟情感分不开，有违职业女性素养。其次，在这样一个大型演奏会现场，刺自己一刀而放弃上台，无异于毁了整个职业生涯，此后她都不可能再从事演奏者这一行，想来也不会再有人请她做家庭教师。因此，男性导演所做的改动，本质是要毁掉女性的安身立命之本、独立生活之本。小说并不这么阴暗，小说里的结尾仍然算是明朗的，甚至于写到她想把刀刺进心脏，但后来只是在肩膀上刺了一刀。而这一刀不致死。她接着往家走，而且还越走越快，没有生命危险，甚至可能排了毒，"这个伤口不伤人，只是脏东西、脓不能流进去。"也没有影响到她的职业生涯，伤养好后她依旧可以独立，也可以和从前一样跟她母亲缩在温暖的巢里。

从这个情节改动我们也可以看出，男性和女性，对一个女人命运的悲剧解读，是存在本质区别的。小说里的埃里卡其实只是失败，但并未被摧毁，她生命的生机，她可出走可回归的职业本钱，作者仍完整保留。耶利内克本人也解释过，埃里卡为什么会失败？失败之处在于作为女性她想要制定规则，即使自己身处劣势，这对她来说是不被允许的僭越，是性格本质和所处社会环境导致的。因此和《青衣》相比，读者可以在耶利内克的小说中看到人物自己跟自己的对抗，从本质上讲，这是一个哲学价值观的问题。筱燕秋这个人物本身没有力量自毁，她需要作者人为给她设置外在的障碍，比如减肥失败，比如药物流产导致大出血等等。

此外，同样处理威权、上下不平等的关系，毕飞宇是短兵相接、直接叙述，耶利内克则将争斗双方放进更广阔的原野里进行比喻，她写捕猎，写逃脱，既曲折又切近。在所有那些学生中，克雷默尔其实是音乐造诣最高的一个。一个懂得欣赏高雅音乐的人何以做出暴行？这不禁让人联想到纳粹。他的整个转化过程处理得非常细腻，只因为欲望不按自己想要的方式满足，就有了一腔的怒火，于是进入公园里，想要随手扼杀掉一个比他弱小的生命。

艺术活力的苏醒让人如此不安

——电影《黑天鹅》

《黑天鹅》由达伦·阿伦诺夫斯基执导，娜塔莉·波特曼、文森特·卡索主演，于二〇一〇年十二月在美国上映。影片讲述了一个芭蕾舞女演员为了完美的舞台呈现所付出的昂贵代价。

之所以选择这部电影，作为对读毕飞宇《青衣》与耶利内克《钢琴教师》后的影像延展学习，是因为它同样基于当代社会，看似站在了女性主义立场上，所讨论的、凝视的从事艺术工作的女性，同样无法在生命欲望和生活宁稳之间找到合适的位置，一样走向了极端。《黑天鹅》里的芭蕾舞蹈还会让人联想起《霸王别姬》里华丽的京剧表演，两位主角都是在一番磨难后将自己的生命融入艺术之中，形成了人艺合一的境界。

文艺作品需要刻画女性的时候，似乎必然要刻画身体，这部电影也不例外。和之前细读过的两部小说一样，它直接阐述了这样一个道理：如果一个女性要释放真正的自我，实现她的欲望，不管是情欲还是事业欲，她一定要对自身进行改造，不管是毁灭性的，还是重塑性的。

《黑天鹅》里女主角尼娜和母亲艾瑞卡的关系，与耶利内克《钢琴教师》中的有不少相似之处。艾瑞卡像世界上不少母亲一样，为了让孩子满足自己未实现的梦想，将孩子视为傀儡，不让她打破自己设计好的条条框框，更加不愿让她脱离自己的掌控，也就是利用自己的母亲身份去绑架孩子的理想。比如尼娜总感觉艾瑞卡一直在窥探她的隐私，对她的控制欲特别强。但这部电影直接产生于剧本，主要执笔者是男性，我们先来看看，这两个母亲有没有本质上的区别？

她们都习惯了控制、保护女儿，也有对女儿真实流露的母爱。但编剧设定《黑天鹅》里的这位母亲，自己也曾是芭蕾舞者，她的从业期在二十世纪八十年代，那时在整个芭蕾舞界甚至在美国，必须二选一，要么选择事业芭蕾，要么选择家庭孩子，不可兼得。其实一直到女儿尼娜的时代，仍然还是有这样的冲突。所以艾瑞卡对尼娜的情感里出现了耶利内克笔下不曾出现的嫉妒之情。既然嫉妒，说明艾瑞卡始终自认为仍是该领域专业人士，不愿放弃这一身份认知。

（第四场戏）艾瑞卡正忙着洗盘子。她的头发也挽成了发髻。这是身为家庭主妇的母亲第一次亮相，梳着 ballet hair bun（也就是我们说的"丸子头"）。这一发型可算是芭蕾舞者标配，能在跳舞时露出肩膀、脖子、手臂和背部的美丽线条。和剧本不同的是，电影中增加了为庆祝女儿可以出演天鹅皇后，强迫女儿吃蛋糕这场戏。如果真的是为了女儿事业着想，明明知道女儿作为主角，肯定要控制饮食，身体不能发胖，为什么还要逼着尼娜吃下这么大的蛋糕呢？尼娜一开始拒绝后她还不开心，并且用了一种非常生气的方式去强迫她。这个角度、这个细节也许也是男性理解的女性对女性的压迫。

而尼娜对艾瑞卡的复杂情感里也掺杂了专业者对能力不如自己的同行的轻视。

18. 内景，尼娜的卧室，夜

尼娜坐在床边，艾瑞卡把医用纱布在双氧水里浸湿，轻拍裂开的指甲。尼娜痛得发抖。

艾瑞卡：嘘。马上就弄好了……你把自己逼得太狠了，宝贝儿。真像我。

尼娜听到妈妈把自己跟她相提并论，微微蹙眉。艾瑞卡没有注意。

艾瑞卡：还记得你第一天跳芭蕾吗？如果不是我领着你去上每一次课，你早就打退堂鼓了。

她的话让尼娜觉得有些刺耳。

59.艾瑞卡：很好。我不希望你重蹈我的覆辙。

尼娜（感觉受到了侮辱）：没错。

艾瑞卡：别这样，宝贝。我说的只是我的职业生涯。

尼娜：什么职业生涯？

艾瑞卡：我有了你之后就放弃了的舞蹈。

尼娜：那时你已经二十八岁了。

艾瑞卡：那又怎样？

尼娜：还是群舞演员。

尼娜讥诮地摇了摇头。

剧本第一场戏是尼娜的梦境。梦境在文艺作品中往往起到命运、欲望的暗示作用。这第一个梦境就已经代表了她所有的欲望，这个手法在叙述文本里叫预叙，起到预先叙事的作用，预先暗示了故事的基调、命运的走向。

一道追光划破黑暗的空间。

在光柱中，一位白衣芭蕾舞演员现身了。她肌肤胜雪，清丽出尘。

她踮起足尖旋转，笑意盈盈，有如空气一般

轻盈，无忧无虑。

突然，她现出忐忑的神色。感觉到有人窥伺在侧。

受到惊吓的她向黑暗中张望。

现在她一边移动，一边左顾右盼，越发惴惴不安。

但是她什么都看不到。她停下来，松了口气。劝慰自己，刚才不过是自己的想象罢了⋯⋯

然后，一个不祥的男人从她身后的黑影中冒了出来。她大骇，踉跄后退。

她试图逃跑，旋转着离开，但是他穷追不舍。

他张开手，挥向她，施行法术。

她想尖叫，但发不出声音。她注视自己的身体，感觉到有些变化在发生。是一些可怕的变化。

她旋转，张皇失措，双手抓握自己的身体，试图阻止这种变化。但是为时已晚。

当她转身时，她已经化为白天鹅，《天鹅湖》中那位倾倒众生的女主人公。

切至黑暗。

如果把这个剧本转换成叙事，那么这场梦境就是一个文本套文本的故事。为什么选择《天鹅湖》而不是《胡桃夹子》？能换成其他舞剧吗？不能。首先天鹅是女性的形象，其次是有一白一黑两只天鹅。天鹅的故事是一个民间传说，要知道所有的民间传说、童话首先是口口相传，当它从口头叙事变成文字，变成文学作品，它就基本代表了当时社会的主流价值观。这个故事最基本不变的情节就是王子爱上白天鹅，但是被黑天鹅蛊惑。（怎么通过舞蹈展示黑天鹅蛊惑男心的巨大魅力？是三十二个"挥鞭转"的震撼。黑天鹅奥吉莉雅独舞那一场，要一口气做三十二个单足立地旋转。这一绝技由意大利芭蕾演员皮瑞娜·莱格纳尼于一八九二年独创，以此诠释黑天鹅和白天鹅完全不同的活力与激情。）尽管结局有不同版本，但不管是爱情战胜邪恶，还是王子与白天鹅一同去世，都能看出不变的主流价值观，即女性只有两种分类：如果是白天鹅，就应是纯洁无邪的，等待被伤害，会为爱情（男性）做出巨大的牺牲；黑天鹅则代表狡诈、心机、妖媚，引诱男性堕落、毁灭。

但是这部影片的立意里包含了为完整的女性都含有黑天鹅这一面发声的诉求。这也是为什么剧本中的艺术总监一上场就说了这样一番话，"但是这个可不一样。我们要解构它。让它发自肺腑，情真意切。而且危险。对于我们来说，这个湖深不可测。"（第九场）他要一个全新的《天鹅湖》，一种全新的表现方式，一次新的价值观的引入。

电影使用颜色来刻画人物性格。尼娜从梦中醒来，接着进了餐厅吃饭，看到摆放的盘子，说"这个粉红色很可爱"。这个时候的尼娜是什么颜色的？粉色的。她出门坐地铁去排练，选择的围巾是白色的。她以为自己没被选上，一个人在走道里压腿练功，主色调依然是白色跟粉色。谁是灰色形象？舞团总监托马斯。谁是黑色形象？莉莉和尼娜的妈妈。整部影片是在白、粉、灰、黑这些颜色中进行转换的。尼娜每次身上衣着、脸上妆容的颜色变化了，性格必然随之变化。我们在写小说的时候，人物身上的弧光刻画可以从零到零，但这绝不代表人物是静止的，必须有所变化。对变化的刻画可以选择很多切入点，比如，听的音乐风格，吃东西的口味，对衣着的选择，对发型的改变等等，用一些外部细节来反映内心变化。

除了颜色，影片中的镜子也非常重要。镜子在很多文艺作品中都会被用到，为什么它那么有工具性呢？一般来说，镜子是观察自己的，在《黑天鹅》里，尼娜总是在照镜子的时候发现一些变化，或者忽然出现了其他形象，也就是说，镜子总会让她惊悚地认出另外一个人。比如：

29.内景，公寓的浴室，夜

浴后，尼娜模糊的影像在蒙着水汽的镜子里向外望。

尼娜伸手擦出一道干净的镜面，想看清楚自己。

她神色紧张。在前方埋伏着的邪恶开始现形了。

她向左边侧身，又向右边侧身，仔细端详自己的身体。她抬起手臂，捏了捏皮肤，估测自己的体重。

她注意到肩膀有一片红肿。小小的疹子。

她烦躁地用手指摸了摸肿块。

她察看另一侧肩膀同样的地方。

没有疹子。只有隐约的疤痕。

尼娜插上浴室门的插销。

现在，在镜中，有一处疹子渗出血迹了。

尼娜立即用手指擦去鲜血。但是当她察看手指时，却发现手指干干净净，没有血迹。

78. 内景，服装间，白天

尼娜穿着黑天鹅的服装，木然地看着自己在镜中的映像。

……

然后，在镜中，尼娜看到自己的手抬了起来。

尼娜不安地看了看自己的手。手一动没动。

她又抬头看镜中。她的映像在抓挠自己的肩膀。

艺术活力的苏醒让人如此不安

> 服装师：坐着别动。我马上就好了。
>
> 尼娜吃了一惊。映像恢复了正常，手放回了身侧。

这些变化说明了什么？说明她的潜意识一直在变化。她要从妈妈的乖宝宝、单纯的白天鹅形象中挣扎出来，这样的潜意识她自己是看不到的，一定要通过镜子把另一个自我的潜意识折射出来。如果我们站在镜子的角度观察，什么时候，镜子是她的幻想，什么时候，镜子是她本人？又是什么时候，镜子出现了破碎？

比如，她唯一一次跟莉莉出去放纵，虽然拒绝了毒品却又跃跃欲试，进入洗手间换上莉莉给她的那件性感T恤后对着镜子端详自己时，镜面是有裂纹的。当她发现脊背上开始生出黑色羽毛状的东西时，她抓住首饰盒砸向镜子……

影片快结束前，她最后出现在后台，按理，她应该观察到的是自己挣扎的潜意识，但导演处理成镜像里折射出她的竞争对手莉莉这样一个具体形象。其实完全可以有不同的创作思路：比如镜中出现的是黑色的尼娜自己，而不是一个他者，她就是在跟黑色的自己做抗争。

再比如影片开始部分，尼娜在地铁车厢里看到一个芭蕾舞女演员的背影。剧本里是描写成那个女孩一举一动仿佛是她的镜像，似乎与自己一模一样。但电影就直接粗暴地处理成了竞争者莉莉。

也许是因为导演认为电影是大众文化，需要易懂，所以采取了直给的方式吧。

其实，换一种创作思路，人要与之你死我活的，永远只有自己，只是跟自己搏斗，是不是会不一样一些？《青衣》里，筱燕秋与春来最后也变成竞争关系，其实女性与其他女性之间的关系完全可以处理得更为平等和融洽，就像《七月与安生》，只是纯粹的另一种人，是另一个更自由的，跟你完全不同的人，你可以被她吸引，也可以害怕逃离。女性之间，不一定非要构成竞争。

除了镜子，还有指甲。通过母女对话，我们可以知道尼娜有压力时会发皮疹，她会一直抓，抓得发炎。

41.内景，浴室，夜

艾瑞卡小心翼翼地把尼娜的指甲修剪到根部。

每一声"咔嚓"都让尼娜战抖。

艾瑞卡：我还以为你已经长大了，摆脱了这个令人厌恶的习惯。（咔嚓）你有好几年没这么做了。（咔嚓）你这是怎么了？（咔嚓）

尼娜：妈妈，求你了。

艾瑞卡抓住尼娜的另一只手。

艾瑞卡：是这角色的事儿，是吗？这些压力……我担心压力太大了。

尼娜恼恨地盯着她。

母亲不希望尼娜抓伤自己，美丽的背上留下疤痕，这是第一层原因；指甲代表对他人的攻击性，对自己的防御性，这是第二层原因。

我从二〇二〇年开始养猫。一开始没有经验，其他养猫朋友告诉我，一定要记得给它剪指甲，但每次猫猫都会哈我，我就很惊讶，从人的角度来理解，剪指甲又不疼，我也很注意，没有剪到血线，那它为什么会生我气呢？于是就去查了下资料，才知道对于猫来讲，它是要靠指甲来抓地抓一切攀缘物的，指甲被剪秃后，比如它在地上奔跑的时候，抓不紧地面，就会打滑、刹不住车，剪去指甲使它丧失安全感。

尼娜一开始是像小女孩一样，依赖母亲的保护，当她要自我保护时，必然就会产生攻击性。因此，母亲不断地让她把手伸出来，把指甲剪掉，也是在镇压她每一次的反抗，每一次的自我生长。此外代表黑天鹅的先天原始本能"邪恶性"地生长，也需要具象化表现。

这部电影有一个不落俗套的设计，就是总监托马斯，虽然大权在握，却并没有"潜规则"女主角。第二十三场戏，为了角色，尼娜涂了偷来的唇膏去见他，他反问尼娜：你今天为什么来？还打扮得花枝招展的？她固然有被潜规则的意愿，但托马斯即便吻了她，也只是在引导她，引导一个像僵尸一样的女性能够绽放出自己的性魅力。区别就在于在这个吻里他公事公办、并不享受投入的表情处理。再比如，后来他邀请尼娜去他家，给她喝的是香槟，自己喝的是威士忌。提出她需要做一个"小小的家庭作业"：回家，自慰。

她再度红了脸，既惊且怒。

他喝完威士忌，站起身：太晚了。你也许该走了。

他把她自己留在起居室里，心烦意乱，倍觉屈辱。

电影也有很多似真亦幻的处理。比如第二天清晨，尼娜躲在被单里，缓缓把手往下移动，开始完成那个"家庭作业"时，"听到了沙沙声和短促的鼾声。……她从床上缓缓坐起身，看到艾瑞卡睡在房间角落的一把椅子上。"这个场景，既可以理解母亲是真实存在的，但也可以代表是她自己内心的道德戒律。

和之前两部小说一样，似乎刻画现代女性，必然要借助性或身体。身体方面，如果不想直接指向性，可以写身材焦虑、皱纹焦虑。但我们也不妨想想，为什么写到身体器官就常常会写到下身性器官？身体上所有的部位都可以写，为什么作家们总会写到性呢？

单就身体部位而言，除了女作家爱写啃咬指甲，男作家偶尔会写断掉一根手指或者砍掉一只手外，很少会涉及其他。一来切割掉一部分胃啊肺啊，不是本人可自主完成的行为；二来，身体出现在文学作品中的一大功用是为了写毁损。但这种毁损得是可逆转的。比如把一个人的胳膊砍了，那就接不上去了。而基本上有复原能力的，看起来表面可以完好如初，只在主人公心灵上留下刻痕的，几乎只有女性的性器官。女性的身体至今仍是被他者用来观赏的，西方文学中很长一个时期，它们被各种束腰的拖地裙子陈列、展示。收紧的束腰压制了身体，这就意味着，她的呼吸和言论都会被压制。坚硬的衬架支撑起的缀满花边和丝带的大裙子是用来彰显丈夫身份的，因为如此沉重的衣服会让她什么都做不了，这才能展现出有钱阶级的闲散。因此，当一个女人释放身体的时候，意味着她的言论得到自由，她的思想得到放开。

曾经有女性批评家指出，《查泰莱夫人的情人》，这个男作家最"狡猾"或者说最成功的一面，是他通过查泰莱夫人，展示出一个女性是如何观赏男性身体的，并且发出赞美，来重新肯定男性的形象。很遗憾，至今为止，还没有哪位女作家的小说，以男性视角成功观察过女性自身身体的。

也许是班上女生占了绝大多数的缘故，不少同学喜欢尼娜和莉莉在床上的那一段戏（剧本写得很丰满，但电影里删掉很多）。理由是：能接受女性对女性身体的开掘。莉莉是一个性意识比较完整、性经验比较丰富的女性，她对还未萌发自己性意识的尼娜的引导，会比男性对女性的引导感受舒服。

电影同样使用了不少意象。除了前面提到的镜子，宴会结束后，尼娜在大厅等待托马斯，遇到了前任天鹅王后贝丝。在那个场景里，大厅中有一尊残破的雕像，胳膊断去，只有两只高高张扬开的翅膀，它仿照了萨莫色雷斯的胜利女神的雕像。尼娜被这尊雕像吸引。雕塑所传达的意象非常明显：必须失去很多之后，胜利才会到来。尼娜有一只首饰音乐盒，打开盒子，就有一个玩具芭蕾舞女演员伴着细细的音乐声开始旋转。后来这只首饰盒又把镜子砸出无数裂纹。剧本里这么写："芭蕾舞演员被摔掉了，只剩下一条断腿，在底座上旋转，令人毛骨悚然。"仍是被损毁的。

颜色也可以作为意象的好工具，比如，尼娜从贝丝的化妆室里偷走口红，去见托马斯时涂上口红，得到主演机会后发现洗手间里有人用红色唇膏写下"婊子"……

为了刻画尼娜自身的孤独感，电影里用的道具是iPod耳机。如果转换到小说里，也可以处理成始终戴着耳机，让人觉得在听音乐，别人没有办法和她说话，但她其实没在听，她的手机里没有任何音乐软件，她只是戴着耳机假装听音乐而已，她可能只是一直在等待，有什么人突破耳机的幻象来找她……

分析剧本到最终影像呈现的不同，也能启发思考。

剧本中，前任主演贝丝是"从太平梯跳下来，掉落的高度相当于四层楼"。但电影里改成了车祸。电影同剧本，跳楼和车祸都是大家听说，没有实拍，也就是说，并不存在画面实现的难度问题，那么，导演为什么这么改动呢？

我的理解，有两个原因。一、跳楼是自主行为，内因，但撞车属于意外事件，外因。贝丝可能神思恍惚，也可能是自己如此决绝，有更多的可能性。二、跳，在这部电影里，是一个非常重要的、被放大的动词。电影里，第一次，尼娜不敢跳，所以这"跳"本身，也是尼娜对自己的突破。她还没有真正爱过任何一个人，所以她没有办法体会白天鹅的牺牲感。演出那晚，尼娜舞蹈着从巫师身边逃走，"奔向舞台后方的悬崖。到了她最后一跃的时候了。……尼娜纵身跃入……黑暗之中"。这样的"跳"本身，没有办法在一部电影里用上两次，一次就够。

电影开始的时候，尼娜身边出现过很多次镜子，不管是练习还是看着车窗，她一直是一个不断观察自己的人。到了最后一场戏，观众看到了热闹，看到了完美，她因为观众看到的一切，自己也说"感觉到了完美"，就像一个献祭品，她被自己、被观众献给了艺术，但看着她的，不再是自己，而是他者。

整部电影几乎全部是内景，在家里，在地铁里，在化妆间里，在排练房里，在走廊里，在医院里……最后，在剧院里，尼娜的母亲坐在了观众席上。如果我们把这部电影重新变成一部小说，写到这一场景时，我们或许会写：她在家里排练的时候，母亲并不是一个观众。

当我们写下这一句话，当导演拍下这一幕的时候，其实也就意味着，母亲成了一个旁观者，而不再是一个掌控者和介入者。母亲是在台下的，跟舞台上的尼娜的艺术生活之间，产生了距离。如果没有母亲，尼娜面对自我的抗争，自我的毁灭，是没有完美见证者的。

这个单元结束后，学生们有的想写母女关系、母子关系、父女关系；有的想写自我精神、意志的挣扎。好作品总是让我们既望而却步，又产生想写的冲动。

第二读 谎言、欲望与羞耻

童年一句谎言,毁掉三个人生
——苏童《黄雀记》

长篇小说《黄雀记》的风格和节奏延续了苏童擅长的小人物、小地方叙事。故事并不复杂,分为三章:保润的春天、柳生的秋天、白小姐的夏天。结构类似福克纳《喧哗与骚动》,三章标题暗示了三个不同当事人的叙事视角,组成三段体春天、秋天、夏天的循环叙事,从香椿树街一桩二十世纪八十年代发生的青少年强奸案开始,一直写到他们后来的成长和不停的相互碰撞。谁是螳螂谁是黄雀?三个人的关系互相牵制、互相捆绑。苏童自己觉得这个故事可以用陀思妥耶夫斯基的两部小说名来概括,一个是《被侮辱与被损害的人》,他认为这三个主人公都是。另一个是《罪与罚》,这也是三个人最终都要承受的。

一个成熟的作家,在表达生活、人物、人性,历史、现实与世界的关系,与自己内心的关系时,往往有一种捷省的方法。比如借助"黄雀"这一隐喻,苏童把这些生命个体"罪与罚""逃避与回归""丢魂与找魂"的懵懂和紊乱,演绎得顺畅自然;再比如,精神病院里的爷爷就是一种象征,他未必是真正的疯子,而是代表了外界的压迫;"小拉"这种舞蹈也是时代的一种隐喻……此外他还使用了大量的预叙,如兔笼、幽灵等等,通过这些隐喻、预叙,过去与现实交织在一起。当每个人都在考虑怎么活下去,还要活得好时,他们复杂的、扭曲的人性就被展现了出来,既反映出转型时期的社会乱象和现实尴尬,也揭示了一个时代的惶惑和逼仄。

小说并没有写到黄雀,为什么起名叫《黄雀记》呢?对此,苏童解释说,黄雀象征着在阴影中潜伏的危机,对人们的命运虎视眈眈。整个故事讲的就是一出"螳螂捕蝉,黄雀在后"的戏:柳生做了保润的黄雀,但最后的黄雀还是保润。

其实小说一开始名字叫《小拉》,这是二十世纪八〇年代很流行的一种代表年轻人文化的三拍舞蹈。两个舞伴总在交换位置,男孩和女孩的身体是若即若离的,有时候在一起,有时候又松开。"小拉"这个词就是小小地拉手。不松开,那就不是小拉了。有了这个意象后他才开始构建整部小说。小说完成后先给到《收获》,主编程永新觉得这个题目不够大气,建议改成《黄雀在左,黄雀在右》,苏童后来精炼成了《黄雀记》。

小说有两个原型。保润爷爷的原型是一个瘫痪多年、沉默寡言、看起来很慈祥的老人，以前是做财务的。他总是在窗子里，侧过脸，对过路人微笑，虽然不是哑巴，但他从不跟人交流。住的地方很破败，却悄无声息地活了很久。他一生的故事是怎样的？这强烈地吸引着苏童。保润的原型则是苏童认识的一个阿姨的小儿子。这位阿姨很会剪头发，养了四五个儿子和一个女儿。大儿子是被她气死的。事情大概是这样的，有一天阿姨让大儿子做家务，大儿子不想做，阿姨就说外面有条河，河上没有盖子，你去跳吧。大儿子听完之后，一生气就跳河自杀了。当时南京有黑灯舞会，就是在黑暗的舞池里，两个人一起跳贴面舞。有一个女孩很大胆，跟好几个男孩玩性游戏，其中就有阿姨的小儿子。回到家后女孩父母发现不对，问清楚后报了警，后来演变成集体强奸事件。当年最让苏童印象深刻的是，卷进去的几个家庭都在拼命奔走，因为都住在一条街上，大家都在竞争，都在走关系，试图用钱去摆平麻烦，挽救孩子。只有这家人，可能是因为财力不够，最终就变成那个男孩独自承担了主犯罪责，年近四十才被释放。出狱后的他变成一个非常腼腆温顺的男人，苏童一直想问他，当年你真的是主犯吗？那是不是一起冤案？却一直开不了口。

童年一句谎言，毁掉三个人生

苏童作品中有两个重要的地理标签，一个是枫杨树故乡，相当于城市；一个是香椿树街，相当于乡镇或城乡结合部。有一部分作家喜欢创造自己的地理标签，比如奈保尔的米格尔大街、莫言的高密东北乡……一方面，这样的创作有着某种职业作家的野心指向；另一方面，这也是一个明确风格的省力做法，而且容易被定义、标签、分类。我们初学写作的，一开始没有能力直接写长篇，却又对自己有远景的期待，最便易的做法就是确定一个地理标签，把它当成自己笔下的全部世界，在不断的写作中，把街搬进去，把人物搬进去，把人际关系搬进去。这相当于是一种活页夹式的写作，靠那个地理标签把它们全部串联起来，既可以是一堆短篇形成一个作品，比如奈保尔的《米格尔街》；也可以几个中篇变成一个大长篇。

苏童整个香椿树街系列里的人物几乎都是少年形象，都有一种没来由的愤怒。苏童自述小时候每次经过一个巷子，总是会被同一个人堵住。那个人看见他就很愤怒，就会打他。后来他才知道是因为那个人跟他哥哥有纠纷，可又打不过哥哥，所以就把愤怒发泄在他的身上。苏童说，他的整个青少年时代，似乎人人都很愤怒。那个时候正好是二十世纪八九十年代的社会转型期。有的人仍然穷困，有的人开始富裕，有的人看不起让自己家穷困的父母……他就想直接描写这种没有来由的青春期愤怒感，从这个角度我们可能更容易理解保润这个人物。

以上就是这部小说的创作背景。

《黄雀记》的时代背景，是从八十年代到二〇〇〇年左右。可以学习一下，他是怎么嵌入时代变迁的。小说一开始，"香椿树街上根本没有什么香椿树，唯一的绿化便是冬青，工厂的大门口，街上的空地，房屋的墙根，到处可见高高低低的冬青"，从祖父要挖出当年埋下的装了从祖坟上捡的几根祖宗尸骨的手电筒开始，带出六十年代这条街的样貌："从孟师傅家到两百米开外的石码头，曾经都是祖父的家产。这几乎是半条香椿树街了，沿途不仅分布着七十多户居民，还有一家刀具厂，一间水泥仓库、白铁铺、煤球店、药店、糖果店、杂货铺，堪称香椿树街的心脏地带。"到了二〇〇〇年左右，桃树街上风光了三十年的东风马戏团，"原址东面的红房子改头换面，开了一家游戏厅，……西面的房屋被一家丝绸经销部占用"，工人文化宫里那个旱冰场，"一半给了麦当劳，一半给了肯德基"。

和长篇相比，苏童似乎更擅长写作短篇小说。短篇小说的特点在《黄雀记》里很明显：整个长篇被拆分成许多节，每一节几乎都可以视为一个精致的小短篇，它们都有小标题。据说最开始那些小标题是以一二三四的方式一路标记下来，后来在编辑的建议下，改成了照片、魂、手电筒这样的关键词。这和传统长篇写法有所不同，那种思想庞杂、叙述泥沙俱下、所有人物整体推进的长篇，篇章不是单独成立的存在，是没有办法切割的。评论家程德培曾经指出：重视意象和画面的人，处理短篇非常容易，但处理中长篇的叙事就要借助其他手段。除了地理标签，苏童还借助了怎样的叙事策略呢？

苏童曾经说，他喜欢在小说中讲究一种紧张与舒缓的有机结合，不爱笔直一气写到底。比如，柳生把保润父亲的衬裤穿走，一直到这条衬裤引发杀身之祸，当中是隔了差不多一个章节的；采用魔幻现实的手法增加张力，如拍照使得祖父丢了魂、春天的祖父一抬眼就能在树木间看见祖先们的幽灵、红脸婴儿老人般悲怆的恸哭、在水塔里睡觉的柳生被"不公平，不公平"这样委屈的嘟囔声唤醒……

小说是关于时间的艺术。《黄雀记》在叙事的时间顺序上，并非单向度的线性发展，而是经常以回忆的视角进入叙事，同时又在正常的倒叙过程中不断插入预叙，使得同一个时间点既有过去，又有现在，还有未来，既增加了悬念，又增添了一抹神秘色彩。文学史上最经典的一句预叙应该是马尔克斯的那句："许多年之后，面对行刑队，奥雷良诺·布恩地亚上校将会想起，他父亲带他去见识冰块的那个下午。"相比这句的显性，苏童的则更多呈现为隐性。比如《后悔》一节中，"她像一个魅影，悄然侵入他的生活。那魅影躲在暗处，妖冶神秘，充满灾难的气息，不是在守候他，便是在召唤他。……她的魅影像一把剑，亮闪闪的悬在他的头上。"暗示出白小姐的危险性，最终他也将因为她而被保润杀害……

预叙的好处是，读者预先感受到了结局的调性，知道人物命运必然会走向那个终点，视线可以从当下此刻的阅读状态投向远方，时空距离被拉开后，自然产生宿命的苍凉感。预叙这个技巧也比较容易掌握，本质就是使得直叙变得曲折，把人物事后感觉写在事发之前，叙事顺序多样化。比如指向未来的：某某预感到，某某没有意识到；指向过去的（回忆往事时，先讲述对整件事情的总体印象）：现在看来……如果觉得这种直接跳跃式的预叙简单粗暴，也可以借助异象、梦境等预言方式。但当人物命运某种程度上已知后，读者会更关心这个故事如何讲述，人物是怎么不可避免地走到命定那一步的。如果这个过程没法让读者满足，那将是一次失败的叙述。

此外，意象化叙事，使之成为隐喻，也是苏童擅长的策略。《黄雀记》里的物和人物的行动，充满了这样的意象：祖父的丢魂找魂、照片、捆绑、绳子（蛇）、飞鸟（乌鸦）、河水、"耻婴"（后被叫作"怒婴"的红脸婴儿），等等。也许是因为苏童生长在苏州，随处可见河流，他所营造的大量隐喻意象，不少具有水性特征，与水或流线型、流动性有关。

比如藏污纳垢的河水。"她在河水里艰难地行走，……阻拦她的是蜷缩在驳岸墙根上的一片片垃圾。有一只避孕套令她恶心，似乎刚刚被人使用过，套口还拖曳着一丝黏液，它促狭地尾随着她，提示她的欧洲之行犯下的某个过错……""她仰面浮在河水之上了，以一堆垃圾的速度，或者以一条鱼的姿态，顺流而下。"

比如与流动性有关的，代表柳生罪恶见证者、内心审判者的乌鸦。"困扰他的是水塔顶上的两只乌鸦，……以尖锐而烦躁的音色，向他历数人间沧桑。"

《黄雀记》中，苏童为人物设定的活动空间也构成了颇有深意的意象，如水塔、精神病院（井亭医院）、兔笼、阁楼。尤其是有着圆柱形泵房的水塔，可以对照福柯对"圆形监狱"的分析解读。苏童顺应了水塔的圆形结构，十年前它是将三个少年汇聚在一起的起点，十年后它又是三个年轻人各自命运的中（终）点。他们兜兜转转，最终回到原点，归零。一个道具的内部空间结构变成了整部长篇的叙事结构，这一圆的循环也呈现出了主题的宿命性。同时苏童也改变了水塔的功用，在水塔里，仙女被保润捆绑被柳生强奸（罪恶之塔），被改成香火堂供奉菩萨（平和之塔），一度变成单身母亲白小姐和怒婴的家（安身之塔），白小姐消失后，最终成为祖父和怒婴的家（守望之塔）。空间的既定功能与用途往往是人们所熟知的，写作者在选择空间这个道具时，需要综合考虑它的外在形象和它的传统功用，结合自己要讲述的故事，顺应或改变，传递出符合这个故事的特定的含义。

此外苏童热衷且善用季节这一时间性概念。像《祖母的季节》《肉联厂的春天》《八月日记》《七三年冬天的一个夜晚》《五月回家》《白雪猪头》等明显突出季节元素的小说标题也有不少。《黄雀记》第一章是"保润的春天"，春天因为万物生长而带有强烈的性意味，因为"思春""发春"，保润的性幻想找到了错误的出路，把仙女用铁链捆后，拴在了铁梯上，"整整一个春天的思念，……整整一个春天的欲望，从黑暗到黑暗，好不容易找到最后的出路……""别人的春天鸟语花香，他的春天提前沉沦了。"第二章是"柳生的秋天"，秋天已到，冬天就在不远的前方，柳生的死看似充满偶然，实际季节早已在开头规定下，他必然的死路。第三章是"白小姐的夏天"，夏天是闷热的、绵长的。焦躁内心的外化表现往往就是夏天般的燥热。

既然季节的更替形成了人物命运转变、人物关系分合的暗线，那么为什么，小说里没有冬天呢？冬天去哪儿了？苏童没有写下的冬天，这个开放式结局却让我们思考，冬天将为谁而来。奉子成婚却在新婚之夜被杀，留下怀孕的新娘和两边家人的柳生；等待死刑的保润；消失了的白小姐。但季节又是循环的，冬去春来，"她的抑郁症也许是加重了，也许是痊愈了。"祖父说，等白小姐回来，就能摘下怒婴脸上的口罩，"谁也不知道她是否能回来，谁也不知道何时能够看见怒婴红色的脸。"不过这样《边城》式的结尾倒使得小说中的一句落空的预叙显得不太严谨。"后来柳生一直相信，崇光寺菩萨是偏心的，……菩萨没有保佑他，也没有保佑她，菩萨仅仅保佑了保润。"对最终将面临牢狱重灾甚至是死刑的保润而言，保佑又从何说起呢？也许苏童也是直到临近尾声，才最终决定对白小姐慈悲，她毕竟是最初的受害者。

苏童还非常擅长使用颜色。文学作品中使用到的颜色，一可反映时代背景，二可折射人物身世处境，三可反映作者独特风格。苏童用色有其陌生化一面，比如"绿"，一般代表生机、青春，《黄雀记》里的绿色则变成了粗暴的欲望：使保润和仙女结下"梁子"的是一把浅绿色阳伞，捆绑祖父的绳子由绿色和白色两种纤维揉制而成，留下仙女经期血痕的棉被里是白底绿色条纹的,他的身体想到仙女时再次出现了绳子,"一圈白色的诱惑,套着一圈绿色的邪恶,一圈绿色的邪恶,套着一圈白色的虚无。"原本象征高贵的紫色,在仙女那里则是被强奸的记忆等等。

以上是对《黄雀记》总体写作特点的概括,接下来我们细读文本。

第一章《保润的春天》。

> 祖父那一年才四十五岁,突然活腻了,春天他去铁路道口卧轨,人都躺下来了,火车迟迟不来,……到了夏天,祖父还是想死。这次他选择了水路,……没想到一睁眼,人躺在了城墙下面,一群吵吵嚷嚷的中学生围着他,好奇地打听他跳河的动机。……他坐起来,……对孩子们说了句一言难尽,然后就爬起来,湿漉漉地走了。
>
> ……有个尖利的声音说,什么叫一言难尽?

小说没有明确的年份,祖父要一死再死的原因,苏童用"一言难尽"四个字暗示,将这个悬念加深一层的是那个尖厉的声音,这个声音在质疑祖父:你一言难尽的是什么?显然这个声音不是那些孩子们发出的。这条逃离了猜谜者视线的"费解的谜语",一直到第二节，我们才知道答案：祖父的爹是汉奸，爷爷是军阀，红卫兵用皮鞋跟砸过他后脑勺，把祖坟刨了，他也曾上吊过。第三节则告诉我们，半条香椿树街都曾是祖父的土地，于是我们能猜出祖父或许是"畏罪自杀"，试图自杀的时间段应该是在"文革"期间。

这部小说里是没有直接引语的，所有对话都是间接引语：

就知道吃！你还咧着嘴笑？你爷爷丢我一个人的脸？他丢的是我们全家的脸！栗宝珍把保润往门外推，催促他去追祖父，你吃出一身傻力气，派过什么用场？赶紧去，把那老糊涂拉回来！

……祖父挥舞着龙头拐杖撵保润，我每年就拍一张照片，怎么就惹到你们了？回去告诉你妈，我拍照花自己的钱，不关你们的事！

在这里，引号和冒号的消失，使得人物语言变得急促，更像是下意识张嘴就来的回复，情绪表达得更自然，叙述十分流畅，阅读感受始终持续。大家可以回顾一下，同样不使用引号的耶利内克，为什么并没有制造出流畅感？两者的区别是什么呢？

苏童使用的间接引语停留在表象的交流功能上，即声音本身，适合交代日常性故事，不触及内心世界。

耶利内克则是通过间接引语表现人物更深层次的潜意识的东西，所以本质其实是呈现出心理活动的外化对话。

> 保润从来不看祖父的照片，只有一次，他看了，一看便看出一场祸端。（预叙）……照相馆的店员竟然犯了最忌讳的错误。一个少女的两寸黑白照片，……看起来，她似乎预知了照片的命运，正用一种忿忿的谴责性的目光，怒视着这个世界，包括保润。
> ……这是一个意外的春天。意外从照片开始，结局却混沌不明。（预叙）

祸端、怒视，这样的预叙显然指向了悲剧。接着是飞起来、颇有魔幻色彩的一笔：祖父因为闪光灯而丢了魂。

> 祖父丢魂的新闻轰动了香椿树街。
> 我们在街上遇见祖父，都下意识地注意他的脑袋。

在这里，苏童可以用"人们"，也可以用"孩子们"，为什么要用"我们"呢？职业写作者知道如何嵌进意义，"祖父"是一个义学形象，一个"我们"

就把保润的祖父变成了所有人的祖父,共同的祖父,祖父的记忆也就成了共同的历史记忆。怎么处理沉重的历史?通过两处祖父魂灵可能出逃的出口,带出了当年红卫兵的暴力,祖父曾经的上吊。接下来,同样丢过魂的绍兴奶奶和爷爷聊天一段,渲染魔幻色彩的同时带出祖宗的两根尸骨被藏进一只手电筒埋起来这一情节。写历史是否一定要正儿八经写某某年?显然不需要。找到有年代感的关键词就行。比如这句,"我家的祖坟早被刨了,祖坟上现在盖了个塑料加工厂呀,让我上哪儿喊魂呢?"祖坟、刨、塑料加工厂,一句话交代了小说中现时经济发展的香椿树街的前史。

> 绍兴奶奶……边走边说,再坏的祖宗也是祖宗啊,祖坟没了,祖宗的照片画像都让你烧了,你不丢魂谁丢魂?也不能都怪别人,依我看,是你自己把魂弄丢啦。

绍兴奶奶所说代表了作者的价值观:每个人对这个时代的糟糕、堕落,都有责任,终究是自己把魂弄丢的。可以这么说,这个写少年捆绑强奸案引发三人命运多年纠结的文本,如果没有祖父丢魂这一笔,阐释空间会少去很多。

> 祖父说，他的手电筒埋在一棵冬青树下。

手电筒，一个虽小却封闭、禁锢的工具。挖手电筒时，祖父第二次说了"一言难尽"。埋在冬青树下的祖宗尸骨，带出了地皮归属的历史遗留问题。

> 祖父挖掘手电筒的路线……无意中向香椿树街居民展现了祖宗的地产图。……人们在各自的屋檐下生活工作，早就淡忘了从前土地的历史，未料到祖父突然冒出来，以一把铁锹提醒他们，你们的房子盖在我的地皮上，你们吃喝拉撒，上班工作，都是在我的土地上。

在共读过程中，学生直觉性地认出，这样处理是非常讨巧的，作者很明确地知道什么样的内容可以让读者瞬间感受到文本的厚重性。仅仅借助铁锹这样一个巧妙杠杆，就悍然撬动出了历史的真相，当年香椿树街土地历史的真相。

> 祖父后来移师王德基家门口的冬青林，汲取了深刻的教训。……为了让香椿树街的街坊邻居容忍他的探索，必须投其所好，适当地使用心计。

去第二家门口挖时，祖父找了个话术。这时的"投其所好"，投的是市场经济时代的好。当"装满黄金"四个字掩盖了真实的"祖宗的两根骨头"的时候，时代、人心、人与人之间的关系都开始发生变化。

接下来王德基与他小女儿和祖父谈条件：要是挖到黄金，要一家一半或四六开。后面白小姐为了孩子让柳生去找庞先生谈判要钱，谈的也是对半分，四六开。从尸骨到黄金，这样一个谎言使得"一场疯狂的掘金运动席卷了香椿树街南侧，其后，渐渐扩散到北端，最后甚至蔓延到了河对岸的荷花弄"。"蔓延"一词，呼应了这一章临近尾声处，被关进拘留所的众人。

> 这么多人犯的什么事？一打听，嫌犯大多来自城南的扫帚巷，……前不久大家争相去挖一只装满黄金的坛子，把一户海外华侨的空屋挖坍塌了，牵连了左邻右舍……

联系当时的时代背景，整个八十年代改革开放之后到处都在开挖，到处都在大兴土木。很多原本可以保护起来的遗产性建筑，全部被推倒，一夜之间消失殆尽。作家就把这些缩小隐喻在了这样一个小情节里。苏童曾说，他是把一个世界都搬到了香椿树街上，他把香椿树街当作一个微雕景观来做。小说中香椿树街上的这种开挖，可以看成是那一时期整个中国盲目追求钱财利益的图景，呈现的是绿化带消失得干干净净，只剩下一条路。"那路由污泥与混凝土的残渣组成，还散发着新鲜的土腥味，那路中之路，通往香椿树街居民的黄金美梦。"

之后，保润第一次去井亭医院。虽然是春天，却因为恰逢清明，苏童笔下并非阳光灿烂，写的是"灰暗的天空微雨蒙蒙"。是个小小的错位，但却出现了一顶浅绿色阳伞，浅绿，呼应了春天。绿色对保润而言是有特殊意义的。本来绿色应该代表生机勃勃，但对保润而言，却是一个意外的春天、奇怪的春天、提前沉沦的春天。因此，这绿色是一种诱惑，是毁灭的开始。那么，为什么是一把伞呢？

> 伞角像一只小鸟俯冲过来，在他脸颊上啄了一口。
> ……
> 她的愤怒也是立体的，类似那把浅绿色雨伞，实用，生动，有着艳丽的色彩和流线形的形状。

照相馆给错的照片上无名少女的一丝愤怒——让习惯愤怒的保润感到亲近——愤怒的仙女因为伞和保润产生联系。保润其实是认出了既是异性又是同类的愤怒，是对青春期的愤怒一见钟情。第三章里，十年后的仙女看到了照片上还是少年的保润，"他独自站着，一簇头发突兀地翘起来，形状像一只飞鸟，他怂怂地站着，目光是受骗者的目光，瞳仁里隐隐可见两朵愤怒的火焰。"注意，小说中多次重复过飞鸟和火焰的意象，他和仙女，既可能是自由的飞鸟，也可能是愤怒的火焰，这两个意象同时存在，但最终，愤怒占了上风，灼烧了别人，也烧毁了他自己。

伞则有攻击性的一面。耶利内克的《钢琴教师》里，伞是用来戳她看不起的人的。《黄雀记》中的这把伞，却是用来跟整个天空隔开的，是一种间隔性的、遮蔽的、抗拒外界接触的状态，自我保护的同时又有攻击性。这被作者设计过的、仙女与保润的第一次见面，就意味着她其实是不会接受他感情的，伞就是她内心的挡箭牌。如果我们只想写出自我保护，可能就是柔和的、灰色的，和整个灰扑扑街道融为一体的无害的女性形象，不会那么张牙舞爪。影视里用来反映落寞、孤独，想把自己隐藏起来的设计往往会用到帽子，比如连帽衫。

保润因为祖父去了精神病院从而"发现了井亭医院热闹的那一面"，是小说中相当精彩的一笔，我们能看到，苏童有意识地要把这个文本做出历史纵深度来，他是怎么从两个精神病人的角度切入的呢？

> 他的眼睛突然睁开，一把抓住了保润，你是组织上派来的？张书记迫害我，组织上要给我做主啊。
>
> ……听见那病人嘴里在嘀咕，要节约用纸，要节约用水，要节约用电。

什么时代说什么话，每个年代都有自己的流行语，这是写作者需要掌握、查证的。

接下来出现了"血迹"，祖父即将躺下的褥子上，陈年的、别人的血迹"微妙地勾勒出一只飞鸟的形状"，这代表自由的飞鸟形状的血迹是怎么产生的呢？"正当四月阳春，其他病人因为季节性狂躁被捆绑在床上，不是皮带，便是铁链，他们像屠宰场里的牲口一样嚎叫着"，与之相对应，被保润捆缚的祖父却能自由行走，"身上使用的是人性化的纤维绳，无伤，无血，无痛苦"。

"血"在《黄雀记》里出现过多次。仅在保润这一章，就有这样重要的两处：他去偷窥仙女，看到一条被里白底绿色条纹的棉被，"有一摊血痕留在上面，虽然被清洗过，浅红色的印渍仍然清晰可见。"暗示出那是她的初潮之血。仙女用空兔笼和保润打架，"那个粉红色的塑料标牌晃荡着，染上了一抹鲜红的血迹。我爱你。我爱你。他感到右手食指上一阵尖锐的刺痛，细看之下,食指被兔笼的铁丝戳了一个口子,正在殷殷地出血。"

一个训练有素的职业作家,总有把文本做厚的自觉意识。为了捆好祖父,保润自创了不少绳结。来看看苏童怎么通过命名那些绳结,增添年代的厚重感。

> 祖父哭丧着脸说,这叫文明结,不是我说的,我孙子说的。……
> 很多花样都是他自己命名的,譬如民主结和法制结,……其中法制结灵感来自于五花大绑的死刑犯,……祖父看到绳索出现过多的菱形就会尖叫,保润后来弄清楚了,那种绳结的花型让祖父联想起当年枪毙曾祖父的情景……

时间一下从讲文明讲民主法制的九十年代撕扯开,上溯到了五十年代,这种历史内嵌的处理手段轻盈,却很有效。

下一节《柳生来了》,苏童再次使用了四两拨千斤的方式处理历史遗痕。可以说,香椿树街的时代特征就在柳生一家身上。为什么柳生高人一等?因为父母都是刀铺的小刀手,整个七八十年代,在肉店里卖肉,是六大"铁饭碗"之一,"长期掌握着香椿树街居民餐桌的命运"。接下来既出现了子女顶替就业制度，个体户这个现象也被捕捉。但有意味的是姐姐柳娟一笔："每到春天就发病，一发病就会跑到火车站去，寻找某个名叫小杨的北京青年。"柳娟为什么会发病？苏童只用了几十个字。至于冰山下的八分之七，读者可以自行补充出那个悲伤的故事：知识青年上山下乡的年代，北京的知识青年下乡到了香椿树街，和柳娟相爱，但又离开她坐火车回城，导致柳娟疯了。

推开三人悲剧命运之门的，正是这个后来付出死亡代价的柳生，是他去找保润帮忙捆自己姐姐。"保润说，不去，我从来不捆女人。""捆你姐姐找女护工就行了，我捆谁也不捆女人"，那么，怎么发展到了把仙女捆起来这一步呢？

这就出现了仙女的兔笼。漆成蓝色的铁丝兔笼，"笼子里有两只兔子，一白一灰"。电影《黑天鹅》里，出现的主要四种颜色有黑、白、灰、粉红，那么，为什么是两只兔子，不是一只，也不是三只呢？这两只兔子，一只白色，一只灰色，有没有觉得，它们其实暗指了人物？对仙女而言的两次灾祸，都跟两只兔子有关。第一次，少女的她如果不去救这两只兔子，就不会被骗进水塔，"她原本有机会夺路逃跑，偏偏不舍得扔下手里的空兔笼"；第二次，成年的她（白小姐）为了追回祖父的两只兔子，又出了车祸。

少女时，作为化匠领养的孙女，仙女是住在医院围墙下的铁皮屋里。长大后,在不知情的情况下,怀孕待产的她住进了保润家的老房子,"你只当我在这房子里坐牢","她被困在一个陌生的屋顶下了","她是一个囚犯,……她是一个人质,……她也是一件抵押品,被命运之手提起来,提到这个陌生的阁楼上了"。

铁皮屋—兔笼—牢笼。如果说白兔象征仙女,灰兔则代表了柳生。仙女的两只兔子被柳生炖成了红烧兔肉;白小姐和柳生在同一屋檐下共同度过一夜,最终也是这一夜引发柳生的杀身祸端。

接下来《花匠的孙女》一节:精神病人把镇静药丸当糖果给小仙女。

> 她在地上的一个格子里酣睡,……一个戴眼镜的病人,粗看文质彬彬,细看是龇牙而笑的,他单腿蹦跳,一次次地跳过仙女的身体,嘴里发出亢奋的欢呼声。

这个情节会让大家想到什么?疯子一次次跳过她的身体,就已经表明,她的身体是会被一次次经过的。它预示了仙女的未来。在她成为白小姐后,去找让她怀孕的庞先生谈判,发现庞太太是坐轮椅的:

> ……轮椅就在门后,已经空了,……那对

夫妇不知发生了什么样的冲突，她惊讶地发现庞太太躺在客厅的地上，半仰着身子，而庞先生从庞太太的身体上跨来跨去，似乎忙着找什么东西……

男性居高临下，一次次跨越、凌驾于女性身体之上，是性别不对等的凌辱体现。

再往下读，通过仙女向保润提出的要求："必须在井亭医院以西三百米的汽车站接她，必须去工人文化宫，必须看进口的爱情片，看完电影必须带她去滑一场旱冰"，苏童展现出八十年代末九十年代初，香椿树街的商业特征、人们的休闲娱乐活动。现在，保润的第一次约会来了。但我们要记得，这部小说写的是一个悲剧，所有的描写都必须围绕这一点来营造氛围。

> 那天的天气不好，天空阴沉，郊区公路上小雨霏霏。……
>
> 路边的春色被尘土覆盖，一场两场雨水下来，春色洗不干净，反而显得有点脏。……春天以来乌鸦频频造访，它们栖息在老榆树的枝头，用一种刺耳的噪音来宣传春天的美妙。春天其实不一定是美妙的。……有个男人躺在老榆树下，死了。他至今还记得那截被绞断的麻绳，大约有一米长，

> 蟒蛇般地爬过死者的蓝白条病员裤，蛇首垂向草地，蛇尾拖曳在死者的小腹上……

他和仙女的第一个回合很不愉快，他没有再想眼前的少女，而是想起了一年前目睹过的一个死亡场景。注意麻绳—蛇的隐喻……

写长篇，最难的就是所有细节的有机嵌合。在保润的自行车上，仙女告诉他，和柳生认识是因为她靠给他姐姐送牛奶挣钱，要买录音机学唱歌。后来的白小姐是干什么工作的？"号称世纪夜总会的当家歌手"。甚至于柳生要结婚，都把她当歌女用，"请柬上额外添加了柳生蹩脚的字迹：麻烦你来献几首劲歌。有红包。"小说之营造，就在于这样的细节需要一一对应。如果之后又写学画画，那就要交代为什么不再喜欢唱歌……

接着，鸟的意象又出现了。

> 他注意到她的脚踝上有圆珠笔画的一个花环，花环上还站了一只鸽子。保润说，和平鸽啊？

保润这句问话非常符合他的潜意识：他是很希望能和仙女友好相处的。而在保润眼中的仙女，"她大胆地张开一条胳膊，像一只飞鸟亮出翅膀"，但这他人眼中自由随性的飞鸟，对自我的认知很可能只是家养的鸽子，而不是其他诸如老鹰之类的什么鸟。联系到仙女珍爱的兔子，我们可以合理猜测，浑身是刺的仙女所保护的，其实是自己天生温顺的性情。既不残酷锐利如老鹰，也不高傲脱俗如仙鹤。一来，鸽子是容易驯养的，据说唐明皇就给鸽子取过"飞奴"这样的名字，而人们后来猜测白小姐的身份则是二奶三陪。其次，鸽子有很强的归巢性，白小姐明明有各种远走高飞的机会，最终却兜兜转转，非要落脚香椿树街，还住进保润家的老房子。

保润祖父的房间租给马师傅后，香椿树街历史上第一家精品时装店出现了。我们要注意苏童对墙纸、地砖、屏风、柜子、吊灯、塑料模特等的描写，它们都必须符合当时的时代特征。再往下，借助小美的故事，作者开始预叙。因为要扣住"丢魂"这个主要意象，早恋怀孕、不会说话只会哭的中学生小美，被形容成"丢了魂"，接着母亲一句"人家小美未成年，不管是谁，都要枪毙的！"呼应了未来保润的命运。仙女奶奶则认为，"这太阳也丢了魂，整天病歪歪的，一点没力气，晒什么都晒不香"，她一边拍打棉被一边数落仙女，"从早到晚守着那个音乐匣听啊，她的魂不在身上了，让那个匣子吸进去啦！"这录音机正是仙女贪卜保润的八十元旱冰鞋押金买的，办童用

童年一句谎言，毁掉三个人生 119

"音乐匣",一来符合没啥文化的老人的认知语言,二来,和录音机相比,匣子的空间封闭性更明显,就跟手电筒一样。仙女因为魂被录音机吸走,就和祖父一样,从此丧失了其他东西。

偷窥仙女的保润,这时注意到了兔笼的变化。

> 漆成天蓝色的铁丝网格,新近挂上了一个粉红色的心形标牌。……
>
> 现在,兔笼上的那个心形塑料标牌,他总算看清楚了,……上面印刷了三个花体字:我爱你。
>
> ……那个粉红色的小塑料片不时地触及他的膝盖,它以塑料的名义,对一个陌生的膝盖诉说,诉说盲目而空洞的感情。我爱你。我爱你。我爱你。……
>
> 兔笼上那个粉红色的心形标牌,不知什么时候自动展开了,一道温柔的红光刺破了泵房的幽暗,对着他娓娓倾诉:我爱你。我爱你。我爱你。

在这一节,这个粉红色的心形塑料标牌意味着一切真相。为什么保润会注意到?"他明明是来复仇的,现在他眺望着她的窗口,竟然在思念她了。"对仙女的爱恨不分,爱恨交织,催生了其后对她的捆绑,间接导致她被柳生强奸。一般来说,我们会用怎样的动词去描述温柔的光？弥漫、蔓延、铺开、延展、洒下等等，对应这"红光"，苏童用的是非常尖锐的"刺破"二字。后面保润的食指被兔笼铁丝戳了一个口子，血染上粉红色的塑料标牌。为什么要强调是塑料的？为什么不是不锈钢的，甚至不是一张纸片呢？和其他材质相比，塑料是廉价的、不牢固的、脆弱的，它又不像纸，纸不至于产生伤害。偏偏它所代表的字面意义，又是爱情。这不知真假的爱情，却让保润和仙女都付出了流血般惨痛的代价。

接着往下看，出现了一个重要的空间——水塔。

> 水塔就在树林边缘，红砖垒砌的封闭式塔体爬满了暗绿色的藤蔓，……一条圆形甬道环绕着巨大的水箱，甬道的一半是亮的，另一半是暗的……

写作者如果想让自己的作品具备独创性，文本里就需要有颠覆常规的细节或情节。塔本身不是中国固有的建筑形式，是随佛教从印度传入的。因此在传统叙述中，一般跟真善美有关。如，救人一命，胜造七级浮屠，浮屠指的就是佛塔。水塔是供水用的，是帮助人类的，常规叙述应为正向，但在《黄雀记》里，水塔却是罪恶的发生地，恐惧记忆的源头。

边缘、封闭。这是小说第一次展示出的水塔完整视觉。注意这里一半亮、一半暗的描述，保润"把兔笼放在了窗洞下面，此处算是泵房最明亮的区域了"，那时他的命运还没进入黑暗，但第二天仙女一出现，保润"条件反射，跟随阳光一跳，躲到了一只柴油桶后面"，苏童在这里讽叙下这么一句："这个瞬间值得纪念。""泵房的环形甬道还是半明半暗，昨天的铁丝兔笼放在窗下，今天已在暗处。"兔子、保润、仙女，都因柳生的一念，走向生命暗处。

如果细心阅读，我们可以注意到，保润捆仙女用了什么结？莲花结。

和塔最初是佛教建筑一样，莲花也是佛教典型的象征物，代表圣洁清净。小说中的水塔，后来果然被改成香火庙，供奉起了菩萨。所以在水塔中出现的莲花结，是一处非常具有讽刺意味的隐喻。当莲花结上的莲花渐次开放时，"一个少女神秘的肉体世界被镇压了"，如果这里处理成梅花结、兰花结……讽喻的指向性会全部丧失。在这里，苏童用的颜色也随之产生错位。"风暴席卷两座小小的馒头似的山峦，山峦上弥漫着白色的烈火"，白色，是为了说明少女皮肤的白嫩、白皙，因为"急剧地起伏"，所以又是愤怒的烈火。到了小说第三章，莲花再次出现，保润送了她一朵莲花。

> 她……接过了那朵半开的红色的睡莲，不知怎么想起当年水塔里的夕阳之光，眼睛顿时湿了。

当年保润给她绑的是莲花结，送她花的时候居然不自知，显然完全忘记了这个细节。而这朵莲花又是半开状态，并非盛开的成熟女子，只是花朵初放的少女。所以白小姐才会被往事所伤，泪湿双眼。这朵莲花也具有很强讽刺性，中国文化里会把清纯美丽的女子比喻成莲花，但在仙女／白小姐这里，是污浊的诞生，是毁坏的开始。保润捅死柳生后：

> 只有保润馈送的那朵莲花，还在汤碗里盛开，……碗里的水剩下了一半，红色的莲花便往下沉沦，也沉沦了一半……

她的命运最初是被保润改变，所以跟着一起沉沦。回到那一天下午，保润再次从外部打量红色的水塔。小说第三章，仙女跟柳生有一段对话，她说柳生之所以觉得谁也不如仙女干净、刺激、性感，是"因为她被绑着，因为她是处女，因为她只有十五岁"，所以，这水塔必须是红色的。它不能是其他任何颜色。

> 红色的水塔上空覆盖着几朵稀薄的云彩，看

不见罪恶的痕迹，听不见她的声音。

这层稀薄的云彩，对应的是没有人听到过呼救。这个呼救的声音，是封闭在水塔内部的。后来水塔被改造成香火庙的时候，更是被一堵崭新的墙面彻底封存起来。一段罪恶就此隔绝。这罪恶在水塔产生，被封，这罪恶从未被面对、正视、消除。从某种角度上讲，这是作品的一处不足。水塔，从一开始罪恶的发生地到最后成为一个与自己和解、守望的地方，水塔本身倒是完成了救赎，然而人却没有。这三个人，从某种意义上来说，直到小说结束，都没有过忏悔与赎罪。

接下来就是保润的被捕，这个"被捕"很特别，可以学习一下苏童是如何巧妙、高明地嵌入时代特征。如果是一个初学写作的新手，肯定会让这辆吉普车直接开到保润家门口。因为读者和警察都知道要抓谁，在哪儿抓了。他非写得一波三折。

> 三霸！抓三霸！他们喊得有根据，三霸不仅走私外国香烟，还是火车站一带票贩子的领袖，……是李老四，去抓李老四啦！这次喊得也有道理，那个李老四天天带着钢锯和大剪子出没在铁路码头和荒废的工厂区，专门剪电缆电线，剪了卖钱，剪断了军用光缆就要坐牢……

看似咋呼、热闹的几笔，白描出从计划经济转向市场经济的过程中，一些今天已不再认为具有社会危害性，不再作为犯罪处理的犯罪行为。

在抓捕罪犯的白色吉普车上，保润看见了柳生。

> 保润注意到柳生不知什么时候挂了彩，他的一只耳朵上，可笑地包着一块纱布。

用这处很小的细节，作者暗指柳生因强奸仙女而受伤。

小说接下来的描写进入了一个新的封闭空间——拘留所。我们再次发现作者一定要把历史嵌入的匠心所在。这拘留所设在一处被作为敌产接收的大丝绸商的私家园林里。

> 风一吹，旧社会的桂花与竹子在摇曳，新社会的花草和蔬菜在摇曳，它们在一起，正好是历史在摇曳。

曾经的知识分子，弘扬的是"宁可食无肉，不可居无竹"。竹子笔直的线条和中空的结构对于文人而言，意味着刚直不阿、高洁清雅的品格。桂花则象征荣誉，成语蟾宫折桂，说的就是秋试及第。进入新社会，人们之所以热爱在花园里种菜，或许是因为经历过太多，认为只有自己种菜才有安全感吧。

保润被提审的时候再次出现了绳子的意象。小说中出现的意象，既不能太多，又需要统一。

  疏淡的阳光……在椅座上编织出一条奇妙的链形。男提审员说，你看着椅子干什么？椅子救不了你，站起来，坐到椅子上去。

这一次，绳子没法再帮他，他坐进了绳子里。

第二章是《柳生的秋天》。柳生被安排去替保润行孝，和祖父聊天再次聊到当年挨批斗，祖父认为是煤炉钩打出一个通道，害自己丢了魂。柳生却说，"别的老人都有魂，有魂有什么用，不都翘辫子了？你没魂那么长寿，有什么不好？"注意，这来自年轻一代的观点在小说里是一以贯之的。第三章里，祖父回了一次自己家，人们纷纷议论，"这些年来香椿树街死了那么多健康的老人，只有祖父成了一棵不老松，说明什么问题？说明丢魂可以长寿，丢魂说不定就是最好的养生之道。"作者对一个不再需要灵魂的社会所隐含的批评是尖锐的。

从上海外滩、美国银行、保险柜、房契地契、抄家没收、无产阶级，到感谢信、活雷锋，大量时代特征，变成柳生和保润祖父对话中的一个个名词。

所以，黄雀究竟是什么呢？柳生习惯了与祖父相处，其实是习惯了与阴影相处，与阴影共同生活。有时它是历史的阴影、罪行的阴影，有时它又是欲望的阴影、真相的阴影。《黄雀记》英文版的名字是《猎人的影子》，既有具象的特征，又有影子的意象。苏童认为这个书名是贴切的，补偿了中文版命名的缺陷。

那么，柳生对保润祖父的好，对白小姐的照顾，究竟是不是赎罪呢？

> 他曾经听见父母在厨房里悄悄地议论，有朝一日保润回家了，对柳生会是什么态度？好心会不会有好报？要是保润不领柳生的情，那我们家岂不是竹篮打水一场空？

应该说，这些是无法和西方文学意义上的赎罪相提并论的。第三章，柳生对白小姐说：

> 先说过去的事，那个那个那个，那个水塔里的事。他说，我其实是个好人，了解我的人都知道我是好人。这么多年我一直不明白，当年怎么对你做了那种事？他们都说我是丢了魂，我的

魂不在身上，那年我们街上不是有好多人丢了魂吗？

他从未承认过强奸，把一切归咎于被动"丢魂"，甚至不觉得那是一种主动罪行。如此，又何来反省和救赎呢？为什么陀思妥耶夫斯基会对罪恶有很多的宽谅和容忍？为什么他对笔下的那些罪人，内心是关怀的、悲悯的？那是因为他是有信仰的人，坚信上帝的存在是必然的，是不能怀疑的，认为没有崇高信仰的生活不值得一过。别尔嘉耶夫对他恶的写作主题如此分析："正因为世上存在恶与苦难，上帝才存在，恶的存在是上帝存在的证明。如果世界是绝对的善和幸福，那么就不需要上帝，那么世界就已经是上帝。上帝之所以存在，是因为存在恶。"也就是说，他写恶的前提是：因为有上帝存在，人类用自己的自由意志去挑战上帝的行为是恶。所以请注意，罪恶，是自己对上帝犯下的。罪恶的本性是内在的，而不是外在的，来自社会的。人要为自己自由的自我意志所造成的罪行负责。而在中国语境下，我们对于罪与赎罪，是很难有这种理解的。因此，即便苏童在第三章通过庞太太读的那本书：如何向上帝赎回丢失的灵魂，直接点题，还是不能真正触及赎罪这个主题。

接下来，女公关白小姐出场。一九八九年时，有一部电视剧叫《公关小姐》。女公关这个行业,在当时真的像女秘书一样,是一个受人羡慕的职业。十来年过去,这个行业已经蜕变成"有正规的,有野鸡的"。

> 他迎接这个年轻女人,就像迎接一个悲伤而诡秘的黑夜来临。(预叙)
> 记忆訇然一响,成为满地碎片,放射出令人惊悚的尖利的光芒。

整部小说,出现过二十次"尖利",比如在此之前,"莲花开放在幽暗的水塔里,闪烁着金属特有的尖利的银光"。这也提示我们,如果要写的作品氛围是柔和温馨的,就要回避这种破碎的、损毁的、带刺的描述,尽量选择圆润的形象。

再次见到仙女后:

> 他有点怕。……有一个低沉的声音在水塔上呼唤他,上来,柳生你上来。他分辨不出那是保润的声音,还是一个幽灵的声音。……
> 那是他曾经亲吻过的嘴唇吗?……那是他曾经抚摸过的乳房吗?……他想起一句流行歌曲的歌词:曾经拥有。

对仙女犯下的那没有被法律判定的强奸罪行，柳生从来没有产生过真正的歉疚感，他所有的歉疚，只产生于冤枉了保润，让保润去给他背锅坐牢十年。所以他的恐惧，他面对的幽灵，从来不是白小姐，而是保润。

> 两只乌鸦还栖息在水塔顶上。这么多年过去了，还有两只乌鸦栖息在水塔顶上。

稍微做了一下变形所形成的反复叙事。"还"与"还有"，体现出时间的久远与不可思议。这里乌鸦是否能替换成鸟？替换了显然会弱化许多。在中国文化里乌鸦是一种不祥之物，偏偏却是柳生犯罪的唯一见证者。乌鸦其实是他内心难以摆脱的恐惧与不安的折射。

那么白小姐呢？她对保润，又是怎样的心态？苏童没有涉及心理描写，他写的是动作。

> 那个国际大傻逼，现在怎么样了？
> ……他低声说，还那样，他还在里面，刑期没满。她低下头，从包包里掏出纸巾，擤了擤鼻子，我感冒了，一到秋天我就感冒。

保润坐牢已经十年了。十年间，整个香椿树街也在一步步变化，作者以小见大，只着重写了马家经营的店铺从精品时装店变成了连锁药店,还开始卖起了伟哥。

以幻觉的方式,保润的阴影出现。马师母拿出几封保润的信,让柳生带去给他爷爷。刚塞进裤子口袋里时,信纸是返潮的,这符合河边青苔遍地的老屋潮湿环境,但后来,"口袋深处隐隐飘散出一种古怪的焦煳味",按照常理,湿润的信纸是很难自燃的,作者为什么会让柳生产生这样自相矛盾的感受呢?这里,恰恰见出设计的用心带来的张力。保润潮湿沉重的监禁生活,和柳生干爽得意的自由生活第一次短兵相接,保润的体温,加上柳生作为一个对他心怀歉疚的人的温度,烤干了保润那本来就很空洞的生活,于是,"柳生觉得大腿处有点疼,还有点烫"。

> 透过保润的家信,他隐隐地看见了自己的未来,那个未来冒出了一缕神秘的青烟。(预叙)

柳生看到保润从监狱里寄出的信件,信是里和外的沟通,但没有任何真相能从里面传达到外面,这是一个特别有指向性、隐喻性的细节。

> 保润的每封信只有一页纸,稚拙的字迹略有个同,……开头都是亲爱的爷爷、爸爸、妈妈你

们好，内容差不多都是我在这里一切均好请放心。结尾更是雷同，无一例外都是希望你们保重身体，此致敬礼。

这部小说里，有过很多次语言的、非语言的交流，但所有交流，几乎都是无效的。比如第一章，保润与仙女的所有沟通都是落空的、错位的。第三章，柳生表示这么多年过去，自己好像还是陷在她这里。仙女听后是愤怒的，骂他强奸犯，柳生的反应却是，"我把你当知心朋友，你还是把我当罪犯！"无效的沟通带来误解，误解产生张力，张力推动故事。

我们设想把它搬上舞台，那就是里和外的二元对立关系。兔笼里兔笼外，水塔里水塔外，医院里医院外，房子里房子外。保润去坐牢，柳生在外面。对应白小姐去过的深圳、国外，香椿树街就是一个里。在这样的里外关系中，信息却不能够有效地顺畅地流通，这是这部小说所有悲剧发生的根本原因。而这部小说构建的所有悲剧之所以成立，与这几个人物都没有受过足够教育、不具备察言观色的情商能力有关。（苏童对人物的设定是准确的。）

　　他觉得那些文字长有一排细小的牙齿，轻轻噬咬着他的大腿。

信笺呈现的是空洞的文字，没有办法形成沟通，但是信封信纸这样的具体实物，带来身体的感觉。通过身体，它们刺痛了柳生。如果说，保润是一种封闭的、愤怒的、内向的存在，柳生则正相反，是混得风生水起、游刃有余、八面玲珑的，他们两者也是内和外的对立，是通过仙女／白小姐建立起两者沟通的，结果失败了。而如果没有这个女性，两人其实是有沟通的可能性的。

被刺痛的柳生在将水塔改造成香火堂时，让工人把通往水塔顶部的铁梯封死了，当他以为噩梦被埋葬，"过去的事情，应该已经过去了"时，作者逸出一笔，写道：

> 他走到水塔外面，仰视泵房幽暗的窗口，恰好一只麻雀从树林那边飞过来，飞进了窗口。

所有的鸟都还能自由出入。也就是说，这黑暗的记忆禁区，是堵不住的。

小说中出现的天气描写、环境描写，并不能独立存在，它们必然要为人物服务。《黄雀记》里的天空，经常都是阴沉沉的。即使是黄道吉日，天仍然是阴沉沉的。当年保润看到的爬山虎还是暗绿色的藤蔓，到了柳生迎佛的深秋，"枯干的枝蔓迎风飞舞，水塔看上去像一个披头散发的巨人,面目有点狰狞。"这看起来可不像一个正常的会发生好事的天象。很快,菩萨的莲花座上出现了一张纸条,"白纸黑字,看起来特别醒目:柳生是个强奸犯!"

我们接下来看白小姐跟柳生在茶餐厅的见面,这里出现了一处细节,与兔笼上的粉红色心形塑料片异曲同工,出现的是一棵仿真棕榈树。第三章,白小姐和柳生共处一室的早晨,她觉得幸福,动念嫁他,却被婉拒。这三个人发生的两组感情,都是似真实假,然而假物死物的阴影,仍是真正的阴影。

> 棕榈叶子在光线下交织出一大片锯齿形的阴影,笼罩着她的面部和肩膀。
>
> ……他坐在她的阴影里,忽然想起她当年的兔笼。现在,他像一只兔子被她的笼子收纳了……

仙女变成白小姐,最明显的变化出现在哪儿呢?是身上的香气。

保润一次次见到的仙女,是"清凉的栀子花香";柳生第一次见到成年后的白小姐并认出她时,"身上有隐隐的栀子花的香味",再后来是"香水脂粉的气味",在茶餐厅,她失去女公关的工作时,"他能闻到她身上香水与皮革混合的气味"。从这个地方开始，她的人生持续往下。

柳生开始帮白小姐追债，来到了马戏团。

> 门上贴着供电局的欠费通知单，还有老军医治疗梅毒的小广告，一张盖着另一张。

今天我们看到的小广告，内容往往是公积金信用卡花呗取现。在小说创作中，哪怕是广告上的一句话，也要符合现实特点。小说的虚构性只在于情节，而所有呈现出情节的细节，都要做得特别真实。比如苏童写三十个小姐在井亭医院为一个精神病人唱歌庆生，另一个精神病人开枪阻止，这是虚构，是荒诞。但小姐手上抱着的音箱，还得是那个年代才有的样式。

这个破落的马戏团跟保润家很像，也是"一条窄窄的弄堂式的通道"，驯马师住在马房一间铁屋里，"屋顶盖着一块篷布，四面墙体用铁栅栏加三合板围拢"，"那铁屋以前应该是虎笼或者狮笼"，这和仙女小时候住的铁皮屋产生了对应，这谈过恋爱的两人都曾如困兽一般。驯马师自杀后，再次出现对阴影的描写。柳生母亲邵兰英那番哀叹则为预叙。

> 慈云寺的菩萨告诉我了，……她不是什么美

女,是你命里的妖孽啊,……你要是还跟仙女纠缠不清,我们这个家,又要灾祸临头了!

柳生逃亡,住进水塔的那个夜晚,水塔顶部的还是两只乌鸦。这两只乌鸦一定不是真实的,不可能永远只有两只乌鸦,有可能三只,有可能一只,也有可能一只都没有。但是,柳生一定会遇到两只乌鸦。水塔回荡起一种奇怪的声音,柳生想到了保润,而在这惊魂一夜里,从来都没有出现过仙女求救的声音。

对柳生来讲,深层意识中的水塔是幽灵,是抽象的、无形的概念,实际语义指向为对罪恶的恐惧。苏童在写到柳生恐惧的时候,写的都是听觉,幽灵般的风声、走动声、敲钟声……对白小姐来讲,水塔则是绳索,这恐惧是具体的、有形的。写到白小姐进入水塔的时候,则是听觉与视觉一起。

水塔的桶状空间隐隐回荡着一个少女尖利的呼救声……她看见了自己一绺一绺的魂……

第二章结尾处,出狱的保润去见祖父,翻出小时候拍的全家福:

我的脸没了,我妈妈的身子没了,我爸爸全

没了，就他好好的，他都在！

……全家福照片里只有祖父幸存……他用躲躲闪闪的目光注视着摄影师的镜头，似乎向未来表达着某种深奥的歉意：对不起，你们都将消逝，只有我长寿无疆。

如果说，祖父代表过去，那么保润一家，已经没有美好的现在与未来。

第三章也是最后一章的《白小姐的夏天》，故事将无可挽回地走向悲剧，于是开始出现血。

六月她决定去打胎，发现双人沙发椅的塑料膜下"布满了星星点点的血痕，有的地方像一块暗红色的袖珍地图，有的局部像涓涓溪流"，一个女孩刚割了腕。她放弃这个念头，决定去找让她怀孕的男人。

她觉得出口处的人群都在观察他们的拥抱，似乎在观赏一只倦鸟飞上枯树的枝头。

如果这个时候的她是兴奋的、乐观的，对前景有明朗的信心，那就该是一只倦鸟飞上树的枝头，枯树，显然不可信赖。

很快，她用杯子砸伤他，"血在尼龙面料上汹出一个图案，像一束小巧而精致的焰火，无声地绽放。"被保润绑了莲花结时，是白色的烈火。火焰代表她的愤怒，就像她最终生下的红脸婴儿，被称为怒婴一样。然而命运无视她的愤怒。很快她就被保润盯上了，她没有认出保润，但她认出了那根绿色的尼龙绳子。

> 他无声地追了上来，尼龙绳子被草草地塞进沙滩裤口袋，露出一截绿色的绳头，像一条摇摆的蛇。

跟之前的比喻一样，蛇。

接着描写顺风旅馆，一句话带过，写它前身是工人文化宫招待所，更早以前是著名的工人电影院。又是用一个地标的变迁写出时代的变迁。小说迅速回到绿色的尼龙绳，她被绑上如意结，绑去水塔。水塔如今有了新的功能，是护工宿舍，保润的家。

被绳子捆绑起来的，除了白小姐，还有保润自己。因为离开绳子，他什么都不是。他没有信心，也没有办法跟人正常相处。他想和她跳小拉，"音乐无所谓，还是要有绳子"。

这次的结不一样了。这一次是梅花结。上一次，莲花结是在少女没有发育完全的乳房上绽开的，这一次绳子面对的是成熟女性，于是在她的腹部绽放。

本来，贴面舞已经跳完，她跟保润的债务清了，她可以去机场，离开。但是祖父出现了，代表白小姐过去的两只兔子，一灰一白，而不是两只乌鸦什么的，再次出现。过去的力量把她拉回原地。车祸发生了。

  有数道绛紫色的光束挣脱了她的头脑，箭矢般地射出去，她猜那是她的魂。她看见了她剩余的魂，剩余的魂是一绺一绺的，绛紫色……

绛紫色。那个她被强奸的下午，"他的生殖器像一根紫色的萝卜，在水塔的夕照里闪烁锥状的光芒。那光芒原始，蛮横，猝不及防，它剥夺一个少女的贞洁，也刺伤了一个女人的未来。"而在卢瓦河边那座城堡里的绛紫色客房，她有了身孕。

自从被保润用狗链子捆过之后，她就魂飞魄散，失去了自我精神的完整性。

  她只看见自己微微隆起的腹部，像一座神秘的矿山，掩藏着一个陌生的生命。

把腹部比喻成矿山，对应了胎儿生父庞先生的身份，一个做铁矿石、铜矿石期货的商人。

接下去白小姐在病床上写遗书，这里有一个细节处理得非常好,是一个标点符号。

> 我恨死了这个世界,我恨死了这个世界上的人

这句句子没用句号圈起来、封闭起来,这未完成的句子,这缺失却构成了巨大的真实。她是趴在那里偷偷摸摸写的,别人凑上去想看,她赶快把它收起来,因此不太会把句号完整写完。她也没有受过多少教育,这种时刻,不会像训练有素的文字工作者那样谨然对待。这样的处理,是成熟作家才会有的细致。

出院后待产的白小姐住进了柳生为她租下的房子,那时她还不知道这是保润的家。前面提到,这部小说构建的所有悲剧之所以成立,与这几个人物都没有受过足够教育,对言语所蕴含的信息不敏感有关。

保润后来为什么要杀柳生?是因为他觉得柳生跟白小姐是同居关系,却还要跟别人结婚。但我们来看看下面白小姐的这些反应:

> 她起初以为是柳生,柳生?你怎么进来的?跟小偷似的!为什么不先打电话?谁批准你进来的?……
>
> 她失声惊叫,……原地跳起来了。……持刀躲在厨房的门后,跺着脚朝门外喊,混蛋,两个

混蛋，我又上你们的当了！为什么骗我住到你家来？你们还要干什么？

……我也上他的当了，柳生说租房子给他女朋友住，我不知道你是他女朋友。过了几秒钟，又问，你是他女朋友吗？没等她回答，他发出了一声冷笑，我明白了，他妈的，你们两个人在我家里同居？有意思，很有意思啊。

她气哭了，朝着厨房的门大声喊道，放屁！谁是他女朋友？谁跟你们这种人同居？

这里再一次出现里外的沟通无效性，"他在厨房的门外，她在厨房里，隔着门"，白小姐的态度是非常真实自然的，如果受过一定教育，对语言在意，听到白小姐这么说的时候，就已经很明确知道，她跟柳生不是那种亲密关系，更不是同居关系，甚至还有一些敌意。那么到后面，保润发现自己父亲那条灰色衬裤不见了，而白小姐回答："你爸爸的裤子，让柳生穿走了。"就不会一上来就怀疑两人有染，至少会多问一句。比如，他怎么会穿走的？他来过了？多问一句话，这最终的悲剧就很有可能避免。

柳生睡在保润家那天黎明，两人也有一次无效沟通。

先说过去的事，那个那个那个，那个水塔里

的事。他说，我其实是个好人，了解我的人都知道我是好人。这么多年我一直不明白，当年怎么对你做了那种事？他们都说我是丢了魂，我的魂不在身上，那年我们街上不是有好多人丢了魂吗？

柳生用"那个"指代自己的强奸罪行，从头至尾并不正视，这和保润质问白小姐，"绑是绑的错，强奸是强奸的罪，谁绑你谁强奸你，这么简单的事，你分不清？"而白小姐却回答，"不怪我，我那会儿丢了魂"，性质是一样的。上面柳生说的"他们"是谁呢？显然至少包括了他的父母。"我"是丢了魂，丢了魂的人还不止"我"一个，本意就是自己也是一个无辜受害者；或者即使"我"是加害者，"我"也是站在人群当中的，既然站在人群当中，"我"就不用站出来，不需要去背负这一罪责。白小姐的回应是尖锐的：

> 仙女是我，白小姐也是我，是我让你逍遥法外这么多年，你内疚罢了，还债罢了……

这一句就能看出，中国语境下的所谓赎罪，其实是还债，用什么补偿？怎么补偿？没人关心罪人的内心世界。而西方语境下的赎罪则是忏悔，内心首先得悔过,那才是最根本的。

白小姐一生气,"手里的剪刀朝他掷过去了",就像对待庞先生,"抓起一只杯子便朝他砸过去",白小姐的悲剧,也在于当她有负性情绪想要沟通的时候,总是无效沟通。

> 她在阁楼上辗转反侧,楼下的大房间里响起了柳生响亮的鼾声,一次不成功的交流,勾起了她的痛楚,却足以使他放下了心事。

这个细节,苏童写得很符合女性视角。常常在描述失败的夫妻关系,或者男女之间产生隔阂时,会出现类似的画面。比如妻子还说着话,丈夫已经睡着。或者在黑暗中,一个人满足睡去,而另一个人突然睁开眼睛。

接下来,苏童以兔笼比拟岁月。兔笼在小说中是怎样变化的呢?

十五岁,"她提着兔笼在井亭医院走来走去,昂着脸,目光傲慢,像一个手持宝物的女侠客穿行在吸血鬼的世界里。"少女时代,还没经历过糟糕的事,她和兔笼一起保护兔子。兔笼是她的陪伴,是亲密关系。

二十五岁,她先是跟柳生睡在保润的笼子里,接下来睡在岁月困着她的笼子里。兔笼束缚她,两者关系变得冷漠。兔笼也从具象的实物，变成抽象的岁月。从有形到无形的空间，保护过的，也会成为束缚。第一次是身体的束缚，是在具象的屋檐下，再到精神的束缚，束缚是要一次次改变的。在一部长篇小说的推演当中，束缚不能一直都是一个具体的、实实在在的屋檐的束缚。

接下来，白小姐梦见了祖父。他们之前没有发生过什么直接联系，第一次是在她离开去机场的路上，看到祖父逃走，后来是祖父从精神病院逃出回到家里。这一次在梦里，祖父的这段自语，也可以理解为是一次预叙。

> 我的魂丢了，不知丢哪儿去了。姑娘，你看见过一道光吗？有个小女孩偷了我的魂，是你吗？姑娘，是你偷了我的魂吗？

因此，她生的孩子，必然会交给祖父，给祖父一个新的魂灵。如果祖父能够恢复正常，有未来可言，那么一定是通过这个孩子，或许仍是梦境，使他们俩产生精神交流。祖父的魂魄问题，是小说里手电筒在哪儿的问题，也是小说外时代的问题。它既是一个蓬勃发展的时代，也是一个失魂落魄的时代，因此这个意象被作者抓得很紧。

之后作者讽刺性地让我们看到，柳生从未尊重过白小姐，婚礼请柬把她当成歌女，之前则是把她当成跳小拉的舞女。不知大家是否注意到，八月初八柳生结婚这天，白小姐原本对自己的安排？这个计划显得白小姐非常独立、自主，她不想给别人造成麻烦，也不想让自己困兽般伤心愤怒，她打算"用自己的积蓄款待自己"。

  去丽人行美容店做一次美容。去哈根达斯吃一次冰激凌。去翡翠行买一个玻璃种挂件。去西部牛排吃一块牛排。最后她提醒自己，一定记得把那瓶名叫毒药的香水买回来……

保守估计，这一天的消费近万，说明什么？说明她其实不缺独自生活的经济基础，她是有积蓄的，她当时去机场打算回深圳，说明也能买得起机票。那为什么一定要住香椿树街的破旧老房子？因为不是自己花钱？就为了省这么一点房租吗？而且庞先生跟她的合同也写得很明白，只要把孩子生下来，DNA验真后就给她一笔钱。这一天的消费构建只能表明，是作者在不断制造牢笼把她放入，她其实随时可以远走高飞。而那必然不走的原因，作者并未交代。事实上，她自己吃一碗生日面，去到处转转、闲逛，甚至因为庞太太，好奇参观一下教堂，都可能更顺理……

那之后保润打捞手电筒失败：

> 我爷爷为什么那么长寿？因为没魂。没魂他长寿，没魂他太太平平的，非要找那魂，不是催他上西天吗？

如果祖父代表祖先，魂魄代表历史记忆，保润的言论有相当的代表性：为什么还要去谈历史？为什么不能把那些放下？为什么非要去跟过去对质？

夜里，白小姐再一次梦见了祖父。

> 你别不知好歹，没有魂你才那么长寿的……祖父说，我不要那么长寿，没有魂活着也是受罪……

这一次出现了两个声道，两种声音的平行流动，在这段两人对话里，祖父希望历史要有传承，要有落脚之处，要有来龙去脉。白小姐的声音则代表了香椿树街上的大部分人，他们不在乎来路不明，不在乎缺父少母、断层隔代，不在乎砍断与过去的联系。这一部分显然体现了苏童自己的历史观，即对历史要有追溯的、反思的、质问的态度。小说中的时代正值改革开放如火如荼，在此之前，中国传统文化已经出现了断裂，它也对应了白小姐本身的无家、无根、没有来路。不问来路的人，觉得只要看到眼前就好。所以为什么是她扔了祖父的魂，而不是其他人？她是一个无根的人，她不认为历史有什么沉重负担，但既然她扔了这个魂，她要付出的代价是什么？就是要留下这个孩子，留下传承与延续的可能性。

她醒来，发现开始闹鬼，现实不断逼着她面对历史，接下来整个天井里的一段魔幻描写，全是祖先们的显现。这时，通过天气出现异象的方式，苏童开始预叙两个男人的结局。在这一天，在这个死亡即将广而告之的日子里，既非阴天也不下雨。

> 是个晴朗的天气，香椿树街浸泡在初秋干爽的阳光里。她不知道那阵风是不是传说中的阴风，那阵风似乎是从地底下钻出来的，呼啸声极其短促，但风力持久而有效。那阵风首先扬起了地上的黄纸，继而是冥钞……

她扑入水中，"看见了自己绛紫色的魂"，这紫色，对应她之前记起，柳生的"生殖器像一根紫色的萝卜"，她开始丢失自己，正是从水塔开始的。

但她接受河水的训诫，洗一洗。洗一洗吧。她安抚了自己，又用手蘸水，摁一下腹部，以河水安抚胎儿，孩子，好好洗一洗，我们洗一洗再死吧。

上面这段，如果没有最后那句"我们洗一洗再死吧"，其实是非常明确的受洗意象，不能说白小姐一点没受基督徒庞太太影响吧？那么，基督徒一般都要接受洗礼。这用水行的礼，表明信靠耶稣的宝血，洗去一切罪恶变得圣洁。从文学角度而不是日常生活角度出发，一个受洗的胎儿，想必会受到神的力量的眷顾，将安稳、宁静。但是作者还是反映出了中国传统思想，没有期待"变得圣洁"，而是（洗得）干净清白地去死，似乎不死不足以"平民愤"，以致作者直接给出了一个红脸的、后来又被命名为怒婴的耻婴。

红脸婴儿的红脸，因为母亲的羞耻而生。

为什么只有白小姐需要羞耻，而不是保润和柳生？作者以柳生的姐姐柳娟的口吻写道："你算什么仙女？你不知道你有多脏，回到河里去，好好洗一洗！"这脏对应的是仙女，是她被狗链捆绑强奸的十五岁，是谁把她弄脏？

然而讽刺的是，同为女性的柳娟似乎并不知道，家人把她送去井亭医院，只是"为了防止她做出玷污门楣的事情"，而她的弟弟柳生却说过这样的话，"操他妈的，她这样的女人，还算什么女人？……随便捆，千万别把她当女人。"

所以这小说，终究是完全站在男性的写作立场，无意颠覆传统"男性意识"，也并没能超越世俗成见。也因此，白小姐只能再次不按女性常理，住进了水塔。"从前的仙女，又回到了水塔。"作者难道希望混乱的一切归零？还是如作者创作谈所言，因为白小姐从小在精神病院长大，曾经是一个健康的女孩子，很多年后，她会成为一个精神病人，就这样回归？显然，让她产后抑郁也是为了这个目的而铺垫的。有评论认为，这塔是和解的象征，起到抚慰的作用。那么水塔的抚慰功能落在哪儿了呢？落在"祖父抱着怒婴，端坐在水塔的门口……怒婴依偎在祖父的怀里，很安静"。但如果仅止于此，那就只起到了语言上、修辞上的抚慰功能。

沈从文《边城》的最后一章，象征翠翠和爷爷所代表的湘西苗族精神世界的白塔倒了，白塔又建了。人们需要重新修好的白塔，因为希望得到精神救赎。而苏童笔下的水塔却继续存在。原封，不动。这水塔，才是真正的父性大他者。它旁观。

课堂交流

学生：为什么柳生不觉得自己强奸了白小姐？因为他觉得自己跟仙女跳过舞，他隐隐觉得仙女是有点喜欢他的。这种感情是比较暧昧的。

走走：我们揣摩一下仙女的心理，她可以对柳生有好感，但她没有允许他侵犯她。她是可以在最后一刻说"不"的人，他必须尊重她说"不"的权利。苏童写出了柳生的态度，是非常真实的男性的态度。所以柳生不可能反思、忏悔，因为他就是觉得仙女是喜欢他的，所以他没有产生愧疚感。作者试图处理的是世纪之交那二十年，他保留了那个时代，没有超越。但今天，当我们遇到同类题材，就必须考虑到，女性主义已经发展到这个程度了。并不是因为女性穿了短裙，就是在诱惑男性；并不是因为他跟她喝酒跳舞了，就能占有她的一切。一个时代的写作者，总要引入那个时代的价值判断。新的，你自己的。

学生：虽然作者在写作中加入了许多时代的信息，把霓虹灯、广告牌、肯德基、麦当劳都嵌入进去了，但似乎是标签化的嵌入，它们有明确功能指向性，作者有"知道必须处理时代，如果不处理似乎就对不起一部长篇"这样一种写作心理。但读完没有感觉到那个时代有很大的转折和变化，环境没怎么变，人物的观念也没。似乎人群还是那些人群，会说民主和法治，但行为本身没有，一切都仅仅停留在了表面。

走走：人不会那么容易变化，观念更不会，尤其最后众人围观白小姐在水中那一部分，和百年前的"看客"，也没太大区别。苏童要写的就是一些没有成长性的人。但如果，人物中至少有一个，思想上产生变化了，导致行动上有所不同了，这小说或许就从谑讽上升到了思索。

如果说中国小说有某种宿命论倾向（变也好不变也好，一切都已命定如此），所以走不出那个历史循环，成长不了，那么西方的成长小说教育小说，又是另一种模式化：人物踏出家门离开故乡，在人生的旅途上遇到人和事从而有了变化。不管这成长是向上还是向下，是成为一个善人还是成为一个恶人，西方的成长性是走出去，内部原有的自我和外部不同的环境相结合、相适应、相磨灭、相生长，但最终，这个自我教育和自我成长，一定是内外能够打通的，是必然要完成的。但是，这两种写法都是模式化的。

因此希望大家，在以后阅读的时候写作的时候思考：有没有打破这两种模式的可能？

走走：小说里几个主要人物，最喜欢的是哪个？

或者觉得最为饱满的是哪个？

男生：柳生刻画得最好。因为保润是关在监狱里的，保润一开始就是封闭的、绝望的、愤怒的形象，他就没什么变化。但是柳生一直在适应这个时代。

女生：白小姐刻画得更加丰满，或者说，细节勾画更加多一点。最后她有一个出走的结局（可变），不像保润选择了复仇（不变），柳生是被杀（不能再变），她最后离开了水塔。

学生：其实小说里，写祖父的笔墨特别多，三个人的故事里都有祖父不少事，给人一种捣乱者的感觉，好像每个人物的故事里，他都在捣乱。

走走："捣乱"这个词用得很好，相当于记忆的幽灵在游荡。

学生：苏童在刻画仙女的时候，一开始就没有把她作为讨喜的女孩。她明明并不是一个很随意的人，却走向这样的结局。但是在《柳生的秋天》这章，作者让他丢了强奸犯的过去，把他写成一个基本上正常成长的少年，一直在跟大家介绍，柳生这些年在干什么，他怎样通过照顾祖父来赎罪等等，为什么苏童要让读者这么去理解一个强奸犯，把这样一个人物写得这样饱满，好像他是受害者呢？

走走：为什么大家觉得这个人物看起来最为真实？因为某种程度上讲，他代表了普通民众的情感接受程度，是一种老百姓的总体价值观选择。总体价值观会认为，这件事只要当事人接受，摆平了，就过去了。柳生家给了老花匠家很多钱，每一年都去送三次礼，送了好几年。父母还一直提醒他，要夹着尾巴做人等等。"柳生"代表的是一整个"好了伤疤忘了疼"的人物群体。这个群体过着一种可以称之为"中国式乐观"的生活。是自己给别人造成伤害，还是别人给自己造成伤害，只要有足够补偿，日子就可以过下去，可以忘记，没有问题。这样的人生态度和人物，不少中国作家都处理得十分流畅。

为什么白小姐难写好？和自我搏斗的这种人物是最难写的。如果大家能看进去《安娜·卡列尼娜》，你们就能明白，为什么那是经典文学。

学生：不大理解苏童对保润的设计，他明明也是受害者，但仅仅一支贴面舞就能让他释怀？从他左臂刻君子右臂刺报仇就能知道，他在监狱中是如何度过的。保润的某种认命性没有刻画出来，但结尾他又拿刀把柳生杀了。是因为他对白小姐一直有爱？

走走：我认为这跟作者选择的结构方式有关。作为一部长篇，他没有选择三个人物整体推进的结构，而是选择了每个人物作者擅长处理的那个年纪和相关叙事。比如十五岁到二十五岁的仙女是怎样度过的，

童年一句谎言，毁掉三个人生

她和收了钱息事宁人的老花匠养父母的关系又是怎样的，都略去了。所以在这部小说里，人物没有贯彻的成长性，出现了三次断层。

走走：现在这部小说是没有冬天的，如果你们现在续写它的冬天部分，会写什么样的冬天呢？

学生：小说的主要人物好像就剩个祖父了，可以写"祖父的冬天"。祖父是抱着孩子的，孩子就是新的春天。那么祖父可能会面临死亡，可能河面结冰后有个什么契机，他的手电筒找到了。知道自己快死之前，他可能会去监狱看保润，会抱着怒婴。

走走：我们也可以发散一下思维，比如可以描写乔院长的冬天，井亭医院里所有精神病人全部正常了；或者也可以写写香椿树街的冬天……

来自学生的一个无法回答的问题：

学生：小说里面让我不舒服的有一处细节，保润和柳生用捆绑方式再次逼仙女回到水塔去跳"赎罪之舞"，"这座水塔是她的纪念碑，它也许一直在等她，等她来瞻仰自己的魂，等她来祭奠自己的魂。"这让人很诧异，纪念碑纪念什么？纪念她自己受难吗？如果作者改成墓碑或者其他，都能让人理解或接受……

课堂练习

如果让你来写童年，会想写一个怎样的童年？用一个形容词；为了塑造符合这个形容词的氛围，你选择一个怎样的意象？

附：一个作家必须学会对付任何时代

走走：你曾说过："作家可以不要风格，只要你的自由。"这里的自由具体是指什么呢？创造性的想象力？你觉得风格是由什么而明确？小说意识也好，结构、语言、语感、内涵、意象……如果这些算作风格的形成元素，它们真的能在某次隐去作家身份的写作中被读者清晰、准确地指认出来吗？

苏童：我说这话其实跟具体创作有关。自由是针对风格来说的。我以前一直说，风格绝对是双刃剑，风格是你的武器。就像汪曾祺老师这样，大家知道他的风格是非常固定的，就是汪派。我举汪曾祺的例子，可能大家就明白我在说的风格是什么。比如汪曾祺、孙犁，这些我们传统的大师，他们是用最散淡的语言文字描写乡土，而这样散淡的文字风格与他的题材范围，其实是两相结合，构成了他所谓的风格，就像孙犁的"荷花淀"、汪曾祺的"里下河"。我们可以设想，如果他们不写这些，我们会看见一个怎样的孙犁，看见一个怎样的汪曾祺。在我看来，孙犁、汪曾祺这样的作家已经足够伟大，但是我老在想象，如果给他们一点儿勇气，或者给他们更多风华正茂的创作时间，他们会写出什么样的东西来。如果他们愿意折腾。所以我说的意思就是，风格，是一个作家的个人风格，是他安身立命的武器与法宝，同时对作家也是一个制约，一种禁锢，一只牢笼。我认为更重要的是，它是一个牢笼。所以我不在意风格。

我是特别向往马尔克斯这样的。他能写《百年孤独》，能写《迷宫中的将军》，也能写古巴，能写游击队，还能写《飞机上的睡美人》，这样的作家是冲破自己牢笼的。其实就是不在意风格，想写什么就写什么，所谓真正拥有自由的灵魂。对于写作来说，自由的灵魂就是写作的灵魂。这样的灵魂不依赖于自身约定俗成的所谓风格，是无风格，是可以不要风格的。

走走：也就是说，作家要愿意并学会离开自己的舒适区。

苏童：对，其实舒适区往往就是一个作家的风格，就像一个演员演惯了苦情戏，你让他演喜剧，就是离开舒适区，会怎样？但这多有趣啊。就以我自己个人的写作来说，大家其实可以看得出来，我这几十年的写作，是特别喜欢折腾的，从最初所谓的"先锋派"，《1934年的逃亡》《罂粟之家》这样的作品，然后到《我的帝王生涯》这样小试身手，大家也说不清楚它是什么。像我的《妻妾成群》是所谓走传统小说的路子，然后我很快又厌烦了，我不愿意再写了。到了《妇女生活》，写四代女性，在很多读者看来，苏童就是喜欢写女性的，但是事实上我并不喜欢写女性，写女性，只不过是我在尝试各种风格中，停留的一个驿站、旅馆，我觉得对于我来说，这些故事都是一个驿站、一个旅馆，我还是要往前走的。所以我后来又写了《已婚男人》《离婚指南》。所以你看，我这几十年来的写作一直在折腾，在折腾当中，会留下一些成功的、优秀的文本，它们仍然会被读者认为那是风格。但在我这里，其实反而是被忽略的，我希望我的创作很丰富，最好不是一种风格，而是两三种风格。但是现在，无论是普通读者还是所谓的专业读者，说起苏童来，总是说他有两类东西，一类写女性，比如《妻妾成群》，一类"香椿树街"的少年。有两类，我自己觉得达成了基本目标。

走走：但风格除了跟选择的题材、塑造的某一类独特的人物形象有关，它也跟语言方式、意象选择、视角结构这些有关……

苏童：对，你看，暗示就是风格，风格反过来形成暗示。当我在写女性小说，比如说《妻妾成群》《妇女生活》《红粉》这样的小说的时候，我一定会暗示自己，要讲好一个故事，要塑造好这个人物形象和性格。但是当我在写香椿树街的少年的时候，我就没有这么严谨的东西，它会让你放松，文体表达会很自由。所以我觉得，风格当中隐含的暗示是一个很微妙的话题。一个作家一辈子如果只写一种小说，其实不用考虑这么多问题，惯性足够，而且你的惯性足以让你维持一部作品的基本本质。当你要折腾，一会儿厌烦这个，一会儿又厌烦那个的时候，你就在尝试新的东西，首先质量是不稳定的，是有风险的，我就尝试过很多有风险的东西。

走走： 就像《蛇为什么会飞》……

苏童： 你看我这一说你就马上想到它，这其实就是一个打碎自己的文本，但是它藏着巨大的风险，很多人说不好。但是我一点儿都不后悔，这是我的天性。

走走： 我们现在也在做隐去姓名的写作比赛，对于普通读者来说，你觉得风格可能被指认出来吗？

苏童： 对于读者来说，风格是某种听觉或者某种视觉，就像一个旋律，一听这是民歌，一听这是城市民谣，一听这是摇滚。但是对于作家来说，风格其实是选择的产物，可以不要风格，也可以按照风格来，就像生理性的反应。按照直觉这么写下去，一定是你的风格。但是有时候我想反直觉，反生理性。

走走：在读者那里，可能仅仅通过一个人物的某种癖好，甚至是一些有你特点的形容词，就辨认出了你。

苏童：对我来说这不重要，也没有办法。被辨认出来，只能说，你还不是变魔术的，你的努力不足以，一下能变得让人认不出来你，可能有的敏感读者还是能认出你。但我还是觉得，比如我写的《妻妾成群》跟《我的帝王生涯》，谁能辨认出这是一个作家的东西呢。

走走：但比如《妻妾成群》和《红粉》就能辨识出来。

苏童：对，就是这样。

走走：你似乎喜欢通过历史讲述现在？

苏童：我对写历史其实从来不感兴趣，因为无意当中写了几个作品，他们会称之为什么"新历史小说"，我觉得跟我毫无关系。当我想写故事的时候，我尽量选一个我能讲好的故事和我感兴趣的故事。这个故事的外貌，可能是过去的，甚至是古代的。故事的外貌只不过是我给它穿了一件衣服。我所写的历史，无论是《妻妾成群》中的民国，还是《红粉》中的建国初期，或者《妇女生活》中跨越的几个时代，这些故事的时间我认为都是漂浮的，但人物和人物关系是重要的。我对某一段历史并没有想做表述的冲动，目前为止没有，我不知道以后会不会有。

但是《武则天》是个例外，那是我唯一一个努力按照史实写的小说。那时我读初唐史，读了很久很久以后才动笔。所以《武则天》虽然写得很架空，但是里头没有一点是不符合史实的。

走走：作为读者和小说家，阅读应该对你的写作产生着深刻的影响。早年你曾说过，其中对你影响最大的几位作家是海明威、塞林格、卡佛、纳博科夫、麦卡勒斯和博尔赫斯，特别是博尔赫斯的小说给你"带来了光明，它照亮了一片幽暗的未曾开拓的文学空间"，你"深深陷入博尔赫斯的迷宫和陷阱里：一种特殊的立体几何般的小说思维，一种简单而优雅的叙述语言，一种黑洞式的深邃无际的艺术魅力"。这些年过去，这个作家名单有改变吗？

苏童：有点改变。海明威、塞林格对我年轻时代影响很大，但我现在不是太喜欢海明威了。觉得他既不够复杂，又不够单纯。我要举塞林格的例子来证明我这个观点，塞林格是不复杂的，但是他是单纯的。为什么说他单纯呢，因为塞林格其实一辈子没写过很多东西。但是他所有的小说都是在表达一个少年对世界的恐惧，他只表述这一点。你看他自己选择的生活也很怪异，他是惧怕自己，惧怕这个少年消失，从而让自己也在现实世界当中消失。所以我认为他是一个特别单纯的作家。

至于麦卡勒斯，我觉得网络上的信息没能特别真实地表达出我心中所想。麦卡勒斯是很粗糙的，她确实不是一个大师。但是我为什么老会提到她呢？因为我很感念。我在高中时期，应该是1979年，或者是1978年，我在新华书店买到了一本外国短篇小说集，那个时候你知道吗，连《红与黑》都不一定能看到，但是我先看到了这本小说集，那个年代还是"文革"的尾巴嘛。我买了这本书回去看，一翻就翻到了几篇，突然一下子，让我触目惊心的小说。《伤心咖啡馆之歌》是其中一篇，我从来不知道世界上会有这样的小说，会有人这么写小说。还包括《好人难寻》。《好人难寻》我还看不太懂，我，一个高中生，真的不明白为什么要写这么一个老奶奶，就觉得有点莫名其妙。但是《伤心咖啡馆之歌》那种畸形的爱，一个女人和一个男人的爱，我基本上有点看懂。因为那么一个特殊的时代，我对这篇小说记忆犹新，它给我打开了一个世界，小说还能写这样的人。所以我会经常提到她。我并不认为她是一个伟大的作家。

走走：那么直到今天，你仍然认为是自己终其一生难以超越的大师，都有哪些呢？

苏童：那太多了，那都是我们所尊敬的大师，契诃夫、卡夫卡、福楼拜、托尔斯泰、陀思妥耶夫斯基。还是这些，没有办法，包括巴别尔，我很喜欢巴别尔，写《骑兵军》那个，他虽然只有短篇，但是太震撼了，每次读巴别尔我都汗毛直竖。有一些作家，他生而不幸。你看巴别尔，你可以设想，巴别尔如果像拉什迪，当时有幸移民到了法国或者美国，会是多么伟大多么了不起的一个作家。文学史上有一些作家很幸运，长寿或者生逢其时，生在一个该生的国度，像福克纳。特别可惜的是像巴别尔这样的作家，这么特别的一个人，就留下了这么一点点东西，但是每篇都让人震惊，头皮发麻的那种。所以作家的才华也是有几种，一种是已被鉴定完毕的，还有一批人是悬案，我们会忍不住想，如果他还活着，他能写出什么。你像卡夫卡，太早逝了，如果他能活得长寿一点，还能写出什么样伟大的文本来。

走走：最近在看什么书？

苏童：最近我在看的是《约翰·契弗短篇小说集》，译林出版社的，短篇全选了。这个作家就是很精细，研究短篇小说技术，研究契弗还是蛮有意思的。他跟卡佛完全是两回事。卡佛就是那种所谓的极简主义，他的想法也是基于他自己个人生活经验和他特殊的生活遭遇。他是个真正的蓝领，一个热爱文学的蓝领，本身其实也没认识那么多词汇，所以天然地选择用最简短的词汇来表达他的生活。他所认识的生活是苦涩的，他写的所有东西都是苦涩的。契弗不太一样，契弗当然是个知识分子型的作家，他心目当中是有高度和榜样的，就是要像契诃夫这样的，所以说他是"美国城郊的契诃夫"，这可能是他自己的追求。他是那种训练有素的短篇小说作家，很有教养，所以他跟卡佛是两个类型。很不幸的是，卡佛去世得早，你看他写了一辈子，五十岁就死了，卡佛就是一个被风格所耽误的作家。看来看去，没有看过他奇葩样的东西。契弗不一样，契弗的长篇小说打开，是一个完全不同的世界，契弗有好几部长篇小说，有的还得过美国国家图书奖。所以他的短篇面貌就很丰富。他也比卡佛复杂好多。契弗年轻时候，出道之前，《纽约客》还没接受他之前，他的小说只能发表在教会办的文学刊物上，那些刊物带有一些福利性质，但是有稿费。所以，你现在再回头研究他早期发表在教会刊物上的小说，会发现他很聪明，要在教会的杂志上发表，就必须符合基督教的教义，必须要明亮，有宗教救赎意味，所以即使他写邪恶，最后也要拨乱反正，来这一下。契弗早年好多小说写得是多么精彩，最后都出现一个很生硬的结尾。到了晚年，他成名了，也就自由了。

走走：你很喜欢他的作品吗，会去关注他的生平？

苏童：也没有。我是跟学生讲他的经典代表作《巨型收音机》，那个小说比较值得说。早年我看过他一本短篇小说集，《绿阴山强盗》，十几年前的版本了。那本小说集的前面一部分都是早期作品，写得真是好，但后面永远给你安上一个基督教教义的尾巴，我就想，为什么会这样？一了解，原来都是发表在基督教文学刊物上的。

走走：回到你身上啊。王德威曾经说，南方是你纸上故乡所在，也是种种人事流徙的归宿。你架构——或虚构——了一种民族志学。包括你、毕飞宇、余华、叶兆言、格非，如今又多了王尧，你觉得"南方写作""江南写作"这样的概念是否成立？

苏童：所谓的南方，我还是认为最初来自于美国文学的概念，福克纳、麦卡勒斯、奥康纳，他们是典型的生活在南方的作家。美国的南方跟北方，不仅仅是地域上的差异，在文化传统上也是有极大差异的。所以在南方的福克纳会看见黑奴在他身边转，在北方，在海明威的世界里，在芝加哥一带，哪里会有黑奴。南方文化跟北方文化是不同的世界，所以才会有南北战争。但是中国南方，对中国北方而言，只是民俗、地域上的差异，在文化上是没有割断感的。我当然很愿意成为一个南方作家，因为南方比北方听上去更适合我，也是贴近我所写的。但我一直觉得，过多地概念化南方，好像很生硬。你要说从饮食上和乡俗方面去探讨，好像是有很多差异。但是探讨小说，南方小说、南方文学，那唯一一个差异在哪儿呢？唯一的一个差异就是语言。这很微妙，我们，格非、余华、金宇澄，我们的母语其实是南方话，不是普通话。我们要讨论的是如何用我们的母语，因为大家在梦里都是说母语的，呓语、梦呓，自然条件下的反应，其实是家乡话。你做梦说梦话一定是上海话，我做梦说梦话一定是苏州话。从这样的母语到文字，再到小说中所呈现出的语言，这个很有意思。这个里头有所谓的南方。如果有奥秘，它存在于这个过程当中，它不存在于我说的文化当中。

南方作家，我觉得这很值得研究。比如说阎连科的语言习惯跟我们的一定不一样，这呈现出了南方与北方的差别。但阎连科的语言习惯跟刘震云的，本质上有没有差别呢？光是南方文学这个概念，我一直认为在中国是虚幻的，在美国是坐实的。

走走：但就以南方作家而言，你们文本中呈现出的南方气质、南方想象和与之相映的美学风范也都是完全不同的，你怎么看待他们与你的差别？

苏童：我不知道。我从来不考虑我跟别人的差别，因为每个人肯定是不一样的。在不考虑差异化写作的情况下，你的写作本身是差异化的。但是你反观我们这些所谓出身在长江以南的这些作家群的创作，跟北方作家群的创作，恐怕是有一点点差异。比如我们这样的写作，往往是脱离了乡村农耕文化的。但你看北方作家，阎连科、贾平凹、刘震云、张炜，他们绝大多数的创作，有一个牢固的根基，包括土地、乡村、农耕文化下的人伦演变，社会的改变等等。而南方作家的地域局限，比如王安忆，就特别明显。无论她否认还是承认上海对她的影响，事实上她的绝大多数重要小说，真的是离不开上海的，她离不开的是一个都市。而余华的好多小说是离不开海盐小镇的，尤其他早期的那些小说，你看那些事情一定是发生在一个小镇上。如果他的故事发生在一个乡村里，像阎连科的，发生在河南耙耧山下，那一定是不对的。而我的小说，绝大多数，只能发生在香椿树街。所以你看上海、海盐小镇、苏州老街，又有某种依托。南方对我们来说，依托的是某个具体的屋檐、一条街道、一个地标，依托的是这些东西，并没有统一的南方精神在里头。我不知道南方精神是什么。

走走：但同样是南方，南方的河流，王尧《民谣》里的河流是干净的、温润的、阳光的、和谐的，而你笔下的河流，则是肮脏的、颓靡的、暴力的、死亡的……

苏童：这恐怕是跟当年留下的视觉冲击有关，那也是我肉眼所见。因为本身苏北里下河，就是干净的河。我是苏州人，很少看见干净的河水，我从小看见的河流，所有水面都是肮脏的。几十年以后，当你在表达一个事物的时候，一般的条件反射，你会重视你小时候的印象。关于河流，我写过好多东西表达过，比如《河流的秘密》。尤其在我们那一代，你必须潜入，得潜下去，你才能感觉到河流的那种神秘之处。肉眼所见的河水，你感觉不到它的神秘，你只能感觉到它的肮脏和垃圾，但你真的潜下去，那就真是有意思。

走走：王安忆认为你笔下人物所生活的地方，是一个去"魅"去得很干净的地方。为什么你会对南方充满如此深切的"敌意"呢？会随着年龄的增长与这份文学的敌意和解吗？

苏童：这个说法是很有意思的，我是苏州人，苏州是太特别的一个地方，有某种暗示的意义。小时候我看到所有对苏州的描述都是小桥流水，我就想，为什么全世界的人都这样认为呢？我从小就讨厌。苏州就有这么一个石拱桥，一条河，河边几栋破房子，但这恰好是苏州的某一个现实,不是吗?记得我很小的时候,看到过安东尼奥尼镜头里的中国,他拍到苏州时,拍了一条棉花胎,就是晾在街上的、破烂的棉花胎……你说的敌意,来自于对苏州的那些泛滥的、庸俗的解读,也因为这个敌意,我会夸大我自己当时所见。所以这份敌意确实是很微妙,很有意思的。其实只不过是我从小到大,不满意别人对苏州之美空洞的、物化的、没有内容的这么一种解读。我当然知道苏州有小桥流水,但是你画的那个小桥流水,对我来说就是一个交通工具,我不觉得美,我从来没觉得美。别人要硬塞给我这种观念,所以我反对这种美。我反对这是美。我觉得因为反对,我才有这种敌意,这大概是青少年时期就形成的。

走走:不会再改变?
苏童:到现在也没改变。

走走:那你觉得一个城市的美应该是怎样的?
苏童:我不知道。一个城市的美无法表述,它神秘,它必须神秘。

走走:因为有肮脏有混乱,也就有神秘有现实……

苏童：当然，一个城市的美应该是丰富的、神秘的，就是可以让你去探险的，那是一种美的城市。

走走：你的许多小说都有一种"恶之花"般的诗意。你是不是在写作时就追求自己的小说从不去对应任何既有的价值观念？

苏童：对，我从来不想表达我的价值观。我以前看萨特的小说，我就特别有感触，你看萨特所有的小说都是三流小说，因为这是一个哲学家写的小说。当一个作家要刻意去表达价值观的时候，即使是一个哲学家的价值观和世界观的时候，他也是无趣的。所有最好的价值观的表达，我觉得都是无意识的，我甚至觉得，我们现在看的所有卡夫卡的作品，也都是无意识的作品，他不是刻意地表达。

走走：自己不表达，任别人去阐释……

苏童：对。我觉得一个小说家，如果是无意当中带出的世界观、人文观，那样的表达，可能确实是我们所能想象的，一个小说家完美的表达。我看陀思妥耶夫斯基，《卡拉马佐夫兄弟》看到最后那段法庭辩论，我不堪忍受。你看他在写无关紧要的东西，写孩子，写老三，写老三的那些同学，多么好啊。他要表达价值观的那种生硬的说教，动不动弄到几万字，我是不要看的，我到现在还是这样。当你刻意表达的时候，无论你是陀思妥耶夫斯基还是萨特，都是表达不好的。如果一个小说能够带给别人一个完美的世界观、价值观，我认为都是意外，我不认为是一个要完成的任务。

走走：但还是有的吧？写作的时候会带出来……

苏童：有。但你要无意地带出来。这么说吧，因为这个时代，我首先相信我写不了《圣经》，当我想表达的时候，我没法再模仿耶稣的声音，不是吗？很多人要表达"我"的思想，我还是觉得他们勇气可嘉。你的思想是什么？我随便扒一扒谷歌、百度，都能看见千百个回音，重复的，或者比你更牛的。所以这一定不是我所想做的。比如说，我反对小桥流水，我仇恨小桥流水这种美，那就要做出一个抽象的表达。如果我只是写一篇反对小桥流水的文字，我相信这个世界上一定有无数的人做过这个事情。但是你刚才说到的，就是当我在小说中、无意中，寄托了这种莫名其妙的敌意和仇恨的时候，别人就会觉得好有意思，你在干什么？我觉得这就是我的价值观。小桥流水，是一个很漂亮的美学问题，但是我写这个，怎么写得过别人呢？一个美学家来写，一个哲学家来写，一定比我写得更有意思，如果我拼了命地要这样写，又有什么意思？所谓作家希望塑造别人的灵魂，强烈的、传统的这种希望，为什么从来没人质疑作家的这种权力呢？说白了，作家没有这样的资格。你要听我说，你说了什么？你是谁？我觉得巴尔扎克写了那么多，从没塑造过任何人的灵魂。他其实写的是人，他为整个城市每户人家做了一个户口本，对不对？

我的意义，是说一点儿别人不太知道的，别人没想到的。我不太喜欢一个作家去重复大学青年教师跟学生传达的那种价值观，如果你用小说去表达，这是没有意思的。但是像卡夫卡这样传达，无意当中，通过一个土地测量员的故事告诉别人，你明明看见一个地方，你不能到达，这才是一个作家的任务和使命，而不是告诉你城市有害、土地消失，我认为这些是没有价值的。

走走：你前面提到，自己是知道，什么时候要讲好一个故事的。一个好故事，和一个好看的故事，是有本质区别的，你怎么把握好与好看？

苏童：当然有区别。我也不知道《妻妾成群》是属于好看还是好，我也不懂。反正好看和好，我认为做得最好的就是《包法利夫人》。

走走：为什么？

苏童：我发现无论女性读者男性读者，都喜欢看女人的命运。能把一个女人命运的故事写到这样，变成一部人性的百科全书，那当然就是好了。好看呢，斯蒂芬·金很好看，阿加莎·克里斯蒂也写得很好看。做到阿加莎·克里斯蒂这样，已经有人认为她接近好了，对不对？所以这很微妙，无法描述，还很主观。比如麦尔维尔的《白鲸》，一般人读来很乏味，它不好看，但是你觉得它好。

走走：好看又好的小说，其实是更难的。

苏童：对，这就是我们经常说的形而上。在人把小说、文学作为消遣的情况下，好看的东西往往是带你向下的，玄幻、穿越，现在称之为爽文，这一定是好看的，符合人的生理和阅读习惯。不希望累到自己嘛。而且所有好看的东西是非常平衡的。从"好看"到"好"，它是要带你向上的。这当然也是所谓严肃文学和通俗文学的本质性差异。好的文学、严肃的文学、优秀的文学，一定是要带你向上的，它不光是带给你一些共鸣，一定是会带给你一些问题，而且要折磨你，甚至是冒犯你，这就是好看与好的差别。像《包法利夫人》就很冒犯别人，它冒犯了所有女人。每个女人看的时候，都觉得自己像爱玛，而作者把爱玛的灵魂，一丝不苟地暴露在众人面前，爱玛受到冒犯，所有的女性都受到冒犯。一个关于女人堕落的故事，做到了既好又好看，这当中一定充满了冒犯和挑衅。但是毫无疑问，它是带你向上的。

走走：同为茅奖作家，金宇澄在写出《繁花》之后开始画起了版画，而你曾在艺术学院工作过，早前你说，在写作过程中，脑子里一有奔涌出来的图像，就立刻将它们画在纸上，怕忘记了。"比如说作品中提到的死人塘，还有在月光下出逃的陈宝年，我都画了画，为了提示自己。后来在自己画的图的配合下，我浓墨重彩将它们写成了文字。"现在你还会这样做吗？有没有想过出一本故事绘本？

苏童：我不行。金宇澄的画我看过，画得太好了。我没有受过训练，他也没有，但是他可能一直没间断过，我觉得他有才华。我现在画得很差，我年轻时候很喜欢乱画东西，但是我的塑形能力很差。我只能写意，画点儿意思，现在早没有这个习惯了。写《1934年的逃亡》时，我是明显有视觉构图、视觉构思的，因为用文字表达不清楚我脑子里想象的那个潜在的结构，我就用绘画。我记得很清楚，我画了一堆纸，我画了一个死人塘，漂浮的尸体也画得不准确，我还画了一个捡狗粪的幺叔，那只狗也画得像只鸡。

走走：你没想过写写关键词，做做小卡片吗？

苏童：可能因为那时候我在南艺，好几年，整天跟那帮艺术青年混，整天面对的都是绘画，恐怕有潜移默化的影响，就莫名其妙有这个冲动。

走走：你笔下的女性主要是市井生活中的，比如《米》中的织云，《城北地带》中的金兰，《红粉》中的妓女秋仪等等。"我小时候生活在市井小巷，所以我对下层生活有亲切感。我很大一部分作品是利用这类经验和回忆在写。"之所以"没写过知识女性，因为我生活中很少有这样的人"，但你1980年考取了北京师范大学中文系，身边肯定少不了大学女生；后来又成为《钟山》杂志最年轻的编辑，现在又是北师大特聘教授，知识分子女性为什么无法进入你的视线呢？

苏童：我现在还没写到，说不定以后会写。因为我现在基本都利用了青少年时期苏州那条街道上的生活。那条街道上有知识女性，但是恰好她们的门窗是关上的。那个时候苏州就和上海一样，有的是类似里弄的这种街道。这种街道，基本上每家每户的门窗都是打开的，除非冬天特别冷的时候才会关门，但平时90%的人家，门窗都开着。有那么几家不开窗不开门的，那家的女主人一定是知识女性，她们的生活你就不了解。你听不到他们夫妻吵架，你不知道她们会跟哪个人斗气,所以她们的生活和我有隔膜,因为她们的窗户是关起来的,我在街上走来走去,我并不能听见她们的声音。

走走:你就不好奇吗?
苏童:那我也不能推门去看。去问,你为什么关窗,为什么关门。

走走:但这种关门闭户,不是会产生神秘性吗?
苏童:那我就猜啊。

走走:但没写过……
苏童:对,我确实没有写过任何知识女性。我偶尔也会想写。要看记忆牢不牢固……我还从来没想过……南方没有吗……我细细一想,还是有好几个知识女性,我从青少年时期也是了解的,但是我恰好没写,其实我也说不出太多理由,反正就是觉得不如那些市井妇女那么亲切,因为那些人都是我妈妈的女友。知识妇女也有那么一两个,跟我妈妈关系很好。好像我是试图在按照我妈妈生前,她的女友圈,在勾勒我很多小说里头的女主人公,好像确实是这样。尤其是那些中年妇女,确实是我妈妈生前的交际圈给我带来的。她们那种谈起家里的事儿,声泪俱下的表现:突然骂娘，突然又脆弱。

　　走走：你笔下的父子关系很特别，最初形态是以子辈逃亡的方式呈现出来的。比如《1934年的逃亡》中，"我一路奔跑经过夜色迷离的城市，父亲的影子在后面呼啸着追踪我，那是一种超于物态的静力的追踪。我懂得，我的那次奔跑是一种逃亡。"《飞越我的枫杨树故乡》中幺叔之死，促成了"我的逃亡之夜"。父辈威权的增强，使得子辈无处可逃，肉体与精神被双重阉割。《妻妾成群》里，生活在家族阴影下的飞浦无奈地感慨："我没法改变了，老天惩罚我，陈家世代男人都好女色，轮到我不行了，我从小就觉得女人可怕，我怕女人。"面对父辈的压制和惩戒，子辈的反抗却相对薄弱，往往出于冲动，而不是深思熟虑地去"弑父"。《刺青时代》里，因没能照看好弟弟小拐而遭到父亲王德基拷打的天平，气急败坏之下拉拢野猪帮对父亲展开袭击。《园艺》里，令丰在父母争吵过程中，表情漠然，没有为其父孔先生开门，致使其父被游逛的三个少年失手杀死。《米》里的五龙，不仅没能回到神往的枫杨树故乡，还被儿子撬下满口的金牙……但从你描绘父亲的散文里，又不难看出你对父亲的崇敬与热爱。"现在我是以感恩的心情想起了那辆自行车，因为它曾经维系着我的生命。童年多病，许多早晨和黄昏我坐在父亲的自行车上来往于去医院的路上。"也就是说,真实的生活经验没有进入过你虚构的书写中,为什么呢?

苏童:对,我这个非虚构里头是有一个真实的世界,我所有小说里的父子关系是一种深思熟虑的选择。我有一个小说你可能没看过,叫《驯子记》,是个中篇小说。莎士比亚那个叫《驯悍记》,我就换了一个字,其实就是写一个父亲。说到父子关系,那是我真正的、全面的表达。

我父亲很疼爱我。当我要在小说里表达父子关系的时候,其实跟我的亲身经历没有太多关系,是一个作家职业化的安排。我一直认为父子关系隐藏着太多中国的道德伦理、政治伦理,社会生活隐喻。所以父与子的关系,你刚才说到一点,就是束缚与冲破的关系、反抗与压制的关系。至于弑父这个问题,在中国的伦理中是不存在的。那是莎士比亚的东西,可以从性欲上研究,也已经被研究得很深了,我觉得没有必要。但我确实是把父子关系当做一个对位,各种变换,我是把它考虑成一种政治隐喻,社会伦理的暗示与暗喻。《驯子记》没写别的,写的就是父子关系。我写的是一个瞎子,眼睛瞎了以后还管儿子,一个老人,连儿子手淫都要管,因为他能听见。儿子的职业是陪人喝酒,因为无能,被父亲这么管束了一辈子。他父亲还能闻，闻出儿子今天喝了还是没喝，今天喝了几两，三两还是二两。他儿子已经成家立业了，他还在管。儿子最后喝死掉了。就是一个没视力的父亲如何管束自己的儿子，那个小说差不多是我对父子关系所有的表达，但是我没有这样的父亲，我父亲挺好的。

走走：全部是想象？
苏童：对。

走走：女性作家，比如我，可能还是会引入部分真实生活经验⋯⋯
苏童：我有一部分引入。但是在有的地方，我觉得一个作家必须有强大的虚构能力。

走走：你设置了一种关系，"上"与"下"的关系，由此产生张力⋯⋯
苏童：对，我设置了一种父子关系。生活中我没有这样的父亲，我也不是那样的儿子。我觉得这样的写作是蛮严峻的，它脱离你实际的生活。你刚才说，女性作家可能特别擅长利用生活。我自己生活没有多少可借鉴的。就是纯粹一个虚构的儿子，一个虚构的父亲。

走走：这种虚构出来的关系为什么总是反抗性的？生活中的你其实是很温和的。

苏童：小说里有暴虐，有隐藏的一种很奇怪的暴虐，这我都知道。我没法解释自己，这也说不清楚。

走走：看《米》的时候我就有一种不适感……

苏童：《米》我是特意的，我一直说，我写《米》是一个例外，因为那是我第一个长篇。我一直觉得《米》倒真的是先锋派的创作，因为我一开始就没想让你舒服，我就是希望从头到尾恶心着你，侵犯你，就是那种杀气腾腾的、挑衅写作道德的东西。所以要说我哪个真正是先锋派的作品，虽然《米》的文本跟先锋派没关系，但它的创作态度是先锋的。我写的其实是设想的，我从来没有碰到过五龙这么一个坏东西，我是用数学的方法推演人性恶的最大值，无穷大。我希望就是在五龙身上，是有无穷大这么一个方向。我这部小说的任务和想法为什么很先锋呢？就是好与坏我都不管，我就希望贡献这么一个特殊的文本和人物，贡献这么一种反人性的男女关系，反人性的家庭关系，小说里的姐妹关系、父子关系、母子关系，全是不对的。这完全就是我一个真正的探索之作，纯探索。我现在不可能这么写了，也违背了我现在的创作观念。

走走:《黄雀记》里也有一些些变态……

苏童:《黄雀记》比它靠谱多了,正常多了,它是正常的东西。

走走:也就是说,小说里的暴虐与阴暗,都是你理性推演出来的,它完全不会影响到你吗?

苏童:对,我觉得我像一个演员。那一年多,我觉得自己特别像霍普金斯。我记得我写完《米》这个小说,正好朱伟来,那年我才不到三十岁。我带他去中山陵玩,留下一张照片,那张照片吓着我了。那个时候男人们是不照镜子的,我宿舍里都没镜子,那几个月我没看见过自己的脸是什么样子。照片上那张脸是不对的,你知道吗?浮肿的,而且整个气息……脸色有狰狞之色。我不认为那是我。那张照片我现在还留着。

走走:那有没有写完什么,觉得自己温润如玉的?

苏童:有,我写好多短篇是这样的感觉。短篇写完,人会有幸福感。

走走:你对自己创作至今的作品有着怎样的总结?学界一般有这样两种归纳。从接受美学的期待视野来看,有先锋、历史、女性、南方这样四个关键词;

从内容和主题来看，则可以分为逃亡与还乡、童年与成长、红颜与悲歌、历史与宿命四大类。

苏童：没有。我首先就不想被归纳，我就希望能找到破解你们限定我的方法。要说我创作当中有理性的一面，那就是这一面。评论永远有评论的说法，是不是？他们要归纳。但是一个作家怎么可能归纳自己，我从来没归纳过自己，我连自己有的作品发哪儿了都不记得。

走走：这个时代会让你产生精神焦虑吗？你觉得，还能从容地进行文学的想象吗？

苏童：时代跟你的焦虑没关系，焦虑都是自己自身可以解决的。倒不是我故意装作强大，我是一直觉得，一个作家，首先不能选择生活在什么时代，但是一个作家本身的生存要领，就是可以对付任何时代，而且你必须学会对付任何时代。所以这个时代带给你的焦虑，我觉得你可以消化，你必须要对付。基本上，一个作家在一个时代或者在一个环境里的生存之道，是科学，而且是作家的科学。

走走：那是不是处理历史文化要比现实生活来得更为容易一些？

苏童：当然处理历史更容易一些。所谓借古讽今，那都是自圆其说。

走走：你现在在写的作品，处理的年代是？
苏童：我从七八十年代写到2000年左右，写大概三十年。

走走：你觉得自己为当代的中国小说做出了贡献吗？如果有，是怎样的贡献？
苏童：我做出什么贡献，这我倒从来没想过……肯定不是我说啊，我也不好意思说。这不是你自己说的东西。

小说中的赎罪与赎罪中的小说
——麦克尤恩《赎罪》

这部当代英国作家伊恩·麦克尤恩的长篇小说，通过多元繁复的叙述策略讲述了一个关于爱情、犯罪、战争、赎罪的故事。作者通过对主人公布里奥妮心灵史的塑造，从个人史的微观层面窥探二十世纪历史图景，时间跨度长达六十年之久。

伊恩·麦克尤恩的小说创作受到简·奥斯丁的影响，他在接受采访时称《赎罪》为"我的奥斯丁小说"，为了向前辈致敬，《赎罪》的卷首引言就来自《诺桑觉寺》。奥斯丁小说往往围绕阶级和爱情展开，那段引言已经提前告知主题：因为阶级偏见，想象力过剩的女主人公难以分辨虚构与现实。写作是她赎罪的一种方式，她用一生的时间，在小说的虚构世界中试图修正现实。也因此，这部作品是典型的元小说，是包含了一篇小说的小说。元小说会展现出作者本人的创作过程，往往会明确声明，作者是在虚构作品，是用了什么手法在虚构。《赎罪》中罗比的叙述，看似幸福的结局以及结尾的反转，其实都建构在主人公布里奥妮的小说中。

麦克尤恩的小说有一个特点，他特别喜欢探讨一件事情发生以后，它所产生的后果如何改变人的一生。他认为写作是一种调查，而且认为作家在写作的时候，"要不带感情地呈现温柔与残忍"，因此采用的手法往往是写实的。我们在阅读时需要注意第一部分塔利斯庄园里的细节，第二部分战场上的场景，第三部分医院中的画面。

为什么选择十三岁的布里奥妮作为主人公呢？在他看来，青少年是特殊的一类人，几乎还是孩子，又将跨入成人，所以是局外人。但在孩子跟成人之间，是有阴暗部分存在的。当孩子窥看到成人世界时，就有可能被阴暗所影响。

读完整部小说后会发现，原来第一部分是布里奥妮在晚年的时候回忆倒叙。因此，虽然是孩子的视角，但却是用成年人的口吻讲述的，因为有反思与忏悔的情绪，用了不少讽刺。在她还根本没有理解成年人的爱情与性的时候，就以自己的逻辑方式去建构了所谓真相。这种成年后回望童年讲述经历的方式，是一个非常实用的技巧。不少小说因为处理的是少年阶段，会不得不局限于孩子的有限词汇、认知、生活经验，往往顾此失彼，不时露出成年叙述者的马脚。

首先来看叙述视角。麦克尤恩在一次采访中谈到：假如没有对视角的实验和反思，《赎罪》不可能完成。小说第一部分采取了好几个男女人物的个性化视角，每一章都是以一个主要或次要人物的限制性视角为主，不同章节就在不同叙述视角之间来回转换，属于多重式人物有限视角。第二部分通过罗比的第三人称视角，讲述他从充军上了二战战场到伤口开始发炎的经历。第三部分则是长大后的布里奥妮的第三人称视角，她认识到了自己的罪行，把护理病人当作一种自我惩罚，并向罗比和姐姐道歉，主动提出为罗比出庭作证，还罗比清白。尾声《1999年　伦敦》则变为布里奥妮的第一人称叙述，直接交代了这六十四年的"真实生活"版本。

以第一部为例，一共十四章，占小说的一半篇幅，由四个人物的叙述视角构成：导致之后冤案发生的布里奥妮；最初使得布里奥妮产生误解，从而想去保护的姐姐塞西莉娅；母亲艾米莉；清洁工的儿子，和塞西莉娅青梅竹马，一同在剑桥读书，两情相悦的受害者罗比。

我们来看塞西莉娅和罗比泉边争执一处。首先是第二章，两人争着拿一只花瓶，结果瓶沿碎了一块，

"又碎成了两块三角落进了水池,晃晃悠悠地跌到水底。"他想下去捞:

　　她踢掉拖鞋,解开扣子,脱了衣服,又解了裙子……拒绝他的帮助,拒绝他任何的补救机会,这就是对他最好的惩罚。
　　……这个洁白又脆弱的仙女小心地把碎片放在花瓶边上,水从她身上倾泻而下……她很快地穿好衣服,湿漉漉的手臂困难地穿过绸袖子,再把衬衫塞到裙子里。她拣起拖鞋夹在手臂里,把碎片放进裙子的口袋里,接着拿起花瓶。她避开了他的目光,动作透着一股粗蛮。他并不存在,他被放逐了,这也是对他的惩罚。罗比呆站着,看着她赤脚穿过草坪,乌黑的头发在肩上重重地甩动着,摩擦着衬衫。然后他又转身朝水池里看,也许水里还有一块她没拣起的碎片,但很难看清楚,因为搅动了的水面还没有平静下来,她的愤怒还逗留在水面上,驱动着水流。罗比把手平放在水面上,似乎想去抚平它。此叶塞西莉娅已经隐入了房子。

紧接着第三章,是从布里奥妮的视角来讲述:

布里奥妮发现姐姐就站在水池的护墙边上，罗比·特纳则站在她跟前，站立的姿势还很是正式——他两脚分开，头则向后仰起，十足一幅求婚的场面！……

然而接下去的一幕却让布里奥妮很是费解：罗比高傲地抬起一只手来，仿佛正向塞西莉娅发号施令。奇怪的是，姐姐竟然拗不过他，开始飞快地脱去自己的衣服。现在她的裙子都滑到了地上，而他则双手叉腰，一脸不耐烦地看着她从裙子里跨出来。他到底向她施展了什么魔力？勒索？敲诈？……更奇怪的事情发生了。塞西莉娅——谢天谢地她还穿着内衣裤——正攀着池壁爬入水池。现在她站在了齐腰深的水里，捏住了鼻子——之后就没入水中，不见了踪影！

<u>……此刻塞西莉娅已经从水池里爬了出来，正在那儿一面系着裙子，一面颇为艰难地拉着上衣，遮掩自己湿漉漉的身体。</u>

到了第八章，又转换成罗比：

她的上臂挂着一滴水珠。湿漉漉的。一朵花绣在她的文胸中间，那是一朵未加修饰的雏菊。她的乳房小小的，分得很开。她的背上有一颗痣，被一根吊带半掩着。当她从池塘里上来时,他瞥见了她的短裤本应隐藏住的黑色三角形。湿漉漉的。他看见了,他又迫使自己看了一眼。她的盆骨将布撑得透出了皮肤,她腰身曲线深深,她的玉体白皙得令人吃惊。当她伸出手去抓裙子时,她那不经意间抬起的脚露出了粘着土的脚底板。她的脚趾是那么小巧甜美。大腿上也有一颗法寻币大小的痣,而她的小腿上也有略呈紫色的东西——是一个草莓状的红色胎记,一个伤疤。它们不是瑕疵,而是饰品。

……那是一副雕像般的面容,但她的动作快捷而急躁——如果不是她突然从他的手中一把将那个花瓶夺去,它还是完完整整的一个。

通过三个当事人视角重复讲述这同一起关键事件,既在形式上打破了传统线性叙事的结构,时序被打乱,增强了小说的审美效果,又能深入呈现不同人物内心个人化的感受,让读者在获悉事实真相的同时理解不同的情感立场,从而对真实与虚构、误解与谎言有了更为全面的感受,对即将发生的悲剧开始担忧,从而加深悲剧的移情效果。

有意思的是,同样是塞西莉娅从喷泉池里爬出这一情节,当事人细化为一系列动作,而居高临下俯视到这一幕的布里奥妮尽管简化了，但基本仍能看出连贯行动（均见划线部分），但在另一当事人罗比的回忆中，姐妹俩提到的那些动作基本消失，只保留了"抓裙子"这一个动作，其余均是被放大的、女性美好身体的特写。我们能感受到罗比的凝视。对于年轻男性来说，这样的性吸引显然更准确，回忆使得这匆匆一瞥详细地缓慢地铺陈开来，这一部分的叙述速度大大放慢了。

这部小说里出现的互文现象也值得品读，它会形成作品独特的叙事风格。互文是古诗文概念，借用到现代评论中，通常指和其他文本之间的借用互照关系。简单说来就是通过直接间接地引用、戏仿、创造性重写等方式，在自己的文本与（主要是）经典文本之间进行互动，从而丰富内涵，增加意义解读的可能。

比如引言部分对《诺桑觉寺》的引用直接点明主题。

喷泉争执前，塞西莉娅半心半意读着塞缪尔·理查逊的《克拉丽莎》。这部书信体小说全文共出现过四次，它在形式上提示：此后她和罗比只能书信往来。小说中的克拉丽莎与罗伯特的恋爱没有得到父母的应允，她与家庭断绝了关系。这与后来塞西莉娅自己的做法相同。罗伯特迷奸克拉丽莎，事后又向她求婚希望能弥补自己的过错。这与罗拉和马歇尔的情感纠葛类似。小说以克拉丽莎死去的悲剧收场，对照出塞西莉娅自己早早逝去的命运。

罗比曾在大学草坪上出演莎士比亚《第十二夜》里的管家马伏里奥。在他和塞西莉娅深深亲吻却被布里奥妮故意打断叫停，他还幻想着不久后能再次和她独处时，他引用了马伏里奥的台词："没有东西可以挡在我和我充满希望之间。"马伏里奥说出这句话的时候并不知道他手中小姐的情书是众人的恶作剧，而他将上当受骗，按照信中指示穿着黄袜子，扎着十字交叉袜带笑嘻嘻"闪亮"登场，小姐认为他疯了，后被关起，禁锢在暗室里。所以这一句恰恰是一个不幸的预言，提醒读者注意，罗比很快也将遭受命运的捉弄。

由于罗比和塞西莉娅都是学习英国文学的，作者对他们书信往来中的引经据典往往是非常应景、符合人物设定的。

> 他们只好在信里讨论文学，用不同的人物当密码。……特里斯坦与伊索尔德、奥尔西诺公爵和奥莉维亚（当然少不了马伏里奥）、脱爱勒斯与克来西达、维纳斯与阿多尼斯、耐特雷先生和爱玛。有一回，绝望中的他提到了被缚在岩石上的普罗米修斯，他的肝每天被兀鹰啄食一次。有时候她又化身为耐心的格里塞尔德。……

小说中的赎罪与赎罪中的小说

见译注可知，以上五对人物分别是理查德·瓦格纳的音乐剧《特里斯坦与伊索尔德》（两个人的爱情在白天无法得到，只有在夜晚才能得以实现）、莎士比亚的喜剧《第十二夜》、悲剧《脱爱勒斯与克来西达》（理想的爱情完全经受不住生活冲突的考验。爱情不再是灾难的庇护所，相反成为灾难的根源）、诗歌《维纳斯与阿多尼斯》（积极追求爱情、大胆表现情欲的女性。在维纳斯眼中，心爱的人存在的世界是充满活力的、值得探索的。否则，就算有幸活下来，也只是行尸走肉，与死亡无异），以及简·奥斯丁《爱玛》中的男女主人公。

而在前往敦刻尔克的艰难路途中，他想着她寄来的诗，那也是他收到的最后一封信。

> 我在信里附了一首从去年的旧《伦敦信使报》上剪下的奥登悼叶芝之死的诗。……我会在箱子里替你找你要的霍斯曼诗集的。……
>
> 她寄来的诗就夹在袋里的信中间。深夜的噩梦／整个欧洲的犬吠声。

这封信出现在敦刻尔克大撤退命令发出后的法国战场，与欧洲当时的危险处境相对应。至于霍斯曼的诗集，那本罗比书房里的《西罗普郡少年》，其主题则以忧伤、哀愁、尘世悲苦,与对爱情的无望而著称。

经常能够看到写作者在小说中引用一些歌词,来表达自己的情感,但很多时候那些歌词缺乏不可替代性,似乎随手拈来,浪费了这样的外部文本原本可以产生的交互阐释作用。

再来看看意象的象征性。

首先是神庙式、教堂式建筑的三次出现。

罗拉被强暴的罪案发生地是在塔利斯庄园人工湖边一幢破败的灰泥寺庙前的草地上。

> ……这座建筑看起来一副斑驳破败的颓相。在其他地方,暴露在外的板条本身也已腐烂,看上去就像是一只饥饿的动物的肋骨。
> ……这座庙宇是某位堂堂宫女的孤儿。……这座披着黑纱的庙宇为已烧毁了的大宅哀念悲悼,它渴望宏伟而无形的存在,这一念头带来了一丝淡淡的宗教气氛。悲剧使得这座庙宇避免了成为一个彻头彻尾的冒牌货。

就和庙宇已是被遗弃的孤儿这个比喻一样,十五岁的罗拉表姐也是因为父母离婚,"被一场苦涩的家庭内战造就成了'难民'",寄人篱下来到了塔利斯家。

五年后，罗拉和强暴了自己的马歇尔成婚。

> 清凉的树丛中矗立着一座结构优美的砖石库房，像一座希腊神庙。
> ……
> "其次，依主的教导，此亦可赎救我们的罪恶，消除私通，那些本不能持一的人或可结成婚姻，而却永不辱没基督的圣体。"

相似风格的建筑将强暴与婚礼联系在了一起，婚姻的缔结"赎救"了那两人的罪恶。自始至终，他们不曾有过任何忏悔。

布里奥妮七十七岁生日这天，决定最后一次参访皇家军事博物馆文库，结果看见了马歇尔勋爵夫妇。此前一天，她被确诊患上血管原发型痴呆。

> 文库的阅览室处于这座大厦的穹顶中，以前是皇家伯利恒医院——旧时的贝德兰姆疯人院——的附属教堂。
> ……我想起了疯人院里那些可悲的病人，……一想到不久我也要加入他们的行列，我不禁自怜起来。

这最后一次邂逅地,又有一处教堂式建筑。正是这次邂逅让布里奥妮彻底绝望了:"也许我会比保罗·马歇尔长命,但罗拉肯定比我长命。"她写出真相的书,无法在有生之年公之于众。真相不见天日,罪行永无可赎。

麦克尤恩选择的这种建筑样式,有着经典框架结构,牢固而保守,就像布里奥妮以陵墓比喻马歇尔夫妇的婚姻,这种建筑保护了谎言;暗示了人物们的阶级思想根深蒂固,跨阶层的爱情是不见容的;也封存了残酷的战争记忆。因为自家的阿莫巧克力条成为战争期间部队官方定额配量包中的一部分,马歇尔大发横财,至于死去的近四十万士兵(包括罗比这样的),对他的富人生活完全没有产生任何影响。

小说中出现的另一个重要意象是花瓶。

花瓶是在塞西莉娅拿着去灌水的时候,在罗比争着帮她拿的过程中,因为怄气而被意外弄破的。为什么是花瓶呢?一方面,花瓶隐含着脆弱性,跟她的处子之身一样,是美丽的,很容易破损的。另一方面,弗洛伊德曾指出,花盆和化瓶也可以是女性生殖器的象征。他引用流传已久的一种习俗——在订婚时要打碎一个花瓶或盘子,每个在场的男子都要拿走一块碎片表明——不再将新娘子视为己有。因此这因罗比碎了一大块而碎片又被塞西莉娅都拿走了的花瓶又暗示出，罗比既能拥有她（他们做了爱），又不可能整个拥有她（他们因牢狱之灾和战争之死而分离）。

这只花瓶曾经的过往也跟战争有关。家中的一家之长、塞西莉娅和布里奥妮的父亲杰克·塔利斯的弟弟克莱姆叔叔在停战前一周牺牲，为了感谢他救出大概五十名妇孺老幼，这只花瓶被赠送给他，在他葬礼的几个月后送到塔利斯家。所以父亲认为，既然这花瓶能幸免于战火，它也一定能在塔利斯家世代长存。结果，在二战开始之前，它就被打破了。在它破损后的不到二十四小时内，这个家庭就面临了分崩离析。战争开始后，这处私宅被用来安顿疏散到她家的难民，再之后，花瓶被彻底打碎。时间到了1999年，宅子被改成了帝尔尼宾馆。花瓶的消亡，代表了这个家庭的消亡，也代表了等级森严的阶级社会的消亡，是整个社会变迁的缩影。

如果再仔细一点，我们还能发现，一切都未发生，花瓶仍完好地安放在客厅樱桃木桌上时，有一段母亲艾米莉·塔利斯对这只花瓶的看法。

其实，不管价值几何，也先不理会这段渊源，艾米莉·塔利斯一点都不喜欢这个花瓶。上面所画的中国人物一个个小小的，正儿八经地聚在花园的圆桌前，还装点着绚丽的植物和假禽鸟，让画面显得繁复压抑。

我们还记得这只花瓶为什么要被拿出屋子吗？是艾米莉为了在家中招待客人，让女儿在客人卧房四柱床边的五斗橱上布置这样一瓶鲜花。这客人是从伦敦回来的儿子利昂带回家的朋友，巧克力大亨马歇尔。那即将到来的晚餐，有艾米莉、马歇尔、利昂、布里奥妮、布里奥妮的双胞胎小表弟和小表姐罗拉、塞西莉娅、罗比。这也是这群人最后一次这样聚在一起。这一场景的虚假与压抑，和花瓶上的图案产生了完美的呼应。

小说中还有一个看起来不明晰但却跟主题密切关联的意象：巧克力。

马歇尔期待希特勒不停止战争，英军需要采购大量巧克力，因为规定了每个陆军士兵背包里都要有一块巧克力。双胞胎兄弟重复了自己父亲的观点，认为不会再有战争。罗拉站在了马歇尔这边，于是得到了一块奖赏性质的巧克力条。

> 他们看到她的舌头卷过糖衣时泛绿色。保罗坐在扶椅上，身子往后一靠，两手搭成尖塔形靠在脸上，专注地望着她。

小说中的赎罪与赎罪中的小说

> 他跷起二郎腿，又放了下来，接着，做了个深呼吸。"咬一下。"他轻轻地说，"你得咬上一口。"
>
> 糖果被她洁白的利齿咬开时，发出清脆的断裂声，露出了白色的糖衣层和黑黑的巧克力。

这段描写来自马歇尔的凝视，充满欲望。罗拉似乎是对纳博科夫《洛丽塔》十二岁女主人公的小小互动。在罗拉舌头卷过糖衣时，注意作者描述的"教堂尖塔"手势。心理学认为，这是一种有信心的动作，甚至是一种装模作样的、主教式的、自大或骄傲的动作。而自视越高的人，尖塔姿势的位置也越高。马歇尔举到了脸上，可以想见指尖已齐眉。跷起二郎腿又放下，是为了掩盖自己的局促；深呼吸则是欲望起来时的应对办法。他对她的性欲求，此时已经清晰明了。

回到巧克力，马歇尔的巧克力是怎么制造出来的？

> ……用糖、化学制品、棕色色料和植物油制成巧克力，而且不加可可油……生产一吨巧克力几乎不花钱。

没有可可，也没有奶。巧克力就是甜蜜的谎言。而在罗比的战场之路上，阿莫牌巧克力条果真出现了。它还以黏糊糊的方式出现在了布里奥妮护理的伤病员战斗服口袋里。麦克尤恩的这部长篇，其实主要处理的就是谎言。布里奥妮撒了谎。英国政府也撒了谎。历史书上著名的"敦刻尔克大撤退"，战后英国首相丘吉尔称赞的"人类历史上最伟大的成功"，其实是一场大溃退。据历史学家估计，共伤亡六万八千名英法士兵。被描述成光荣的行动、胜利的行动，却没有人关心一个个死者，没有人关心其中的单个个体。所以麦克尤恩处理的罪与赎，是对人性与战争的双重反思。

通感对回忆的设计也是一种实用的写作技巧。通过感官感受尤其是对嗅觉、听觉、视觉、触觉的描述，引出对记忆的触发叙述（比如曾经无法释怀的时刻），然后再回到当下，对当下生活或对过去记忆产生新的见解，使自己成为人生的审视者，要么增强幸福感，要么相反。最为经典的描述是"小玛德琳"点心泡进茶后的味道，是如何将普鲁斯特带回童年时代。《赎罪》中：

> 他穿越田地时，突然闻到海的气味，是夹带在微风中穿过平坦的、泥泞的土地而吹来的海的气味。……在他疲倦而又异常活跃的脑海中勾起了某些早已遗忘的童年乐事，如狂欢节或运动赛事——这一切全在这一场合汇合。

小说中的赎罪与赎罪中的小说　　199

他先是想到童年时背着他上山的父亲，父亲的早早逃逸使得他"希望有一位父亲，正因为如此，他希望成为一位父亲"，于是过去的记忆又跳转成了对未来的幻想，因为想要一个孩子，想建立一个家庭，"他会找到塞西莉娅的"。

人物可以在任何环境听到，闻到，看到，触摸到，感受到，从而立刻切入回忆。但要注意，不是为了写记忆而写记忆，对该记忆，过去与现在的态度，需要有所改变。今天在校园里走着，闻到了桂花香，就想起了什么时候，也在公园里闻到过桂花香，这样的记忆并没有产生叙事功能。如果那一年，在桂花香气里发生了一件事，那件事在今天想起来，发现其实可以有另外一种解读方式，那么这桂花的香气、回忆的时刻，才产生了它的叙述必要性。

和此前毕飞宇"命运才是性格"的观点显然不同，麦克尤恩的写法遵循了"性格决定命运"。相较而言，大部分中国作家写人物的时候，都是情节决定命运。作家们对此的解释是，中国自改革开放以来，整个社会发展得太快了，个人完全没有办法掌控自己的命运，所有人的命运都是随波逐流的。比如大学毕业进入互联网大厂，四十岁时突然被辞退，一天之内失去工作，个人命运就此发生逆转。但是西方塑造人物的一个传统方式，仍然是由性格铺开，推动人物的命运走向。从这部小说我们也能看到当下中西方写作的不同。

麦克尤恩为我们描述出了一个怎样的家庭？是一个有条理、有爱的家庭吗？显然不是。"父亲总待在城里，而母亲不是闹偏头痛，就是非常冷漠……塞西莉娅有几次送茶到母亲的房间（房间同她的一样，也很脏）"，"幽暗、病态的卧室"，女儿们的情况呢？两个女儿，大的房间非常混乱，烟缸都不整理，又脏又闷；小的又是极度理性，她的理性是想要把所有事情规整起来，所有事情都要按照她的想象放进她能理解的条理框架里。

> 布里奥妮是一个非常讲究整齐的孩子。她姐姐的房间乱得像个狗窝：书本不合，衣服不叠，床铺不整，烟灰缸也不倒；而布里奥妮的房间俨然是她遏制恶习的一个圣殿：一个农场模型横放在宽敞的窗台上，里面有常见的动物，它们全都朝着一个方向——面向它们的主人——就好像要突然引吭高歌，连场院里的母鸡也被整齐地关在栅栏中。事实上，布里奥妮的房间是这幢房子的楼上唯一整洁的房间。她那些住在宽敞的模型大厦里的娃娃们，好像接受了一律不准背靠墙的严格命令，一个个规规矩矩，腰杆挺得笔直；她的

化妆桌上那些拇指大的小人们——牛仔、深海潜水员、类人老鼠——都整齐地排列成行,俨然是等待作战指令的民兵。

对小模型的爱好,是崇尚秩序和整洁的人的一个标志。

从一开始,对布里奥妮的性格描述就是非常明确的:一个热爱虚构的写作者,一个可以安排人物命运的人,就像上帝一样。她对待小模型的方式表明了她对把控秩序的偏执。为什么她喜欢写作?不是因为她喜欢想象,而是她喜欢条理,可以通过自己的建构去重新整理这个无序的世界。所以她的创作主题,也是跟秩序有关的。像离婚这种威胁秩序的话题,是不会进入她创作视野的。当她偷看了罗比错给姐姐塞西莉娅的便条,而那封信上用了一个她认为很脏的词(阴户)之后,她已经决定,要把这个坏人罗比赶出家门,要清场,重新修正秩序,最终,她用想象虚构了一个她能理解的、并且可以维护秩序的指证版本。

那么她所身处的环境,这个塔利斯庄园,本身有没有秩序呢?并没有。塞西莉娅想过整理父亲杰克这一支的家谱,结果发现"塔利斯家的先人都是窝在地里干农活的;男人们胡乱地改姓,也理不出个头绪来"。作者用了一系列环境描写表明了这一点:"屋子吱吱嘎嘎地乱响","一切都在萎缩",餐厅再热也不能打开三扇高高的窗户,"因为窗架在很久以前就歪掉了",巨大的油画"加强了房间中令人窒息的气氛"。

> 画中的贵族家庭:一对父母,一双女儿,还有一个婴儿,个个都是薄唇小嘴,脸色苍白,活像鬼魂——在一片依稀可辨的托斯卡纳风景前面摆好姿势。

写作时,我们可以通过各种道具的嵌入,去表达一开始就已经设定好的某种命运性。当然,也可以在结尾的时候打破这种宿命指向。但一定有所选择。麦克尤恩选择的这幅肖像画和塔利斯家族无关,只是暴发户祖父哈利·塔利斯觉得"画中之人会给他的家庭增添一份坚固的色彩",但因为年久,成为这个家族的共同记忆。画中人物对应了塔利斯夫妇、塞西莉娅和布里奥妮姐妹,以及长不大的巨婴利昂("他活着也只是为了周末,为了八人划艇")。肖像人物的苍白脸色对应了这个家庭此后的了无生机,作者对此的刻画细致入微。整个庄园其实是失序的,一处相对与世隔绝的房子,正如里面貌合神离的夫妻,仅仅在表面维持了稳定。但在当时的时代背景下,秩序是建立在阶级观念和等级意识上的。比如,母亲艾米莉固然认为马歇尔的外表"令人稍感遗憾",但如果塞西莉娅能和他在一起,"安逸、平安的岁月也许会从这些制造巧克力的廉价大桶中流出。"只要维持表面的上流阶层生活就可以。也因此,当布里奥妮执意用谎言修正秩序时,其实她也在帮她一起完成。

> 他(罗比)绝对不可能与艾米莉或杰克交往过密。想当初,她凶狠地将他送上了法庭,简直不可理喻;而杰克在他最需要的时候却扭身走了,躲进了内政部。

然而作者更为深刻的一笔是,这样的等级意识,即使是直接受害者罗比和看似追求自由平等的塞西莉娅,也深受其影响。因为跟罗比都接受过一样的高等教育,从这一层面,她不认为一个有远大前途的剑桥高材生,会做出这样的事情。所以自始至终,塞西莉娅怀疑的强奸犯都是另一个用人的儿子丹尼·哈德曼,那是真正的下人阶层,但那也只是一个十六岁的男孩。"塞西莉娅感到丹尼·哈德曼在盯着她看,于是她狠狠地回敬了哈德曼一眼。""在一片寂静中,人们隐约听到塞西莉娅反复地说,丹尼·哈德曼才是他们应该问讯的对象。"罗比一直愤恨的对象也因此无中生有:"他甚至想象她倒在他的刺刀尖下。布里奥妮和丹尼·哈德曼。"

沿着"性格决定命运"这条传统写作之路,《赎罪》呈现出了成长小说的样貌。为什么是成长小说呢?因为它主要写的是布里奥妮,在她经历了这些之后,她的世界观逐渐改变了,提前进入了成人世界,性格也因此改变。

如果说,《黄雀记》里的人物在十年间没有发生太大变化,那么在《赎罪》里,因为设置了二战的大时代背景,里面的主要人物在不断发生变化。布里奥妮,因为想在姐姐和罗比面前赎罪,放弃了去剑桥深造的机会,去了姐姐从前工作过的医院接受护理方面的训练。随着每一次对伤病员的护理,她对人的情感,终于产生了理解之移情。对一个即将死亡,陷入意识混乱,将她误以为自己恋人的年轻士兵,她可以回答"我爱你",尽管还是迟疑了一下。

麦克尤恩对她思想认识上的变化刻画,是非常有耐心的。小说已经过去了四分之三,布里奥妮给《地平线》的小说投稿《泉畔双人》,还自欺欺人地认为可以用最新的意识流写作手法回避掉那个夏天,真正的人物、真正的情节。作者假借当时英国著名文学批评家、作家、编辑西里尔·康利诺(小说中的CC)之口,一针见血地指出了这一问题。

  ……尽管开篇出手不凡，但之后竟然什么也没有发生。……本来，从这一制高点可以展开许多情节——可您却用了几十页的篇幅洋洋洒洒地描绘光影和散乱的观感。……要是这位女孩子完全误解了她面前这一幕小小的奇怪的场景，甚至对此感到满腹疑惑，那她将会以一种怎样的方式影响到这两个大人的生活呢？她会周旋在他们中间，带来某种灾祸吗？或有意无意地使他们走得更近吗？

  ……换言之，请问您有没有可能以更加干净利索的语言把这三位人物呈现在我们面前，……想听故事，想处于悬念之中，然后获悉故事的前因后果。

  表面上，编辑质疑的是情节处理，是写作技巧层面的探讨，但比编辑知道更多的读者清楚，布里奥妮被质疑的，其实是隐藏在意识流技巧背后的负罪感。编辑的回信点明，那时她还没有从思想上真正赎罪。

  也因此，小说里的布里奥妮，终究是往前走了一步。她用五十九年时间六易其稿，"我们都有罪——我、罗拉和马歇尔都难辞其咎——从第二稿开始，我就着手把它形诸笔端。我始终认为，毫不隐瞒真相——（人名、地点、确切的环境）——是我的职责——我把这一切当成历史记录存档。"

写作,是需要承担起伦理责任的。作者如何去处理一个故事,一定是其意识形态的反映。举个极端的例子,一个崇尚极权主义的作者,笔下所有人物可能都是被控制的,不可能有任何超出作者事先规划的部分,从一开始就不存在任何自由的探索。但如果这个作者是一个怀疑主义者,会不断反思,那么人物可能也会跟着不断推翻自身。

再比如对罗比的塑造,战争给他带来的变化是非常明显的,从一个受过良好教育的人、一个有爱的人,慢慢变得麻木,只想到自己的存在,只想要自己活下去。但在他逝去的前一天傍晚,酒吧里,眼看皇家空军士兵即将被围殴至死,他还是和同伴一起聪明地救下那个士兵。围绕罗比,有一个细节写得特别好、特别符合人性真实。小说中一直在写他对塞西莉娅的爱,对她的怀念,但大家是否注意到有一笔?麦克尤恩写到了他轻微的愤怒、不满以及因此导致的淡漠情绪。

> 他从上衣里面摸出一小捆她的信。我等着你。回来。这些话不是没有意义的,但这时没有感动他。……等待。简单地说,就是一个人什么也不干,让时光流逝,另一个人姗姗靠拢。等待是一个沉重的字眼,特纳感觉到它正在向自己压来,

沉重得像一件厚厚的大衣。地下室里每个人都在等待，沙滩上每个人都在等待。她也在等待，是的，但那又能怎么样呢？他试图想象出她讲这句话的声音，可是，在怦怦的心跳声里他听到的是自己的声音，他甚至回忆不出她的面容。

等待的塞西莉娅，不需要做任何事，而他要经历这一切去走向她。这很小的一笔质疑，就是一个高手与普通写作者的区别。小说中三个人的情感在有层次地变化，但是微妙，从未走向另一个极端。

如果说，苏童是将外部世界微缩到了香椿树街上，麦克尤恩则是将家庭里人与人之间的关系当作整个社会关系的缩影来写。

因为包含了对秘密与真相的探求，《赎罪》还是有一定悬疑性，或者说，悬念感的。（《黄雀记》则因为一目了然无此特点。）作家阿乙有一个观点："小说离不开故事，但这个故事又不能用以往的类型小说方式来呈现。用雅致和艺术的方式写通俗故事，在未来很长一段时间内，都会是文学创作领域里比较受欢迎，也特别容易见成效的一种写法，甚至可以说是一种捷径。一个人想要在文坛迅速出位的话，最好能用艺术的形式讲一个犯罪故事，把它讲好，讲得有悬念。"

同样是罪案小说，纯文学与类型文学的处理方式是大相径庭的，最明显的一点就是：前者不负责破案。

《赎罪》断断续续设置了一些小细节，帮助的其实是布里奥妮和读者一起，厘清思路，大致还原出另一个并未得到确定、有很多似是而非可能性的，所谓真相。

首先，是罗拉先于马歇尔，注意到对方存在的。

罗拉比马歇尔早一天入住这栋宅子。（布里奥妮"等待远在北方的表姐表弟们的到来。排练时间只有一天。再过一天，她哥哥就要回来了"。）大家都在为利昂的回家做准备，所以她肯定知道他要带朋友，那个巧克力大亨保罗·马歇尔来。

为了塑造这个早熟的、明确知道自己要什么也清楚得到它们步骤的十五岁少女罗拉，麦克尤恩设计了她如何夺走布里奥妮想出演的阿拉贝拉这个主角这一重要情节。（一个善于利用别人的善良来操纵别人的人。"罗拉简直就是艾米莉最小的妹妹的化身，罗拉与当年的她一样早熟，一样诡计多端。"）除此之外，我们来看看作者对她两次出场的安排。

第一天，只是面对塔利斯家人：

> 她喷洒了很多香水，换了一件绿格子的棉布裙子，以弥补皮肤的颜色。她穿着凉鞋，戴着一

条脚链，脚趾上涂着朱红的指甲油。

第二天，正是这副几乎已经像个小妇人的打扮吸引了马歇尔：

> 一条打褶的法兰绒灯笼长裤，短袖羊绒毛衣，脖子上软软地绕着串浅黄色珍珠项链——珍珠虽是小粒的，却在颈背处用翡翠打了个箍儿，满是雀斑的手腕上，还松松地晃着三只银镯子。另外，无论她走到哪里，身边的空气中都有股玫瑰水的味道。

在马歇尔眼中：

> ……她镇定自若，傲慢威风。戴着手镯，卷着头发，染着指甲，系着天鹅绒箍带，俨然一位前拉斐儿画风的小公主。

注意这个细节：家中用人的儿子，十六岁的哈德曼拎着马歇尔行李时（一手一只皮制手提箱），都不清楚主人到底安排他住哪个房间。

塞西莉娅耐心地对哈德曼说："就是经过婴

儿室的那个大房间。"

"也就是维纳斯姨妈的房间。"利昂补充道。

但是罗拉呢?

她来到走廊,一直走到尽头。那儿有一扇门,通向一间弃置的卧房。……看到床边有个男式的手提箱,……她走到箱子前面停了下来,……她用大拇指按住其中一把锁,轻轻地旋动它。……扣子弹了起来,发出响亮而厚重的声音,吓了她一大跳。她把箱子推了回去,匆匆走出了房间。

一直,没有过犹豫,没有过推门探寻,她知道他住哪儿。看起来箱子被她打开了,她看到了什么呢?很多很多钱?很多很多巧克力?我们不得而知。我们知道的是,接下来:

她已回到了自己的小卧室,对着靠着窗台的小镜子梳理着头发。

那之后,双胞胎弟弟中的杰克逊说出父母已离婚、他们回不了家的事实。(罗拉开始为自己未来去处盘算了?)

马歇尔登场，一一打量他们姐弟仨。他看出她很喜欢他的黑白镂花皮靴（她喜欢因为她知道这样的定制鞋售价不菲？）

两个双胞胎弟弟被用人叫去洗澡后，这一章结束，下一章，是从母亲艾米莉视角叙述。

> ……一个男人的声音。……起先没有任何异常声音，后来传来一阵轻声尖笑，又很快地戛然而止，就好像黑暗中一盏忽明忽暗的灯。那是罗拉。她正在婴儿室与马歇尔在一起。

发生什么了没有？发生了。罗拉换了套行头。

> 她的行动有点受到蓝缎紧身装的限制。她披散着头发，还赤着脚。

那是一套"令她走路都十分困难的礼服"。为什么要换衣服？她主动告诉布里奥妮，这一晚是她"遇上的最可怕的夜晚"，她把上臂的一条长抓痕，以及两个手腕上各几道擦伤的红斑展示给她看，布里奥妮一眼认出这些伤是被人抓出来的。她说这是两个双胞胎兄弟干的。她为什么要主动分享这些？她应该知道，这些细节大人们或许不加留意，以作家自诩的这个表妹却很有可能注意到并大声嚷嚷得众人皆知。但即便会暴露抓伤，她也还是要穿那件紧身礼服。

  罗拉抬手捂住脸，放声大哭起来。一个如此尖刻暴躁、飞扬跋扈的姑娘竟被两个九岁大的男孩弄得如此情绪低落，这在布里奥妮看来简直不可思议……

怎么回事呢？

  这位年长的姑娘……想了一会儿说："我正准备要洗澡，他们闯了进来，朝我猛扑过来，把我摔翻在地……"

如果是事实，不需要"想了一会儿"再说。如此悲伤的罗拉，却因为被叫下楼用晚餐而"立即发起脾气来"：

  "完了，完了。我还远远没有准备好呢，"她说道，几乎又要哭出来了，"我甚至还没化妆呢。"

她需要化妆，掩盖或淡化她的雀斑。
晚餐桌上，罗比注意到：

> 从马歇尔的眼角到与其齐平的鼻子处,有一处两英寸的抓伤……

也许他想强吻罗拉而被抓伤?果然,还是布里奥妮说出一切:是兄弟俩"抓破了她的脸,扭伤了她的胳膊"。

> 保罗·马歇尔清了清嗓子。"我亲眼看到的——必须将他们分开,把他们从她身边拉开……好吧,他们居然欺负她……"
> 艾米莉……走到罗拉的身旁,将她的手握在自己的手中。"看你的手臂!哪止擦伤了,整个手肘都乌青了。他们到底怎么伤害你的?"
> "我不知道,艾米莉姨妈。"
> 马歇尔又一次倾靠在椅背上。他在塞西莉娅和罗比的脑袋后面,对着这个用泪水汪汪的眼睛凝望着他的小女孩说道:"你如实告诉姨妈,这并不是一件害羞的事情……"

肢体语言中,说谎的人喜欢吞咽唾液或者清喉,这是因为说谎导致肾上腺素上升,从而导致唾液像泵一样涌出来。面对姨妈,罗拉没法再重复一遍她对布里奥妮所说的(谎言)。她用水汪汪的眼睛看向谁,向谁求助呢？越过两个人的背脊，她凝望着马歇尔。他说出的，更像是一句威胁：如果你如实告诉姨妈，这可是一件害羞的事情……这时，又是布里奥妮，发现了兄弟俩离家出走前留下的信：

我们逃走了,因为罗拉和贝蒂对我们很凶。……

不妨合理猜想一下，如果是他们"虐待"姐姐，把姐姐弄伤，就不会这么写。但作者最终将发现、认定真相的权力交给了读者。你既可以认为真的发生了一起强奸案件；也可以猜测，那只是一次互相引诱、半推半就的野合；更可以理解成，起初存在用强，慢慢接受，后来想到以此改变自己未卜命运。

似是而非。留白。允许读者合理想象。不定论。纯文学只是利用悬疑性吸引读者读下去，可以隐藏关键信息，去增加故事的悬念和结局的不可预测性，并不需要为解疑负责。

2007年，小说被改编成电影上映，获第80届奥斯卡金像奖最佳影片提名、第64届金球奖电影类最佳剧情片奖。谈到这部电影，和小说相比，麦克尤恩还是有遗憾的："电影本身会有一些不足，比如，一些元叙事不能完全体现出来，在表达人物的心境、心路历程、内在情绪方面，文本更直接、更深入，电影肯定会有一定的遗失。"

和小说相比，电影在叙述的先后顺序方面做了一些调整。比如喷水池前花瓶争执情节，小说中是塞西莉娅先道明事件原委，但在电影里，先出现的则是布里奥妮从窗子里面看到的，然后再是姐姐的客观视角。布里奥妮是因为剧本排练不顺利，又听到蜜蜂嗡嗡嗡的声音而心烦意乱，走到窗边的。这时画面里出现了明确的窗框，窗框意味着什么？意味着封闭和限制。她没有打开这扇封闭的窗。想象一下，她如果打开，喊一声"姐姐，你们在干什么？"或许什么误会就都没有了。

小说需要一直铺陈眼见真相如何被歪曲却无能为力的紧张感，旁观事情不可自主滑向悲剧时的痛心感，但电影要考虑大众没法暂停细想，又没有足够背景知识的情况下，如何造成悬念，如何让人产生误解，追问到底发生了什么，只有这样，观众才可能被吸引着继续往下看。

因此，小说预叙主人公命运的特点，比如像这样精彩的句子，"再过半个小时，布里奥妮就将犯下罪行了"，在电影里一般都会消失。（除非恐怖电影，才会偶尔涉及"闪前"这一拍摄手法。其实也可以用旁白来解决，但一定会影响画面的流畅感。而且对于很多没有看过小说的观众来说,电影本身的完整性会被打破。)麦克尤恩所不满的,也许还因为电影只考虑了全知视角,是按照这个故事的表面顺序推进的,直到老年布里奥妮接受采访,观众才知道,当年是她犯下诬陷罗比的罪行。

小说结尾部分,麦克尤恩为元小说加了个凄凉结局,导致布里奥妮罪无可赎,因为两位当事人早早离世,也因此,布里奥妮自问自省的那段才显示出了力量:"一位拥有绝对权力,能呼风唤雨、指点江山的上帝般的女小说家,怎么样才能获得赎罪呢?……上帝也好,小说家也罢,是没有赎罪可言的,……这永远是一项无法完成的任务。这正是要害之所在。奋力尝试是一切的一切。"

作者严厉地指出:多年之前,布里奥妮通过想象去给别人定罪,多年之后,又用想象试图给亡魂安排永远相爱、幸福圆满的结局,事实上,这并不能赎罪。

不过从创意写作角度出发,既然布里奥妮可以在结尾的时候把前面所述全部推翻,所有美好都不曾发生,他俩都没有活过1940年,那么我们也可以想象,布里奥妮也有可能是出于嫉妒,出于对罗比的爱而不得,才安排这两人早逝。事实上他们像她一样,好好地活了下来……

当然,电影也有小说无法实现的特点。比如对目睹昏暗的藏书室里姐姐与罗比奇怪姿势的布里奥妮使用了脸部表情特写，观众看到的是她单方面的困惑与恐惧，容易与她产生共情。

电影是先有打字声音，再直接出现少年布里奥妮打字的特写镜头，在打字声中跳出片名，暗示布里奥妮一直在打字，一直在写作，一直在修改《赎罪》这部小说。此后打字的声音贯穿了多个场景。大家是否注意到，每一次打字声音是在什么时候出现？是在误会发生之前。这一效果音在营造紧张的节奏感的同时，其实是在不断提醒观众：误会即将开始。围绕打字机的声音线索，我们很容易就会发现，叙述者是布里奥妮。而在警方面前指认，或在罗拉婚礼上发现真相，也都由加速的打字声音予以提示。

电影改编时处理意识流的做法也相当巧妙，是通过声音来标记意识流的开始和结束。罗比把信给了布里奥妮之后，打火机"啪"的一响，他开始呼唤布里奥妮，因为他发现自己可能把信弄错了，但错已铸成，所有事情都没有办法再挽回。等到他回想完自己如何把信装错后，打火机"啪"的一声盖住，火熄灭，整段意识流结束。这个小技巧也可以应用在写作中，意识流开始时，主人公做了一个动作，这个动作完成后，意识流结束。

还有一段意识流，电影也处理得相当不错，也是跟火有关。罗比在临终之前划亮了一根火柴，看着那张海边别墅的照片。大海声音响起，火柴慢慢熄灭，他陷入意识流，先是花瓶碎片从喷水池里飞回来，同花瓶的边缘结合在一起。信从布里奥妮手中退回到罗比手中。打字机的铅锤从纸上一一抬起：T—N—U—C，四个字母消失，纸面上一片空白。他漫步在花海中，平民们在合唱。接着是夜晚，迷雾散尽，塞西莉娅穿着绿色的晚装在等着他……那是他意识流的倒转，其实是在暗示，时光是没有办法倒流的，跟被点燃的火柴一样，跟被打着的火机一样。

罗比去世之前产生精神幻觉这部分，电影增加了他独自一人走向一片火红的虞美人花丛深处的场景，阳光照耀的红色绚烂夺目，是所有精神、勇气、爱与美最后的回光返照。

电影中新增的最为神来一笔的是，在一片狼藉的敦刻尔克海滩上，在破败的小酒馆里，居然播放着两年前的黑白电影《雾码头》。这部电影片段的运用恰似文本套文本，也是一种互文性手法。电影讲述的是在殖民地服役的法国逃兵让在潜逃途中遇到奈莉，他们一见钟情，但让最终被枪杀的爱情悲剧，预示了罗比与塞西莉娅的爱情也将因战争而悲剧收场，罗比将不久于人世。银幕上，巨大的两人忧郁地深深亲吻，银幕下，显得十分渺小的罗比把脸深深埋进手里。

电影的用色也非常考究，前半部分都是乡村的明亮景色，黄黄绿绿；后半部分则是阴暗的、压抑的、混沌的色彩。

但在处理"罪是否可赎"这个问题上，电影的表现是直接而表面的。为了表现布里奥妮的忏悔心情，在她接受采访时，她跟记者说，能不能给她一点时间，接下来她再说。这时，电影画面出现了一个她深呼吸的行为。小说处理的则看起来平和而日常，生日这天，向所有读者摊牌真相这天，跟罪行发生后这六十四年来的每一天没有太大的不同，她已经接受和罪行共同生存，共同呼吸。不需要这刻意表明愧疚感的一次深呼吸。当然，电影里的深呼吸表明，这罪行于她是沉重的，电影要给观众希望，不能质疑：其实罪行一旦发生，就无可救赎。

也许为了电影能卖座，尽管老年布里奥妮面对采访说出了两人早已去世的事实，最后一组镜头还是两人漫步在海边的幸福画面。（小说中则是"罗比和塞西莉娅依然活着，依然相爱，依然肩并肩地坐在藏书室里，对着《阿拉贝拉的磨难》微笑……"）

课堂交流

学生：布里奥妮其实是一个让人非常厌恶的人物，但为什么对她还是恨不起来？反之，会更讨厌罗拉一些。但其实，罗拉出场不多，而且她犯下的实际罪行，也没有布里奥妮严重，她没有直接给出过证据，也没有直接指控过。

走走：这和作者选择的叙述视角有关，整部小说都是布里奥妮在告诉大家这个故事，她强调自己那年才十三岁，她选择性给出母亲艾米莉对罗拉母亲的讲述来佐证自己的判断。（母亲一辈的恩怨传递给下一代就公平了？）在叙述中她其实也在不断开脱自己，导致读者在无意识中疏远罗拉。如果改写成由罗拉视角讲述，这个故事肯定就完全不同了。她也只有十五岁，自私的母亲和懦弱的父亲扔下他们不管，任他们寄人篱下。初来乍到，对一个新家还没建立起熟悉感，特别疲倦，突然间就被拉去排戏，还要哄这个刚愎自用的小表妹开心……

小说跟现实生活一样，没有绝对的平等可言，一定会有情感偏差。作者有绝对的权力，决定哪个人物可以发声。叙述视角很容易让主要人物处在被同情、被理解的位置。而次要人物，那些没有发声机会的人，是得不到公正对待的,他们就得承担责备、误解。因此,站在哪个立场、为谁发声,是写作者需要面对的伦理道德。

一句谎言撬动世间全部恶意
——电影《狩猎》

如果用一句话概括这部电影,那就是:五岁女孩的一点恶意,一句"被猥亵"的谎言,几乎毁掉一个成年男人的一切,使他成为道德猎场上几乎所有人的猎物。

据说这部电影是根据真实事件改编的。1998年,托马斯·温特伯格执导的《家宴》上映,讲述已经成年的大儿子在父亲六十大寿的家宴上公开指控父亲儿时对自己和姐姐的性侵行为,并指出这导致了姐姐自杀,影片以父亲被众人赶出家门告终。有位丹麦的心理医生看后拜访了导演并交给他一袋材料,材料是关于一个人被冤枉性侵幼童的。(真实生活中的主人公卢卡斯,后来疯了。)直到十年后,导演自己也需要心理医生的时候,才打开材料。"读完以后感到非常震惊,并觉得有必要将它拍成电影。"这部电影就是2012年上映的《狩猎》。

西方有一种典型故事情节——猎杀女巫。一群人生活在一个小镇上,大家都是关系亲近的邻居、朋友。但如果有一天,突然有人指证某个少女是女巫,全镇的人都可以去虐待她,直到把她处死。这样的行为背后,有很多黑暗的推力。比如,有可能只是这个男性想追求女孩却被拒绝,或者某个女性妒忌她,他或她就可能诬告少女是女巫。

意大利哲学家阿甘本有一篇文章《什么是装置》,对于理解这部电影,或者思考我们未来的写作面向,可能有一些借鉴之处,我想先给大家简单介绍一下。

"任何以某种方式具备捕捉、引导、决定、拦截、模范(塑造)、控制或握紧(关牢、使安全)活生生的存在的姿势、行为、意见或话语的东西",他把这些视为装置。不仅包括"监狱,疯人院,圆形监狱/全景敞视建筑,学校,告解室/忏悔,工厂,学科/规训,司法措施等等(这些东西与权力的关联在某个意义上说是明显的)是装置;而且,笔,写作,文学,哲学,农业,烟,航海术,电脑,手机以及……语言本身也是装置,而且,语言,也许是最古老的装置"。

也就是说,装置是人们共同理解的那一套秩序,是这个社会公认的一些行为法则等。大众所受到的教育,所习得的思维理念,其实就是把人秩序化、固定化。那么与装置相对的，更自由的是什么呢？是活生生的存在，是实体。在两者之间的就是主体——个人。如果不想被装置所控制，我们该怎么办呢？阿甘本提出的一个解决方案，是亵渎。但是他说的亵渎，是一个"源自罗马法律与宗教领域的术语"，"'亵渎'，则意味着，恢复人类对事物的自由使用。'亵渎'，伟大的罗马法学家特雷巴求斯因此而写道，'就这个词最真实的含义而言，指的是一度神圣或宗教，但后来却被交还人类使用或占有的东西。'"

阿甘本认为亵渎跟神圣相对，是反装置的。在一个规训的社会，装置就是创造，通过一系列的实践话语和我们的知识体系，创造出一个个驯顺、温良的身体。这些身体假设自己是主体，假设自己是自由的。在阿甘本的语境里，亵渎是一个褒义词，不是普遍用法上的贬义词。亵渎本身，其实对应的是真实，比如日常的俗事。

他写过一本书叫《神圣人》，根据他的考察，在古罗马法中，一些人因犯了罪或其他缘故，被剥夺了法律秩序所给予的所有保护，就算杀死他们，凶手也不受法律惩罚。这些被杀死的人又因为自身曾犯下的罪而不能被用来祭祀。因此他们既被排除在俗世法律之外（可以被杀死），同时也被排除在神法之外（不能被祭祀）。阿甘本认为，最典型的就是纳粹集中营中的被囚禁者,还有战争中的难民,他们都是只能任人宰割的"神圣人",Homo Sacer。中文也有翻译成"牺牲人""牲人"的。

从这个角度出发,阿甘本是反对人道主义的,因为人道主义恰恰确立起植物、动物、人的生命的等级制,直接对生命进行分隔性操作,从而进行有针对性的控制、征用。他强调,我们恰恰要去拒绝"人权神圣不可侵犯"这类话语,因为它制造出一个特权空间。也就是说,某些被群体认为"不那么神圣"的人,比如黑人、犹太人、难民……不再被当作人看待,就可以被侵犯。"人权"只是在现代主权国家中被"承诺",生命因此就被政治化了。一旦某个人从共同体中被排除出去,就可以被杀死。

我们每个人出生的时候,就已经不再是人。通过生命,我们成为的是什么呢?不是自由人,只是公民,是一个享有权利的公民。通过出生我们进入了一个共同体,从大的方面来说,是一个主权国家;小的来讲,是省市县、村庄、家族。既然是公民,那么主权国家,或者说主权结构,就可以捕捉你、征用你。个人只是臣服于它,属于它的。所以阿甘本就说,当一个人诉诸所谓的人权,强调的是自己对于整个生命体、国家、共同体的臣服。因为这人权是谁给你的?是共同体给你的。其实阿甘本讲的是现代民主政治的一个根本困境。

回到为什么要引介阿甘本的这些内容，首先，我们可以看到《狩猎》的故事建立在森林跟小镇两个空间之间，从某种意义上来说，小镇是人类的一个共同体，它有规训有惩罚，有被知识教育过的人群，是一个文明世界，那么森林对应的是什么呢？是法外之地。看起来那个地方似乎是野蛮的、荒凉的，但是我们发现，小镇随时也可以变成森林。当一个文明世界被某种理念颠覆之后，小镇会变得比森林更残酷。它的屠杀，它对一个人的围捕、猎杀，将会更加彻底。

作为写作者，我们要注意的是这两个空间的对话。影片一开始描写的就是卢卡斯先剥夺了一个动物的生命，在当时，他会认为人的生命高于动物生命。所以可以剥夺，可以窥视，可以左右。他不会想到有一天，他也会被更高于他的那个共同体所窥视、所侵害。但如果理解了森林与小镇的对应，森林与小镇随时随地都有可能互相转化，我们就能明白，自身在任何一个空间里面，都是不安全的。这部电影也让我们看到，作为在共同体里的单个个体，随时都有可能作恶并且不自知。

同学们如果想把小说写好，可能也需要去熟悉哲学、人类学、社会学、心理学等相关学科的一些理论或者概念，对于我们要塑造的人物，可能就能产生更深刻的认识。当然，也不能概念先行。

在《狩猎》这部电影里，导演是怎么塑造男主角的？用了哪些事件去刻画呢？是用了三个有层次感的、和小孩子相处的场景。第一个场景是捉迷藏，男主角卢卡斯先是在篱笆外面观察这些孩子。第二个场景是一个男孩上厕所，命令式地要他帮着擦屁股。第三个场景是送小女孩克拉拉回家。通过这三个场景，刻画出男主角是一个很被动的人，被要求被命令。电影从头到尾，卢卡斯也确实没有采用暴力反抗过，都是别人先拒绝他，打他或者远离他。

那么和卢卡斯对应的克拉拉，她的性格又是怎么体现的呢？可以用什么样的词去形容她呢？有同学提到了早熟。因为她主动去亲吻卢卡斯，同时会模仿一些大人的行为。从她不肯踩格子线，我们也能看出，她其实是一个遵守自己内心规则的人。关于她，后面还有一场数栏杆的戏。说明这是一个受制约的人，但她却让整个社区为了她，打破了既有运行规则。

整部电影给大家留下深刻印象的画面都有哪些呢？

有同学认为是卢卡斯在商店里被殴打，满身是血出门，那时克拉拉一家人坐在车子上，她父亲和她母亲面对着她，而她问：他的那只狗在哪里？那只克拉拉喜欢的狗，已经被人打死。也有同学觉得他埋葬狗的那场戏更为有力。还有同学觉得电影海报封面的那一场戏是最为震撼的，也就是在教堂那一场。我们回想一下，电影一开始，卢卡斯本人射杀过一只鹿，那只鹿跟他有过几秒钟的对视。那一场戏，对应了教堂这一场。他在射杀那只鹿之前，那只鹿安静地待在那片树林里，它既没有惊慌地拔腿要跑的样子，也没有恐惧的模样。它只是站在那里，回头看他，眼神是空洞的。这与他在教堂里，回过头去看他好朋友时的眼神一样。只是狩猎的人和被狩猎的人位置互换了。这也说明，任何一个人都有可能开枪，也有可能会被开枪。

我们来看看结局这一冷枪。是要打向别的地方，只是他惊弓之鸟，还是真的有人要杀卢卡斯，或是因为他又问心无愧地应克拉拉要求抱了她，有人要警告他？有没有可能这一枪是他臆想出来的呢？

这一枪代表什么？暗示不管威胁有没有真正发生，他自己内心的恐惧又一次开始。时间已经过去了一年，因为这一枪，给人一种明明结束了，但又没结束的感觉，它把整个剧情余音的悬念性给提高了。

这部电影给人们呈现的是上帝视角，因此，人们会认为卢卡斯是清白的。但如果我们重新改写，换一个叙述视角，大家会想换哪一个视角来讲这个故事呢？电影里出现过很多人物，包括他的女朋友、前妻，甚至像夏目漱石写的小说《我是猫》一样，也可以从狗的视角去叙述。通过这只狗临死前三天、两天、一天的倒叙手法……

有学生回答会从小女孩克拉拉的视角来写。她在整个故事中算是导火索,但是电影没有深入刻画她的心理,没有细致铺陈,也没有一定要把她推成邪恶或者扭曲的类型,反而让人觉得这是大人极其武断暴力的行为结果。卢卡斯的被动,其实都是因为她的主动,如果从她的视角写,这种主动与被动其实是很重要的,那么对她原生家庭的刻画也会变得十分重要。首先要处理她的家庭关系。从一开始父母并没有那么爱她,她是被家里忽视的小孩,她和她哥哥的冷漠关系着手。影片中她的父母很情绪化,会吵架也会亲吻,并且也从不避讳孩子。但自从发生了猥亵事件之后,家人开始对她重视,哥哥也会去关心她。而对于一个并非故意作恶的小孩来说,当她得到了之前没有过的重视和青睐,她也有可能利用这种情感。最终就看作者如何选择走向,是把孩子推向邪恶还是让她回到善良。比如我们可以通过她的一个梦境来写。电影中有一场戏,是她父亲从门外走进来,但她以为是卢卡斯。可能会从她模糊的心理成长角度来描写,其实她是认错人了。她的一句话影响了卢卡斯的一生,所以她也要去寻找真相。但真相还原后,这个女孩是需要完全承担、面对的。影片中大雪漫天,她哥哥带她玩游戏那场戏又该怎么处理呢？还能够表现她很释然、很天真的那一面吗？（克拉拉在人造的雪堆上插玩偶，哥哥说，你想把它放在哪里，你就可以放在哪里。她说：应该在这上面。）或许已经不可能了。学生认为可以考虑把这一幕放到电影开头去展示，这样就跟《赎罪》开头女孩摆弄玩偶模型的场景很像。但他们同时注意到，得把她的注意力写得分散一点，就是她很容易玩着玩着被另外什么有趣的东西吸引，这样才能更好解释为什么她对卢卡斯的受伤，显得有些无动于衷。

也有同学考虑这么设计：故事从成年克拉拉开始写，她的记忆选择性遗忘了，但她总是害怕遇到性侵，比如她坐公交车的时候，只要有男人靠过来，她就会产生生理反应，会颤抖和害怕。但是她不知道这种惧怕心理是从哪儿来的，她努力回忆以前的事情，或许通过催眠，发现家人也都隐晦表明过她曾经受到伤害。虽然后来发现是坊传的假事，但现实发生的事情有时候并不比大家口口相传的更重要，也确确实实对她造成了伤害。再加上那些哥哥给她看的色情读物，她的记忆产生了偏差。成年后的克拉拉就像一名记者，她要问身边了解这件事情的每个人，去把那段记忆拼出来，也包括卢卡斯。而地下室的存在表明，那场猥亵也可能是真实发生过的，所以还有一种可能性的黑暗，就是克拉拉家里确实有猥亵她的人，是她的哥哥，或者是她哥哥的那些同学。因为她哥哥当时也属于性意识刚刚萌发的阶段，可能她哥哥有过猥亵妹妹的幻想……

村上春树也曾写过这样一部小说：一个十三岁的女同性恋中学生，因为得不到女老师玲子的爱，就说老师性侵她，玲子成为一个变态的、性侵未成年的钢琴老师，被大家憎恶和谩骂，最终住进了精神病院，这就是《挪威的森林》。

我们也可以从狗的视角，通过它的内心旁白去叙述，但这样写会很有难度。因为狗是不清楚人的生活规则的。对于道德等方面它是无知的，描写的时候，就只能描写它看到的一些表象，如它与卢卡斯、卢卡斯与他人的关系等等。通过狗对人的不同态度行为体现人的不同，它或许还会跟着主人一起针对某一方。比如，它一看到卢卡斯的好朋友就会大叫，当它听到有人提及卢卡斯前妻的名字时也会大叫。在电影里，到底发生什么会让这只狗大叫，其实是没有特地刻画的。因此，或许卢卡斯一直以为狗是他最好的朋友，但狗却不这么认为。我们可以尝试用预叙的方式。比如，它在电影一开始就说，七天后我将死于什么人之手。也可以一直按照正常的时间线顺序发展。对于狗来说，它能跟任何一个孩子玩。克拉拉只是一个小女孩，可能让狗想起自己更小时候的一些事情。那时主人夫妻俩还没有离婚，他们的儿子又是怎样的。它对克拉拉的唯一印象也许就是她总要避着格子线走。因此狗或许会觉得跟随她，自己也会有一点混乱，因为她跟自己主人的走路方式是不一样的。有趣的角度是，从狗的视角怎么去刻画它看待克拉拉的态度变化。克拉拉其实还是很喜欢这只狗的，她一直想跟它玩。它应该如何判断？因为它毕竟将死于她的谎言。

如果想要写出大人不恰当的保护欲，也可以从女孩妈妈的视角去写。写一个忽视小孩，甚至会为谁该负责而和丈夫争吵的母亲，当她察觉孩子受伤后，心理出现逆转。而镇上所有的人一直对她说，看看你的孩子有多可怜，让她感觉到孩子越来越重要。当她丈夫作为卢卡斯好友，提出要去看他时，她也要去，但她心里感觉到慌乱，她已经感觉到女儿说谎了，但是她没有想过要去问问清楚，而是坚持了女儿的说辞，那么到底是出于爱还是出于别的什么心理呢？是不是她自己童年也有一段黑暗往事呢？

现有剧情里还有很多地方都是可以拿来练笔的。因为他们都有某种缺陷，有缺陷的人都是比较容易写的。比如幼儿园园长。可以把她塑造为一个老处女，在自己的爱情中，她是一个一直受挫的女人，也不是一个富有性经验的女人。她有修女情结，这样的她事后会不会有反省？如何反省？这些成人视角都可以作为新角度去思索。最难写的其实是卢卡斯的儿子马克斯，电影里他只是单纯地相信父亲，只去跟神父交流，他的心态并不复杂，文本而言，没有那么多可供挖掘的层面。我们当然也可以设计出黑暗情节，比如他儿子十八岁时拿到了枪，儿子是相信父亲的，在成人那天，把他认为冤枉自己父亲的人都杀了，但最终他发现，父亲也是有一间地下室的……写邪恶相对容易，写在邪恶之中一直坚持善良反而是困难的。

这部电影用的是一种零度叙事手法，所谓零度叙事，就是文本的叙事姿态是冷漠的、中立的、不动声色近乎白描的。语言需要非常准确，几乎不能用任何修辞。这种修辞放在电影里，可能是一些镜头的跳切、旁白、煽情的音乐，或者是大特写。如果我们希望读者或观众自发产生一种强烈情绪，那就一定要造成反差。这部电影里，人物的情绪越强烈，镜头感就越平静、理智，也没有煽情的音乐，因此，情绪总体是闷在里面的，没有任何的爆发。我们在写作的时候，也是一样的道理。运用修辞就相当于给人物衣服，修辞多了，人物穿得一层又一层的，是没有办法真实面对读者的。当我们放弃修辞的时候，直接面对的就是读者的心。

这部电影就讨论到这里，从苏童的《黄雀记》，到麦克尤恩的《赎罪》，再到电影《狩猎》，其实这一类文本都是同一个叙事模型,就是一句非常小的谎言最终产生了非常大的后果,毁灭了很多人们心中的美好事物。在文本里,谎言其实是构建新秩序的一种方法。

通过这一组的学习,我们有什么经验可借鉴呢?

从时间上来说,我们可以用倒叙,通过时间跨度,一般都是相隔很多年后,重新观察这件事。从空间转化上来说,就像这部电影最重要的几场戏,都是通过空间变化呈现的,比如幼儿园、朋友的屋子、超市、教堂、自己的家,人物在本应该最安全的空间内却没有办法保护自己。我们可以通过时间的跨度和空间的切换,进入不同的回忆流,把所谓的真相拼贴出来。尤其空间,本质是处理记忆,但记忆可以是真实回溯的,也可以是虚假建构的。所以空间可以不断建构,也可以不断解构。

第三读 傻子视角下的时代兴衰

逆袭的傻子，即将消亡的旧世界见证者
——阿来《尘埃落定》

这是一部主要书写权力的作品。它称得上是一部关于权力、欲望、战争、虚无、死亡的象征小说，比如小说中出现 79 次的罂粟，这种花象征着罪恶和欲望、情欲和贪婪，也可以象征外来文化力量的入侵，可以说，这种花包含了所有异化的象征。土司家的行刑人显然是权力的化身；小奴隶们唱的古老歌谣"妖魔从地上爬了起来，国王本德死了，美玉碎了，美玉彻底碎了"，象征精神的丧失；有学问的翁波意西舌头被割（而且是两次被割），象征着暴权面前，智慧和知识、真理和真相的断裂。

阿来是用尘埃象征了整个土司城堡，它被红军一下子摧毁，小说中是有这样一个场面的。《尘埃落定》的英文版书名没有采用 The Dust Settles，而是被改成了《红罂粟》(*Red Poppies*)。其实书里有很多可用名词，比如傻子的词频就远远高于罂粟，译者显然觉得"红罂粟"更有猎奇性，更能吸引普通西方读者。

《尘埃落定》故事实际发生区域位于现实生活中的阿坝地区，从地理位置看，这个地带处于亚欧板块与太平洋板块交接处，地壳活跃，容易地震。小说中则巧妙地将地震与每一次人类的渎神行为放在一起。比如，麦其土司与女人野合，发生地震；哥哥跟自己的弟媳发生关系时，也发生了地震。

与我们这学期细读过的其他小说不同，《尘埃落定》的声音叙事是非常值得学习的。小说中写到藏族世界起源的神话，"有个不知在哪里居住的神人说声：'哈'，立即就有了虚空。神人又对虚空说声：'哈！'就有了水、火和尘埃。再说声那个神奇的'哈'，风就吹动着世界在虚空中旋转起来。那天，我在黑暗中捧起卓玛的乳房，也是非常惊喜地叫了一声：'哈！'"小说里，也是声音创造了整个文本世界。声音我们一般用来塑造人物精神、心情，烘托所处环境、场景，表明背景时间、季节；但其实声音有着强大的哲学意义上的叙事功能，声音的发出、冲突、对抗、沿袭、取代，都与权力关系有关。阅读时需要注意，权力和声音是如何结合在一起的。比如，谁发出声音、怎样发出、发出什么样的声音、达到什么样的听觉效果，等等。

小说采取的是倒叙的写作手法，第一句话是："那是个下雪的早晨,我躺在床上,听见一群野画眉在窗子外边声声叫唤。"这样写的好处在于有一种回忆的、缅怀的口吻。小说结尾处则是,"这时,我听见了妻子下楼的脚步声,我想叫一声她的名字,但却发不出什么声音了。"阿来解释《尘埃落定》书名时曾说:"巨大的尘埃落下很快,有点像一个交响乐队,随着一个统一的休止符,指挥一个有力的收束的手势,戛然而止。"小说以野画眉的声声叫唤开篇,以死亡的寂静无声收束,其间种种声响、宗教器乐、留声机歌唱、枪炮声、百姓欢呼声、民间歌谣……各种声音混杂交错,此起彼伏。如果我们简单分一下类,可以分成:政治性、历史性、集体性的强音和日常性、生活性、个人性的弱音。

先来看强音部分。

麦其土司的官寨的确很高。七层楼面加上房顶,再加上一层地牢有二十丈高。里面众多的房间和众多的门用楼梯和走廊连接,纷繁复杂犹如世事和人心。官寨占据着形胜之地,在两条小河交汇处一道龙脉的顶端,俯视着下面河滩上的几十座石头寨子。

在小说创作中,故事发生的场域本身需要用心选择。建筑往往作为一种权力关系而存在，是权力结构的象征。比如这里的官寨，占据了麦其领地上最好的地势，它最大特点就是高，一是这个高度本身能够保卫自己，有足够枪炮就能做到易守难攻；二是暗喻主人的身份是高贵的，是高不可攀的土司家族血统。看似坚固的官寨对外则象征着土司制度的牢不可破。

为什么总会出现城市"第一高楼"的新闻？因为国家与国家、地区与地区之间，也存在建筑的高度的竞争。高楼的不断出现，高度的不断刷新，本身就是一种权威的象征。回到官寨，对内，它作为住所，也是等级分明的。和土司管理制度自上而下一样，三楼是整个官寨划分等级的分水岭，能出入官寨三楼以上本身就说明得到了土司信任，否则，就是一种惩罚。比如，奶娘说了让"我"不高兴的话后：

> 我叫人把奶娘的东西从楼上搬下去。叫她永远不能到官寨里三楼以上的地方。

也因此，一次次强大的声音事件都是在官寨前发声的，行刑柱也在那里，表明这里才是土司权力的源头。小说开始，为了迎接来自国民党的黄初民特派员，麦其土司的安排是这样的：

> 我们听到了排枪声，那是马队放的，具有礼炮的性质。再后来是老百姓的歌声。当悠远的海螺和欢快的唢呐响起的时候，客人们已经来到我们跟前了。
>
> ……
>
> （黄特派员）他挥挥手，几十个衣帽整齐的士兵咔咔地走到他的跟前，当土司走到太太身边时，只听唰一声响，他们向土司和太太敬了一个整齐的军礼。……喇嘛们的鼓乐也就呜呜哇哇地吹了起来。

注意，这其实是这片土地第一次有了外来的声音。那之前，官寨的声音是协调和自洽的。土司居高临下发出命令，百姓应和，法事声音贯穿。那之后有了罂粟的种子，也有了军队的炮声、留声机里的歌唱声、英国传教士带来的自鸣钟和福音，以及收音机等等，此外，汉语、英语这样的外来语言也开始在场。但当地百姓并不喜欢这些外来的声音，收音机传出的是"怪里怪气的刺耳的声音"，留声机发出的是"吱吱嘎嘎"的声音，相机则是"一声爆响"……正如罂粟花战争那次，"从石刀石斧到弓箭，从抛石器到火枪，只有我们的机关枪和快枪不在为神预备的武器之列。"后两种武器是黄特派员带来的，这一方面说明，这次战争仅仅是内部战争，但其实也暗含了最后一次抵抗，是传统藏民族的声音对现代性声音的抵抗，对大文化声音的拒绝。

> 打败了麦其土司的队伍在镇子上唱着歌，排着队等待他们。……现在，队伍开到镇子上就停了下来，踏步唱歌……

小说结尾，官寨坍塌后，土司家族也就消失了。权力主体发生了变化，声音的形态自然随之而变。

当声音威胁到权力主体时，声音也会被暴力压制、切断，比如两次割掉翁波意西的舌头。第一次，因为新派僧人翁波意西扬言土司们该从其领地上清除掉，被割掉了一次。那一次：

> 官寨上响起了长长的牛角号声。
> ……人们很快赶来了，黑压压地站满了广场。他们激动地交谈，咳嗽，把唾沫吐得满地都是。

后来他又能说话了：

> 我对着人群大叫一声："没有舌头的人说话了！"

广场上，人们迅速把我的话传开。

"没有舌头的人说话了！"

"没有舌头的人说话了？"

"他说话了！"

"说话了！"

"说话了？"

"说话了？！"

"说话了！"

"书记官说话了！"

"没有舌头的人说话了！"

……

震耳欲聋的欢呼声从人群里爆发出来。我高高在上，在人头组成的海洋上，在声音的汹涌波涛中漂荡。

翁波意西因为支持立二儿子"我"为土司而再次失去舌头，这时，和第一次相比，广场上的声音以另一种方式表现出了对权力的抗拒。

外面广场上，不像平时有人受刑时那样人声嘈杂。强烈的阳光落在人群上，像是罩上了一只光闪闪的金属盖子。盖子下面的人群沉默着，不发出一点声响。

逆袭的傻子，即将消亡的旧世界见证者

> ……
>
> 天上不知从什么地方飘来一片乌云把太阳遮住了，也就是这个时候，广场上的人群他们齐齐地叹息了一声："呵……！"叫人觉得整个官寨都在这声音里摇晃了。
>
> 我从来没有听到过这么多人在行刑人手起刀落时大声叹息。我想，就是土司也没有听到过，他害怕了。

强音有时也以声音的另一极端——无声状态出现。拉雪巴土司的饥民聚集在边境的堡垒前，希望能从"我"这里得到吃食。

> 那种很多人聚在一起而形成的沉默不是一般的寂静，可以使人感到它巨大的压力。
>
> ……
>
> 火一点燃，我的手下人就欢呼起来。但饥饿的人群却悄无声音。开始发放食物了，他们也没有一点声音。我说不上是喜欢这样的百姓还是害怕他们。

因为突如其来的地震：

众目睽睽之下，父亲和三太太，我哥哥和我妻子两对男女差不多是光着身子就从屋子里冲出来了。好像是为了向众人宣称，这场地震是由他们大白天疯狂的举动引发的。大群的人在下面叫道："呵……"像是地震来到前大地内部传出来的声音，低沉，但又叫人感到它无比的力量。

而传统民俗里富有仪式感和神秘感的古老强音，它们和留声机、钟声等可重复可传播的"现代性声音"是完全不同的。罂粟花战争中，门巴喇嘛施行法术时，"山岗上所有的响器：蟒筒、鼓、唢呐、响铃都响了。"蟒筒是藏族传统乐器"筒钦"的俗称，藏语"筒钦"是大号的意思，带有"召唤、传播"的意味。响器则代表了各种吹打乐器。我们再来看看为神准备的武器，"从古到今，凡是有人用过的兵器都汇聚在这里了"，这种混杂兼容，恰恰提前预示了僧人翁波意西的失败。

（翁波意西）说："给一个僧人一碗茶吧，一碗热茶，我是一路喝着山泉到这里来的。找这个地方我找了一年多。我喝过了那么多山泉，甜的，苦的，咸的，从来没有人尝过那么多种味道的泉水。"

他喝过很多种味道的泉水，暗示出当地文化具有复杂性。那翁波意西要做什么？"他说，凡是有黑头藏民的地方，都只能归顺于一个中心——伟大的拉萨。而不该有这样一些靠近东方的野蛮土王。"他在这样一个复杂的、多维度的、多土司的、众声喧哗的地方，试图推行一种教派的声音，其结局不言而喻，一定是失败的。

再来看看更能体现出生活质感的弱音。比如妻子塔娜起床时的声响：

> 屋子里响起塔娜披衣起床的声音，绸子摩擦肌肤的声音，赤脚踩在地毯上的声音。象牙梳子滑过头发的嚓嚓声响起时，塔娜又开始歌唱了。

"我"的第一个女人卓玛：

> 她坐在楼上的栏杆后面绣着花，口里在低声哼唱。她的歌与爱情无关但心里却充满了爱情。她的歌是一部叙事长诗里的一个段落：
> 她的肉，鸟吃了，咯吱，咯吱，
> 她的血，雨喝了，咕咚，咕咚，
> 她的骨头，熊啃了，嘎吱，嘎吱，
> 她的头发，风吹散了，一绺，一绺。

> 她把那些表示鸟吃，雨喝，熊啃，风吹的象声词唱得那么逼真，那么意味深长，那么一往情深。在她歌唱的时候，银匠的锤子敲出了好听的节奏。

和之前对《马和牦牛的故事》歌谣的引用一样，小说里引用了不少古老民歌。今天我们常常能在不同的都市小说中看到对流行歌词的引用。但通常而言，满大街都能听到的流行歌词会感觉欠缺内涵，编辑往往会用一个"水"字点评。古老歌谣却可以有很多地方特色。此外，例如题记的选择也很重要，要和主文本构成对话的核心关系，如果选不好，还不如不放。西藏的民间歌谣很多，但阿来没有选取仓央嘉措式人云亦云的情爱民歌，而是选了上面这段意象有些恐怖色彩的。恰恰如此，才构成了不同的叙述声音。在小说创作中，如果要嵌入一个文本，就一定要选取跟原有文本特色完全不同的，有异质性的。比如阿来营造出的惊悚感，或者在一个阴冷的故事里，突然增添了几笔浪漫，总之，一定要有反差。

那么，小说里为什么给"我"设置了两个卓玛和两个塔娜？卓玛象征的是健康的、自然的、开阔的身体美。第一个卓玛十八岁时给十三岁的"我"完成了性启蒙，第二个卓玛是在草场上出现的，是"我"得不到自己想要的妻子塔娜的地方。那时候,"我"非常压抑,是草场的姑娘带来了草原的气息。塔娜象征的则是被束缚的精神,第一个塔娜是侍女,她被物质所束缚,第二个塔娜是妻子,也是女土司的女儿,她则被传统所束缚。

阿来颇有意味的一处设计是,"我"从孩童起就只是"听"到自己的声音,别人议论"我"的声音,"我"只有"傻子"这一个称呼,连正式的名字都没有。小说一直进行到五分之三处,"我"已长大成人,在北方边界上靠麦子发了大财,使麦其家的领地扩大,还得到了一个绝色美女做妻子,这时"我"才在河水的倒影中看见自己。

> 这天,以水为镜,我第一次认真看了自己的模样,要是脑子没有问题,麦其土司的二少爷真是个漂亮的小伙子。我有一头漆黑的、微微鬈曲的头发,宽阔的额头很厚实,高直的鼻子很坚定,要是眼睛再明亮一些,不是梦游一般的神情,就更好了。

从原本只有声音的"我"到拥有了一张脸,这个人物在逐渐成长,他在声音中成长,在声音中看清这个世界。因此,他也是先听到外在的声音,再听到自己的声音；先看到外界的事物，很多年以后才看到自己。"我"也是从这时开始明确了个人身份，即"我"想当麦其土司。

小说里面有一处无声的视觉描写，迥异于一般作家笔下的战争场面。那是和汪波土司的战争，"我"通过望远镜看到远处的战场状况。

> 我看见我们的人猫着腰在土坎、岩石和灌丛中跳跃。他们手中的枪不时冒出一蓬蓬青烟。
> 在一片旷地上，有人栽倒了。
> 一个，又是一个，栽倒时，他们都摇一摇手，然后，张开嘴去啃地上的泥巴。这两个人都回身向山下爬去。这时，又一个家伙倒下了，他手中的枪飞到了很远的地方。……哥哥十分勇敢，他一直冲在队伍的前面。他举着枪侧身跑动，银制的护身符在太阳下闪闪发光。他手中的枪一举，就有一个人从树上张开双臂鸟一样飞了出来，扑向大地的怀抱。

此时无声胜有声。一个没有声音的战场，一个被旁观的战场。这也是一种零度叙事。想象我们进入一个惨烈的爆炸现场，我们的耳朵会突然之间失聪，当我们笔下的主人公被一桩巨大的悲剧打击，那就应该是所有他人的嘴唇都在动，"我"却听不见声音。这样人物内心的疏离感就确立起来了，悲痛就有了一种被压制的冷漠。尝试描写这样一个场景，自己很想呕吐，很想拼命哭，但完全不去直接描述声音本身。

小说里还有一种声音很特别，就是内在的声音。出于"傻子"的原因，这里的哲学化意味很淡，但"我"每天醒来起床前都会问自己："我在哪里？"有时还自问："我是谁？"这个内心的声音表明什么呢？

柄谷行人在《日本现代文学的起源》一书中有一段非常精彩的洞见：

> 风景是和孤独的内心状态紧密连接在一起的。这个人物对无所谓的他人感到了"无我无他"的一体感，但也可以说他对眼前的他者表示的是冷淡。换言之，只有在对周围外部的东西没有关心的"内在的人"（inner man）那里，风景才能得以发现。风景乃是被无视"外部"的人发现的。

"我"是一个经常会看向天空的人。（文中共出现58次描述。）也许是因为天空的渺远，可以把整个情绪投散出去而弥漫开来。"我"无助的时候就会去看看天空，"小小窗口中镶着一方蓝得令人心悸的天空"；在无法回答别人问题的时候，也是抬头望天；哥哥开始提防他时,"我"看着月亮在薄云里移动,心里空落落的很不好受。跟天空相对的是大地。"我"看到阳光灿烂的旷野,罂粟的红色花朵,土地上的植物、树林,河水的闪闪发光。"我"还看到许多的动物(否则也不会用那么多动物做比喻了)……傻子看到了这么多风景,说明他并不是一个快乐的傻子,他是一个孤独的人。也因为这份孤独,他的听觉才会敏感。至于视觉,就像他眼前的战争,明明惨死了很多人,但因为他是处于居高临下的权力关系的上层,所以他能看到的民众的痛苦也好,整个土司时代即将崩溃之前的狂欢也好,都是隔了一段距离的、安全的、无声的,或者说,没有生气的、扁平的。

这里就要提一下小说里的视觉描写,除了户外,有阳光、积雪、河水,这些是空旷的、宽广的,有自然力量的之外,所有室内的、封闭空间里的场域,基本跟声音的活力恰恰相反,更像装置,是被固定的、标本化的,或者说是对应声音的流动性的:官寨这个建筑本身是非常阴暗的,石墙厚重,投下巨大的阴影,"火把渐次灭掉,官寨立即变成了一个巨人的黑洞";土司的卧室也是很阴暗的,是三太太害怕的地方;还有尔依家的刑具室,包括存放死人衣服的阁楼,"他的手刚刚挨着那小门,门就咿呀响着打开了。一股冷风扑面而来"……

有一个很重要的视觉意象就是照片。照片把一个三维的世界变成二维,"我"将来的行刑人尔依第一次看到照片底片上的显影"吓得屁滚尿流","我"的岳母茸贡土司第一次照相的时候"一脸惊恐的表情"。照片还起到预叙的功能,预示着这个曾经生机勃勃的土司王朝的覆灭。

> 这就是我们麦其土司历史上的第一张照片。现在想来,照相术进到我们的地方可真是时候,好像是专门要为我们的末日留下清晰的图画。而在当时我们却都把这一切看成是家族将比以前更加兴旺的开端。当时,我的父亲和母亲都是那样生气勃勃,可照片却把我们弄得那么呆板,好像命定了是些将很快消失的人物。你看吧,照片上的父亲一副不死不活的样子。

远在英国的姐姐每年都会寄来信件,附上照片:

> 姐姐不知道她的信从来没人读过,我们只是把信里的照片在她的房间里挂起来。……所以,姐姐的房间不像是一个活人的房子,而是一个曾经活过的人的房子,像是一个亡灵活动的空间。

总之，不同的人发出不同的声音，不同年代发出的声音也是不同的，无声有时比有声更有力量。写作时可以试试，通过声音来反映整个时代和历史的变迁。

除了声音叙事，阿来的作品还有三个比较明显有别于其他中国作家的特征：一是生态，二是诗性，三是民族化的魔幻现实主义。阿来的母亲是藏族人，父亲是回族人，他小时候在牧区长大，小学三年级开始学习汉语，所以他能用汉语和藏语两种语言写作。

以生态为主题的文学作品主要是以大自然为描写对象，记录其中的生命形态，人与自然之间的互动，借助人文精神来反思人与自然、人与社会、人与自我的关系。阿来的写作题材主要关注藏族的社会生态、自然生态、精神生态，藏区的传统文明与现代文明之间的碰撞。

苇岸在《大地上的事情》一书中说，"在中国文学里人们可以看到一切：聪明、智慧、美景、意境、技艺、个人恩怨、明哲保身等等，唯独不见一个作家应有的与万物荣辱与共的灵魂。"《尘埃落定》里，这样的万物比比皆是，而且都带着自己土地特有的风貌。比如：

> 画眉在我们这地方都是野生的。天阴时谁也

不知道它们在什么地方。天将放晴,它们就全部飞出来歌唱了,歌声婉转嘹亮。画眉不长于飞行;它们只会从高处飞到低处,所以轻易不会下到很低的地方。但一下雪可就不一样了,原来的居处找不到吃的,就只好来到有人的地方。

画眉是给春雪压下山来的。

天空中晴朗无云。一只白肩雕在天上巡视,它平伸着翅膀,任凭山谷间的气流叫它巨大的身子上升或下降。阳光把它矫健的身影放大了投射在地上。白肩雕一面飞一面尖锐地鸣叫。

活佛说:"它在呼风唤雨。"

天气十分晴朗,大海一样的蓝色天空飘着薄薄的白云。喇嘛们随时注意的就是这些云彩,以防它们突然改变颜色。白色的云彩是吉祥的云彩。敌方的神巫们要想尽办法使这些云里带上巨大的雷声,长长的闪电,还有数不尽的冰雹。

有一天,这样的云彩真的从南方飘来了。

这年的春天来得快,天上的风向一转,就两三天时间吧,河边的柳枝就开始变青了。又过了两三天,山前、沟边的野桃花就热热闹闹地开放了。

　　短短几天时间,空气里的尘土就叫芬芳的水气压下去了。

　　……晚上,就是没有月亮和星星,河水也会闪现出若有若无的沉沉光芒。

观察阿来所选择的风物,自然诗意的背后,其实能看出佛教思想对藏族文化的影响,这也是《尘埃落定》的独特之处。比如尘埃。尘其实是个佛教术语,包括色尘、声尘、香尘、味尘、触尘、法尘,这些尘都是昏昧真性的,是人贪婪求取身外之物的结果。书中的"尘埃"主要围绕土司这种历史上的制度如何土崩瓦解展开。不管是什么样的尘埃,泛起只是一时的,最终都要回归大地。比如:

　　地面上到处飞起了尘土。……使石头和木头黏合在一起,变成坚固堡垒的泥土则在这动荡中变成了一柱烟尘,升入了天空。大家都趴在地上,目送那柱烟尘笔直地升入天空。我想大家看着这股烟尘,就好像看到麦其家的什么在天空里消散了。

　　土司官寨分崩离析,冒起了蘑菇状的烟尘。腾空而起的尘埃散尽之后,大地上便什么也没有了。

我看到土司官寨倾倒腾起了大片尘埃，尘埃落定后，什么都没有了。是的，什么都没有了。尘土上连个鸟兽的足迹我都没有看到。大地上蒙着一层尘埃像是蒙上了一层质地蓬松的丝绸。

一小股旋风从石堆里拔身而起，带起了许多的灰尘，在废墟上旋转……

那是麦其土司和太太的灵魂要上天去了。

旋风越旋越高，最后，在很高的地方炸开了。里面，看不见的东西上到了天界，看得见的是尘埃，又从半空里跌落下来，罩住了那些累累的乱石。但尘埃毕竟是尘埃，最后还是重新落进了石头缝里，只剩寂静的阳光在废墟上闪烁了。

再比如死亡，非常具有藏地独有的豁达特色，既符合藏族的宗教文化，也符合每个人的特定身份。小说里厨娘卓玛意外看到主人裸体的时候，按照刑法要挖掉眼睛。但她不愿当一个瞎子女人，于是求死。

她说："让我洗得干干净净，体体面面地去死吧。"

……她在温泉中开始唱歌。……她下水之前，还撒了许多花瓣在水面上，……她从水里对我露出了灿烂的笑容。我说:"不要担心,我饶恕你了,我不会杀你。"

她脸上灿烂的笑容一下就没有了,赤条条地从水里钻出来,……坐在地上哭了起来。

做了死亡的准备,非常安静地接受死亡,但"我"把她对于死亡所精心准备的、一生只有一次的仪式感给打破了,因此,她非常生气,以至于后来大哭。

"我"看见麦其家的仇人走来时,也只是把妻子支开:

是我的命来敲门了。

……

我说:"你的弟弟是红色藏人了,红色藏人是不能随便杀人的,复仇的任务落到你头上了。"

——平静地自己爬到床上躺下来,等着刀子扎进肚皮。除此之外,小说中出现的几乎所有人,面对死亡之时都因信仰守住了尊严,坦然而体面。

至于诗性,阿来本人的写作是从诗歌开始的,"在写作时,为了追求文字中的疏离感,阿来会在汉语与藏语口语之间穿行、对照。他会把自己想写的用家乡话说一遍,用汉语翻译一遍。然后,把二者组合起来，符合中文表达规律，保留藏语口语中感性的、经验性的部分。"也就是说，有个语言陌生化的过程。比如：

> 据我所知，所有的地方都是有天气的。起雾了。吹风了。风热了，雪变成了雨。风冷了，雨又变成了雪。天气使一切东西发生变化，当你眼鼓鼓地看着它就要变成另一种东西时，却又不得不眨一下眼睛了。就在这一瞬间，一切又变回了原来的样子。

这里有一个简单的写作技巧，想要让一个小说具有诗意的轻盈感，句子的结构就要简洁，冗长的、繁复的长句是很难有空朗诗意效果的。短句往往能起到直接的、直达感官的作用。比如：

> 我真的看见了老鼠。就在射进窗户的一片淡淡月光中间。
> 我害怕老鼠。
> 从此，就不敢一个人在寨子里独自走动了。

句式上，则可以尝试小有变化的循环往复，既可以递进也可以转折，重复之中起到呼应。

> 哥哥以为自己是那种人,其实他不是。打仗是一回事,对于女人有特别魅力是一回事,当一个土司,当好一个土司,又是另一回事。

既转折又递进,带来快速朗朗的阅读快感。

生态和诗性这两个写作特点,在《尘埃落定》中,借由傻子"我"这一特殊身份,糅合得恰到好处。因为是傻子这样一个设定,他用的所有比喻都是简单形象的,比如在藏区日常生活中随处可见的植物动物等。

> 这个山谷形似海螺,河里的流水声仿佛众生吟咏佛号。

> 我和她的缘分,我对她的牵挂,在这一天,就像牛角琴上的丝弦一样,嘣一声,断了。

> 我终于从她那刚刚酿成的乳酪一样松软的胸前挣脱出来。

> 说完,她也不服侍我穿衣服,而在我胳膊上留下一个鸟啄过似的红斑就走开了。

> 吃东西时,我的嘴里照样发出很多声音。卓

玛说，就像有人在烂泥里走路。母亲说，简直就是一口猪，叽叽叽叽。

两人都长手长脚，双脚的拐动像蹒跚的羊，伸长的脖子转来转去像受惊的鹿。

甚至在涉及战争、行刑、死亡等残酷场景时也保持了傻子能表达出的瞬间的直觉的感受，因此完全不滞涩不复杂，通篇流动着轻盈的有民族特色的诗意。

天井里却响起了皮鞭飞舞的声音，这声音有点像鹰在空中掠过。

皮鞭在老尔依手里飞舞起来。每一鞭子下去，刚刚落到人身上，就像蛇一样猛然一卷……

魔幻现实主义则是拉美作家对拉美国家"神奇现实"的独特表现技巧。最早是卡彭铁尔提出的"神奇现实"这个概念，它的本质就是"首先要相信神奇"，不能"不相信神奇而描写神奇"，那就是超现实主义了。他强调，真正的魔幻现实或者神奇现实"不是去创造虚构的人物和环境，而是去发现存在于人类和他们所处环境之间的神秘关联"。

自从 1982 年马尔克斯荣获诺贝尔文学奖后,"魔幻现实主义"影响了很多中国作家。但这个写作技巧非常容易流于皮毛,因为魔幻和现实两个词本身是不兼容的,有张力的,能把它们扯在一块的是历史语境、民族意识和政治诉求。

阿来曾说:"我作为一个藏族人更多是从藏族民间口耳传承的神话、部族传说、家族传说、人物故事和寓言中吸收营养。"

现实层面,《尘埃落定》使用了藏民族和藏文明的古老创世神话和风与大鹏鸟造土司神话;远古歌谣《马和牦牛的故事》则暗示了历史对现实的忧虑提醒,最后土司时期人性梅毒般的溃败("妖魔从地上爬了起来,国王本德死了,美玉碎了,美玉彻底碎了。");藏族佛教艺术将当地多地震的自然现象进行了哲学化升华:"门巴喇嘛回头看看经堂里的壁画。门廊上最宽大的一幅就画着天上、人间、地狱三个世界。而这三个各自又有着好多层次的世界都像一座宝塔一样堆叠在一个水中怪兽身上。那个怪兽眨一下眼睛,大地就会摇晃,要是它打个滚,这个世界的过去、现在、未来都没有了。"……不过这部分还只是起到新奇的陌生化效果。

为小说故事笼罩上一层神秘魔幻色彩的,要算是藏族文化中的咒术、占卜术等等。

麦其土司"梦见汪波土司捡走了他戒指上脱落的珊瑚。喇嘛说这不是个好梦。果然，不久就有边界上一个小头人率领手下十多家人背叛了我们，投到汪波土司那边去了"。麦其土司向汪波土司发动"罂粟花战争"时，门巴喇嘛利用咒术，先让对方在天气方面惨败，"门巴喇嘛做了好几种占卜，显示汪波土司那边的最后一个回合是要对麦其土司家的人下手。这种咒术靠把经血一类肮脏的东西献给一些因为邪见不得转世的鬼魂来达到目的。"他向"我"喷吐经过经咒的净水，"他说，这是水晶罩，魔鬼不能进入我的身体。"但那边的法师找到了麦其家未曾想到设防的地方，"这孩子生下来时，已经死了。看见的人都说，孩子一身乌黑，像中了乌头碱毒。这是这场奇特的战争里麦其家付出的唯一代价。"

和巫术相对应的，则是自然界中可能出现的征兆与一些怪异事件，但注意，阿来创造的"入了洞的蛇又都从洞里出来了"、"狗想像猫一样上树，好多天生就该在地下没有眼睛的东西都到地上来了"、济嘎活佛眼皮猛跳不已、"大地摇晃"等种种兆头，都与麦其土司决定大量引种鸦片，世道、人心开始蜕变有关，接下来就发生了三个死人头的耳朵里开出"罂粟花"的神秘事件。

像我们在城市中生长的汉族写作者，我们的创世神话就是女娲用泥土造人，没什么新意，那怎么能学习到魔幻现实主义这一写作技巧呢？

有几个简单的小技巧，一是把神奇的东西日常化，把日常的东西神奇化。

比如《百年孤独》里，隐形糖浆起效是如此之快，人已不见，余音绕梁，这就是把神奇的东西日常化的写法。

> 最后他来到梅尔基亚德斯惯常扎帐篷的地方，遇见一个神情郁郁的亚美尼亚人在用卡斯蒂利亚语介绍一种用来隐形的糖浆。那人喝下一整杯琥珀色的液体，正好此时何塞·阿尔卡蒂奥·布恩迪亚挤进入神观看的人群向他询问。吉卜赛人惊讶地回望了他一眼，随即变成一摊热气腾腾散发恶臭的柏油，而他的回答犹自在空中回荡："梅尔基亚德斯死了。"

接下来他带孩子们去看冰块，其中一个孩子就是小说著名的第一句开头的主人公，"多年以后，面对行刑队，奥雷里亚诺·布恩迪亚上校将会回想起父亲带他去见识冰块的那个遥远的下午。"冰块，哪里见不到呢？但马尔克斯煞有介事，借吉卜赛人之口层层铺垫，成了"曾经是所罗门王的宝藏"。

那里有一个遍体生毛的光头巨人，鼻上穿着铜环，脚踝间绕着沉重的铁链，正看守着一个海盗藏宝箱。巨人刚打开箱子，立刻冒出一股寒气。箱中只有一块巨大的透明物体，里面含有无数针芒，薄暮的光线在其间破碎，化作彩色的星辰。何塞·阿尔卡蒂奥·布恩迪亚茫然无措，但他知道孩子们在期待他马上给出解释，只好鼓起勇气咕哝了一句：

"这是世上最大的钻石。"

"不是。"吉卜赛人纠正道，"是冰块。"

何塞·阿尔卡蒂奥·布恩迪亚没能领会，伸出手去触摸，却被巨人拦在一旁。"再付五个里亚尔才能摸。"巨人说。何塞·阿尔卡蒂奥·布恩迪亚付了钱，把手放在冰块上，就这样停了好几分钟，心中充满了体验神秘的恐惧和喜悦。他无法用语言表达，又另付了十个里亚尔，让儿子们也体验一下这神奇的感觉。小何塞·阿尔卡蒂奥不肯摸，奥雷里亚诺却上前一步，把手放上去又立刻缩了回来。"它在烧。"他吓得叫了起来。

我们可以试试，文学性的一惊一乍。

此外魔幻现实主义和对时间的感觉有关。叙事就是时间的艺术，传统现实主义叙述一个故事，一般总是按照事情发展的先后来铺排顺叙，就算用上倒叙、插叙，也只是配合人物的回忆等，但还是单向、线性、均匀的常态，无非是正向、逆向，或者不同线段组合到一起。魔幻现实主义则改变对时间速度的感知：拉长它或缩短它。

博尔赫斯《秘密的奇迹》开篇引用《古兰经》，"真主让他死了一百年后，再使他复活，问他道：'你在这里待了多久？''一天，或者不到一天，'他回答说。"故事讲的是未写完悲剧《仇敌》的作者亚罗米尔·赫拉迪克被当局以"煽动人心"罪判处死刑，执行日期定在 3 月 29 日上午九时。当行刑队站成一排而他等待开枪时，"物质世界凝固了。"

> 为了完成手头的工作，他请求上帝赐给他整整一年的时间，无所不能的上帝恩准了一年。上帝为他施展了一个神秘的奇迹：德国的枪弹本应在确定的时刻结束他的生命，但在他的思想里，发布命令和执行命令的间隔持续了整整一年。……他结束了剧本：只缺一个性质形容词了。终于找到了那个词；雨滴在他面颊上流下来。他发狂似的喊了一声，扭过脸，四倍的枪弹把他打倒在地。

亚罗米尔·赫拉迪克死于3月29日上午九时零二分。

时间被拉长。两分钟，就是一年，就是无限。

写作《尘埃落定》时，阿来注意到了时间的重要性，小说中甚至有一章就叫《快与慢》。

是的，时间比以前快了，好像谁用鞭子在抽它。

自从有了照相机，我们的日子就快起来了。

叔叔死后，时间又变快了。一件事情来了，另一件事情又跟着来了。时间，事情，它们越来越快，好像再也不会慢下来了。

我已经觉得时间加快了速度，而且越来越快。

故事越走向尾声，"我"越频繁感知到时间变快这一点，但他只是强调了"我"的心理主观体验，其实是为了不断提示土司制度的垮塌是加速的。这并不属于魔幻现实主义的非线性叙事。

如果时间可分，空间更能多个并行存在了。传统认知里，空间是固定的，有明确的远近大小之分，不同空间是不会重叠在一处,也不会包含在同一个瞬间里的,但是在博尔赫斯的小说中,空间是全息化的。在《阿莱夫》里,开篇他引用了《利维坦》:"啊,上帝,即便我困在坚果壳里,我仍以为自己是无限空间的国王。"阿莱夫是什么呢?"因为地下室的角落里有个阿莱夫。他解释说,阿莱夫是空间的一个包罗万象的点。……从各种角度看到的、全世界各个地方所在的一点。"这是一个亮得使人不敢逼视的小圆球:

> 阿莱夫的直径大约为两三公分,但宇宙空间都包罗其中,体积没有按比例缩小。……我看到克雷塔罗的夕阳仿佛反映出孟加拉一朵玫瑰花的颜色,我看到我的空无一人的卧室,我看到阿尔克马尔一个房间里两面镜子之间的一个地球仪,互相反映,直至无穷,……我看到曾是美好的贝亚特丽丝的怵目的遗骸,看到我自己暗红的血的循环,我看到爱的关联和死的变化,我看到阿莱夫,从各个角度在阿莱夫之中看到世界,在世界中再-次看到阿莱夫,在阿莱夫中看到世界,我看到我的脸和脏腑,看到你的脸,我觉得眩晕,我哭了,因为我亲眼看到了那个名字屡屡被人们盗用、但无人正视的秘密的、假设的东西:难以理解的宇宙。

魔幻现实主义的写作中，常用到的工具还有镜子和梦境。镜子的复制性本身就呈现出了"无限"，梦则是另一种意义上的现实，是虚构世界对现实世界持久的入侵。从博尔赫斯的《环形废墟》到诺兰的《盗梦空间》，造梦者自己也是个梦，虚象在不断创造着更多的虚象。

阿来在《尘埃落定》里也用到很多梦的意象，但那些梦仍然主要用作土司王朝覆灭的预言，比如傻子说的"我害怕从梦里，那个明明是下坠，却又非常像是在飞翔的梦里醒来"，属于艺术层面诗意的体悟。

《尘埃落定》对视角的选择、游移，通过改变叙述人的身份来调整叙事距离这一技巧，也可圈可点。全文主要采用第一人称傻子"我"的回顾性叙述方式展开，但凡自己经历的亲情、友情、爱情、性、事业这些，都是借用"我"的视角。但第一人称显然是限知视角，作者又辅之以全知视角。比如麦其土司在大片领地上初种罂粟那一年发生了地震，那之前济嘎活佛坐在庙中，见到种种预兆，就是通过不涉及任何个人内心描写的全知视角展现出来的。

> 活佛一站到门口，就把一切都尽收到法眼之中。他不但看到了弟子们所说的一切，还看见

土司家的官寨被一层说不清是什么颜色的气罩住了。一群孩子四处追打到处漫游的蛇。他们在小家奴索郎泽郎带领下,手里的棍棒上缠着各种色彩与花纹的死蛇,唱着歌走在田野里,走在秋天明净的天空下面。

由于作者设计的这个傻子既傻又不傻,甚至有某种先知的预见性,因此文本中不少充满哲思的议论,既可以理解为作者视角在代为发言,也可以作为傻子的总结而接受。比如:

> 我们是在中午的太阳下面还再靠东一点的地方。这个位置是有决定意义的。它决定了我们和东边的汉族皇帝发生更多的联系,而不是和我们自己的宗教领袖达赖喇嘛。地理因素决定了我们的政治关系。
>
> 你看,我们这样长久地存在就是因为对自己的位置有正确的判断。

除此之外,阿来通过有意识地直接变化主语的形式,将个人化视角变得客观化,拉开一些叙事距离,不断调整着读者的阅读接受心理。比如把"我"改称"二少爷""傻子"等。

谁都知道土司家两个少爷，聪明的那个，将来要当土司的那个才识字。至于那傻子，藏文有三十个字母，他大概可以认上三个五个。

一谈粮食麦其家的二少爷就显得傻乎乎的，这个傻子居然说，"麦其家仓库里装的不是粮食，而是差不多和麦子一样重的银子。"

父亲把脸转向傻子儿子，问："你知道叫你们兄弟去干什么？"
我说："叫我带兵。"

再比如，有时改称"哥哥"为"大少爷""少土司"，改称妻子塔娜为"这么一个美丽的女人""茸贡土司美丽的女儿"等，这种从称谓上下手的写法也能突破单一人称叙事的局限，糅合进第三人称的叙述，尤其能使得"我"从叙述中分离，摆脱第一人称叙事的小说常见的自恋，把"我"这个主观叙述者变成客观叙述对象，造就冷静中轻微嘲讽的艺术效果。

哪怕只是把"爸爸""妈妈"改成"父亲""母亲"或直呼其名，都会使得叙述距离一下被推远，再转换为"爸爸""妈妈"，拉近距离，就能产生不一样的阅读体验。我们知道，写作中很忌讳作者急不可耐跳出来发表议论，那么转换主语的方式更大的好处就在于，可以很容易很自然地生发议论了。假设我们用"我"这个第一人称写写童年，写"我"是一个怎样孤独长大的小孩，这时突然用"那个"进行人称代指，就很容易抒发感慨、发表议论。比如：那个一个人在路上走来走去的少年，突然之间就长到了十八岁。孤独似乎是……当我们想要从当下叙述的事件场景中跳出来，加以评论抒情感慨，不妨调换一下人称试试？

小说中也出现了两处bug，第一处是关于翁波意西的结局：

> 那个喇嘛后来受了麦其土司的惩罚，因为他总是去思考些大家都不愿深究的问题。他是在被割去了舌头，尝到了不能言语的痛苦后才死去的。

但其实，写到小说结尾，阿来或许认为，他不该为自己信仰而死，他应该负责记下这段历史，于是：

> 书记官坐在他的屋子里，奋笔疾书。在楼下，有一株菩提树是这个没有舌头的人亲手栽下的，已经有两层楼那么高了。

第二处是"我"那远在英国的姐姐寄来的信件：

> 每年，我们都会得到一两封辗转数月而来的信件。信上的英国字谁也不认识，我们就只好看看随信寄来的那一两张照片。

姐姐回到家乡后：

> 在此之前，她给我们写的信口吻都十分亲密。就比如说我吧，她在信里总是说："我没见过面的弟弟怎么样，他可爱吧。"再就是说，"不要骗我说他是个傻子，当然，如果是也没有什么关系，英国的精神大夫会治好他。"

看完《尘埃落定》，学生们对它的评价各有不同。有的觉得它有如史诗荡气回肠，有的认为它有点像网文里的"屌丝"逆袭，傻子主人公的一生非常具有戏剧性，突然金手指大开，走向繁荣和巅峰。但网文不会这么结局：开局一路大开大合，最后却要走向死亡。于是提问，情节为什么必须这样安排呢？就算土司制度必定灭亡，但是作为个人，作者为什么让他非死不可呢？

这个问题我们等会儿探讨，先来看看为什么阿来要让自己的主人公是个傻子呢？他这么解释："为了一个生动的故事，为了一个能够超越一般历史真实和生活真实层面的故事，我需要一个既能置身一切进程之中，同时又能随时随地超然物外的这样一个人物。"显然傻子没有超然于金钱和女性之外，作者是让他超然于权力斗争之外。

> 在麦其土司辖地上，没有人不知道土司第二个女人所生的儿子是一个傻子。
>
> 那个傻子就是我。
>
> 除了亲生母亲，几乎所有人都喜欢我是现在这个样子。要是我是个聪明的家伙，说不定早就命归黄泉，不能坐在这里，就着一碗茶胡思乱想了。……所以，我就只好心甘情愿当一个傻子了。

于是在阿来笔下，傻子回避掉了很多严酷的选择。比如，他是可以逃到边界的，而他的父亲、兄弟却在不同的地区竞争。他从未真正面临更为残忍的家族间的杀戮。

巴赫金把小丑、傻瓜、骗子当作特殊的"体裁面具"，认为他们具有非凡的功能："他们有权不理解生活，有权打乱生活，对生活加以夸张，滑稽模仿；他们有权不成为本义上的自己，有权说话，讽刺性模仿；

他们有权通过戏剧舞台的时空体生活,把生活描绘成喜剧,把人们表现为演员;他们有权揭开他人的面具;有权用最损的(亵渎偶像的)话骂人;有权公开一切最最隐蔽的私生活。"社会对这些人的容忍度较高,所以他们也可以肆无忌惮去揭开别人的面具。

我们看到阿来描写的傻子,几乎没有任何犯傻的行为和思想,反而有着不同于常人的独立见解,习惯反其道而行,还有着罕见的好运气。所以其实是人们通常讲的大智若愚、"扮猪吃老虎",只是事先告诉读者"我"是傻子,也就是说,通过外化的命名方式,"我是傻子""你这个傻子",不断从称呼上来强调:土司家的二少爷就是个傻子。以后我们自己写作,如果需要去塑造比如一个疯子,但又没有办法准确地描述出疯子的言行、疯子的内心世界时,一个简单粗暴的捷径,就是用语言去命名,用命名的力量去塑造,比如,小说里主人公自语和其他人评论,不断地重复"你是一个疯子","真是一个十足的疯子",这也是一种可以成立的人物塑造方式。下堂课的对读文本是福克纳的《喧哗与骚动》,为了塑造真正的傻子,福克纳可以给傻子设置一连好几页混乱的内心独白,但《尘埃落定》还是讲了一个非常好懂的故事,尤其通篇是以第一人称回顾性叙事来讲述最后一代土司王朝的历史,如果"我"是一个真正的傻子,读者又怎能信任并理解他所说出的？

阿来在这里借鉴的养分是藏族民间故事里著名的智者阿古顿巴，他类似于维吾尔族民间传说中的人物阿凡提，"憨厚而又聪明的阿古顿巴，面目庸常而身上时时有灵光闪现的阿古顿巴，在他一系列的故事中，他从来没有复杂的计谋和深奥的盘算，他用聪明人最始料不及的简单破解一切复杂的机关"，于是阿来大致找到了塑造傻子少爷的方法。

民间故事的叙述模式往往是："笨人"用一个最简单的方法去耍弄了聪明人。比如阿古顿巴讲过这样一个故事。一个傻子问富人老爷，"你想进天堂还是进地狱啊？"老爷说，"我当然想进天堂。"他说："现在天堂的人很多，你等得及吗？"老爷说："我等不及。"这就相当于傻子说：那你就进地狱吧。我们在写作时，也可以参考一些当地的神话传说、民间故事、地方志，或许会获得新鲜简单的实用素材。

在塑造傻瓜时，阿来还是注意了很多细节。他也不能让傻子显得实在太聪明了。比如，写到白色的汉人和红色的汉人时，傻子是傻傻分不清国民党和共产党的，他将政治力量的博弈简化为颜色来区分。

那为什么傻子非死不可呢？小说结尾，白色汉人败了，强大的红色汉人摧毁了高大的城楼，打败了顽固的土司，也就是说，一个时代终结了，这整个土司制度是必然要消逝的，傻子作为最后一任土司，也必然是要被消灭的。但作家没有让他死于红色汉人之手，而是死于来报世仇的藏人之手，这又是为什么呢？这里我们要站在作家的立场上想一想，阿来是一个运用汉语创作的藏族作家，同时面对着藏汉两种民族文化。傻子必须死于有仇必报的藏族文化，这样藏族文化才能存活下来，尽管它弱小，却也有自己独立存在的必要性。所以阿来才会说，这个人物是一个"文化亡灵"。

当然，从创意角度出发，如果小说不用傻子二少爷作为叙述者，可以选取怎样的角度呢？

比如也完全可以从大少爷的角度来写，小说中的"我"有一个这样的"傻"弟弟，所有人都觉得"我"就是命定的土司，但这个弟弟时不时办成一件棘手的事情，让自己措手不及，但是拿他又没有办法，因为要是跟一个傻子计较，别人就会觉得自己比傻子更傻。像这样，用一种调侃、戏谑的方式来写也未尝不可。包括他跟不肯逊位的老土司父亲之间的关系，也可以写得更为剑拔弩张，因为大少爷明确意识到父亲虽然有遗嘱，但又没有把权力真正下放给自己。

当然，由于小说主要写了土司制度，是不太可能以一个下人角度去写的，因为下人看不到土司的生活全貌，所以还是得选取上层角度来写。

有学生觉得，作者选择傻子作为主人公是一种比较便捷的方式，消解了文中所有不合理的地方，而且作者还有点"狡猾"。比如《失去的好药》那一章节，"我"获得了头人献上的用风和光芒炼成的神药，结果吃下去又吐了，但也因此好像变聪明了，虽然没有完全变得正常……但他一旦变得有点"聪明"了，就跟所有的聪明人一样，想去做土司了。

也有学生觉得，信仰这些很难碰触，但其实，阿来并没有明确涉及教义这些。假设我们想写神的力量，我们也完全可以转化成追寻心中某个明亮的东西，比如：我们要沿着那最笔直的大路走，到最亮的地方去。我特别喜欢阿来说过的一句话：道路笔直，灵魂清静。如果我们笔下的人物不能凭借信仰的、教义的力量，并受此驱动去做某事，那就试试把这些人回归到自然里，他们是自然之子，是为了更大的自然之道而行动，这样也能避免过度的世俗性、情欲性、物质性、技术性，触碰到神圣性、超越性以及空灵的精神内涵。

生活就像傻子讲的故事

——福克纳《喧哗与骚动》

威廉·福克纳是 1949 年的诺贝尔文学奖得主,获奖原因是"他对当代美国小说做出了强有力的和艺术上无与伦比的贡献"。什么样的贡献呢?重要贡献之一就是他创造出堪称经典的意识流文学作品,尤其是那些错乱的意识。比如《我弥留之际》,比如这一本《喧哗与骚动》(我们选择的是 2015 年 5 月译林出版社的方柏林译本)。

福克纳自己谈过这本《喧哗与骚动》的创作过程:"我先从一个白痴孩子的角度来讲这个故事,因为我觉得这个故事由一个知其然、而不敢知其所以然的人说出来,可以更加动人。可是讲完以后,我觉得我还是没有把故事讲清楚,我于是又写了一遍,从另外两个兄弟的角度来讲,讲的还是同一个故事,还是不理想,我就把三部分串在一起,还有什么欠缺之处就索性用我自己的口吻加以补充。"他认为这部作品是一个关于"失落的天真"的故事。据说最早出现在他脑海里的是这样一个场景——凯蒂的衬裤沾满了泥，她趴在康普森大宅外一棵树上偷看祖母的葬礼，她的兄弟们站在树下抬头看她，由此看到她弄脏的衬裤，这预示了她将失贞，从而导致接下来一系列悲剧的发生。

《喧哗与骚动》是意识流小说技巧的教科书，完全通过意识流动去塑造人物。那么，什么是意识流小说呢？伍尔芙这么解释："头脑接受千千万万个印象——细小的、奇异的、倏忽而逝的，或者用锋利的钢刀镌刻下来的。这些印象来自四面八方，宛如一阵阵不断坠落的无数微尘……如果作家能够依据他的切身感受而不是依靠老框框，结果就会没有情节，没有喜剧，没有悲剧，没有已成俗套的爱情穿插或最终结局。生活并不是一连串左右对称的马灯，生活是一圈光晕，一个始终包围我们意识的半透明层。传达这变化万端的，这尚欠认识尚欠探讨的根本精神，不管它的表现多么脱离常轨，错综复杂，而且如实传达，尽可能不掺入它本身之外的、非其固有的东西，难道不正是小说家的任务吗？"

意识流小说和传统小说的最大区别在于心理描写。传统做法是作者掌控人物内心，进行理性梳理后有选择地呈现。意识流小说则强调所谓意识的真实、自然，看起来写作者较少干预。（当然这是个伪概念，其实不然。）意识流小说是依托现代心理学理论发展起来的，其产生的时代背景是直觉主义和非理性主义哲学兴起，所以这种文学价值观的本质是认为，人的主观感知和体验才是真正的现实和生活。今天它已经作为一种创作技巧，以元素形式体现在小说中。

如何判断一部小说是意识流小说呢？一要看它有没有人物的内心独白（包括直接内心独白、间接内心独白、戏剧式独白，既可以是单一的，也可以是多侧面的）。二要看它是否展示出飘忽不定的流动的意识。意识流小说的故事情节是偏弱的，人物心理就是最主要的情节，穿插自由联想是最简单的办法，即由一个事物跳跃到其他相关联事物或意象上，时、空和之前事物有所不同，最后回到人物内心。自由联想本身是联结思维与情节的纽带。主观感官印象、回忆、想象、推理以至直觉、幻觉、梦境等等，都可以结合进来。三是心理结构上时序颠倒，以非线性叙事表现人物思维跳跃，以此与传统小说线性模式区分开来。四是通过不同字体字号等排版技巧和标点符号的使用，突出内心独白的效果。比如福克纳写作此书是用斜体和正常字体区隔，以示时间转换的，而昆廷呓语部分是没有任何标点符号甚至缺字少字的大段大段，为了体现他那时已经分不清自我和他人，精神开始分裂。

不少同学反映，如果没有译注，理解起来还是有些费劲的。意识流小说有不少是没有"他想""她认为"这样的引导句的，有时又不用引号等明确标识出是哪个人物在说话。但仔细想想，模拟我们的实际生活，往往话语是七嘴八舌，被打断被岔开的，而别人无心的某句话语又会在我们心中引起一些内心活动。但其实，只要是小说，就一定有一个叙述者现实的物理时空，那是叙事打底的基础，至于意识流范畴的感知、回忆、想象这些，其实是心理时间，相当于各种嫁接上去的超链接，我们在阅读的时候只要紧紧抓住物理时空的变化，就能够理清人物心理的流动脉络，把握看似凌乱纷繁的意识流叙事。

接下来，结合《喧哗与骚动》以及其他经典意识流文本，我们来看看如何掌握这一写作技巧。

一、时序的非线性

除去附录的康普森家族介绍，小说正文共分为四个部分，是四个不同人物在这特定一天的第一人称内心独白。第一部分是"1928 年 4 月 7 日"，叙述人是第三个儿子白痴班吉（三十三岁，但只有三岁孩子的智商），生日这天他回忆了康普森家孩子们的童年，以及像母亲一样爱自己的姐姐凯蒂的逐渐变化；第二部分是"1910年6月2日",是长子昆廷因为妹妹凯蒂失贞后匆匆嫁与无法给她幸福的人而决定沉水自杀这天的所遇所思;第三部分是"1928年4月6日",这天二儿子杰森因为收到姐姐凯蒂的来信,询问寄养在家的女儿小昆廷生活费用问题,一直侵吞孩子生活费的杰森很惊慌,由此想起那个让他变成今天这样一个自己的家庭;第四部分是"1928年4月8日",通过黑人女佣迪尔西的全知视角对前三部分的"有限视角"做出补充,并讲述这一天发生的小昆廷偷了杰森放在家里的大笔现金,和男友远走高飞,杰森追捕失败的事。

从这四部分的标题可见,这是一部书写时间与过去的小说。萨特对此有一句精彩点评:"福克纳的人物就像面朝后坐在一辆奔驰的汽车上,未来看不见,现在十分模糊,而过去看得很清楚。"最初完稿时,福克纳将这部作品取名为《黄昏》,意指美好时光的消逝和对一去不复返的南方伦理道德的缅怀。

小说的叙述时间线其实是按照C—A—B—D顺序,而非线性向前。值得注意的是,这四个日期都是有特别含义的。网上查询资料可知:"1928年4月7日"是复活节前的星期六,这一天基督下界拯救亡灵,在光明和爱的沐浴下为儿童举行命名仪式,对应心智正如三岁儿童的班吉。"1910年6月2日"是《圣经》

神话中的濯足节，这一天耶和华委托基督为人类赎罪并肩负十字架的信念，这对应昆廷信念的崩塌以至求死。"1928年4月6日"是基督受难日，这一天基督的灵魂离开十字架到地狱里去拯救死者的灵魂，对应杰森的种种恶行。"1928年4月8日"是复活节，这一天基督死而复活，带着他的圣徒们重新升入天堂，对应迪尔西对这个家族三代每个成员的仁慈之心和无私之爱。

二、由五感刺激引发的意识活动、心理反应

五感指的是视觉、听觉、嗅觉、味觉、触觉。通过这五种感觉，比如看到一件东西，听到一句话，闻到一种香气等等，是很容易引发自由联想的。

《喧哗与骚动》里，有很多意识的发散与气味有关。比如第一部分，傻子班吉对姐姐凯蒂的最强记忆点就是她身上树的香气。

> 凯蒂身上有树的气味，她说我们要睡觉了的时候，也是这气味。

> 凯蒂闻起来就像雨里的树。

  凯蒂身上有树的气息。"我们自己不喜欢香水。"凯蒂说。
  她身上有树的气息。

  （凯蒂和男友查理接吻后）凯蒂拿过厨房肥皂，在洗碗池前洗自己的嘴，使劲地洗。凯蒂身上有树的气息。

  （婚礼上）凯蒂伸手抱住我，她那闪亮的面纱，我闻不到树的气味了，我又哭了。

为了符合班吉的白痴身份，他对香气的回忆也是断断续续闪回的，没有持续的完整一段，但这几处树的香气分别连接起凯蒂对他像妈妈般的温暖照顾，凯蒂玩水（弄湿裙子、胸衣和衬裤，身上又是水又是泥，暗示将早早失贞），凯蒂收到来自男友的香水礼物可"我"不喜欢，凯蒂早熟早恋，怀孕后的凯蒂被家里安排匆匆嫁给他人。
  通过树的香气的闪回叙事，建立起班吉和凯蒂成长的几个不同阶段。
  再比如下面这段，则主要是通过听觉，即"他们还没有开始呢"以及"你看到什么了"这两句话，流动跳接了家族里发生过的两件事：一件是姥娘的葬礼，一件是凯蒂的婚礼。

> "他们还没有开始呢。"凯蒂说。
> 他们马上就开始了，T.P. 说。
> ……T.P. 说，"你站箱子上去，看他们开始了没。"
> "他们还没开始，因为乐队还没来。"凯蒂说。
> ……她走到树跟前。"推我上去，威尔什。"
> ……他把凯蒂推到第一个树杈上。
> ……
> "你看到什么了？"弗洛尼低声说。
> 我看见他们了。然后，我看到凯蒂了，头发上有花，长长的面纱像是闪光的风。凯蒂凯蒂

首先我们要注意不同时期发生的这两件事，是和不同的仆人。凯蒂—班吉—威尔什一组，班吉—T.P. 是一组。因为想到凯蒂那句"他们还没有开始呢"（指的是在窗外偷看大人们举行葬礼），班吉的意识由"开始"一词联想到了几年后的另一个场景——凯蒂的婚礼，那次是仆人 T.P. 带着他，让他站到箱子上看看婚礼有没有开始，想起这句问句后，其中的"开始"又把班吉的意识拉回到前一个场景的另一个"开始"。

生活就像傻子讲的故事

接着，凯蒂爬上树向房间里张望，想起仆人弗洛尼问凯蒂那句"你看到什么了"，"看到"一词又使班吉的意识跳回凯蒂结婚那天，他透过窗子看到了凯蒂身披婚纱的情景。

大哥昆廷的心理时间不断在凯蒂失身和凯蒂结婚之间交替出现，连接这两个时间段的媒介是金银花香（它一共出现了 27 次）。金银花代表奉献的爱、不变的爱和真爱。它既表明了凯蒂将自己奉献给了男友从而失贞，也明确了昆廷对妹妹的乱伦欲望。第一次出现金银花香的描写，是母亲得知凯蒂失身后的反应：

> 一张谴责的流着泪的脸樟脑的气味泪水的气味一个声音一直在轻轻哭着在那暮光色的门后那暮光色的金银花的香味。

接着是昆廷对凯蒂与镇上吊儿郎当男孩接吻的愤怒发泄：

> 花香一阵阵袭来，尤其在黄昏和雨中，处处都有金银花香，仿佛没了这香味就缺了什么似的，仿佛事情还不够恼人似的。你干吗让他吻你

他先在屋里打了凯蒂一耳光，那之后他还以颇有

强势性欲望的方式把凯蒂拖到了户外并让她说自己的辫子是"牛绳":

> 我把她的头摁到草里你觉得怎样横七竖八的草戳着她的肉刺痛她摁她的头。说"牛绳"吧,说吧。

最后发展为他对凯蒂的乱伦迷想:

> 她的脸看着天空天空很低很低夜晚的气息和声音似乎都挤在一起散不出去如同在松松垮垮的帐篷之下特别是那金银花的气息混入了我的呼吸里在她的脸上喉咙上如同一层涂料她的血液在我手下跳动着我用另外一只胳膊支着那胳膊突然抽动起来我得用力喘息好从那浓浓的灰色的金银花味道当中吸入一点空气。

他恨她于是想杀死她,结果却又想和她发生关系:

> 我把刀尖对着她的喉咙。
> ……
> 金银花一浪一浪从空气中袭来我的胳膊肩膀都歪扭着压在身子下面怎么回事你在干什么?
> 她的肌肉紧了紧我坐了起来是我的刀子我给

弄掉了。

她坐了起来什么时候了我不知道。

……

沟越来越狭窄最终消失了她转向树林别这样昆廷。

……

她一动不动身子僵硬不屈不从的样子可是没动我不会跟你打的你自己停住吧最好停住。

凯蒂别这样凯蒂。

这对谁都没好处你难道不知道吗没好处你放开我。

金银花的香味如蒙蒙细雨飘落我能听到蟋蟀围成一圈看着我们她往后退了绕开我走向树林。

……

该死的金银花。

金银花香气搅动昆廷的乱伦欲望，附录告诉我们，"1910年6月，妹妹婚礼两个月之后，他在马萨诸塞州康桥自杀。"河水与死亡永远阻断了来自泥土的金银花的诱惑。

昆廷部分用了许多长句，福克纳自己这样解释："……没有人是他自己，他是他的过去的总和，在某种程度上，……也是他的将来的总和。而长句则是将他的过去,也许还有他的将来融入他现在做某件事的那一时刻的一种尝试……"福克纳这种"把一切都用一个句子来表达"的尝试使得他能够"凝结某个瞬间,并同时探寻它的全部复杂性",作为小说工具的语言,最能接近意识本身的复杂瞬间应当就是这样的了。

三、内心独白

我们来看看第二部分昆廷这段直接内心独白。

> 这是新娘结婚的好月份,声音响彻在她从镜子里直接跑出来,从那一堆香气里出来。玫瑰。玫瑰。杰森·里士满·康普森先生和夫人宣布女儿结婚。玫瑰。不像山茱萸和马利筋这般贞洁无瑕。我说我犯了乱伦,父亲,我说。玫瑰。狡猾而安详。

因为天气晴朗,想到适于结婚,再回想起妹妹婚礼那天,因为婚礼上的玫瑰想到婚前失贞的妹妹,想起如何去和父亲撒谎是自己使得妹妹失贞(虽未真实发生但确曾动念过),最后浮现出妹妹看上去"狡猾而安详"的样子。

乔伊斯《尤利西斯》里主人公斯蒂芬照镜子那段文字则兼有间接和直接内心独白。

> 斯蒂芬弯下身去照了照举在跟前的镜子。镜面上有一道弯曲的裂纹，映在镜中的脸被劈成两半，头发倒竖着。<u>他和旁人眼里的我就是这样的。是谁为我挑选了这么一张脸？这只要把寄生虫除掉的小狗。它也在问我。</u>

未划线部分，是叙述者在描述。紧接着，没有使用任何比如"他想""他感到"等提示用语来提醒读者，直接插入了完全是斯蒂芬内心独白的划线部分。就这样，叙述者的声音直接转变成人物的内心声音，读者不再只是在旁听叙述者讲故事，而是直接置身于人物的内心世界中。

不同人物的内心独白，既要符合人物的性格、阅历、身份细节，也要符合人物当时特定的精神状态、认知风格。福克纳的经典就在于，比如考虑到班吉是个白痴，没有时间观念，没有逻辑思维，他的叙述部分一方面看似支离破碎，另一方面选择了符合他智力认知程度的非常少量的词汇。据学者统计，班吉这部分，福克纳只用了500个单词，主要是名词和动词。修饰词大概100个，形容词和副词为主。句法以简短的单句构成，带从句的复合句一共只有七十几句。句子结构则是叙述句、直陈句，连一句反问句都没有。比如这段去河沟边找硬币：

"各位看到这里一个硬币没有。"拉斯特说。
"什么硬币。"
……
拉斯特说，"你们今晚都去看演出不。"
……
"你是在哪里丢的。"
……
"他们去哪儿了。"拉斯特说。
……
"你看到我的球没。"男孩说。
"我要球干吗。"拉斯特说，"啥球都没看到。"
……
"他现在又哼啥呢。"
……
"他多大了。"

其实仆人拉斯特说的都是疑问句，按照语法，结尾都应该用上问号"？"，但作者却都以句号结束，显然作者认为，在没有主观思考能力的班吉听来，它们全都是陈述句。密西西比州立大学英语名誉教授，《密西西比季刊》编辑，著名的文学家、评论家和诗人诺埃尔·波尔克（Noel Polk，1943—2012）认为，福克纳这种只用句号做结尾的方式是一种使得所有"句子语法上平等（grammatically equal）"的手段，而这种句子上的平等又体现出，作为一个大脑严重受损的白痴，对班吉而言，所有他获得的意思、信息都是平等的。

再比如第三部分，"要我说，一朝犯贱终身贱。"这样一句开头就表明，这是自私又刻薄的杰森。进入杰森的内心独白部分，我们就会发现，黑人被称为"黑鬼"了，这些都与人物个性高度契合。

> 总而言之，一个黑鬼能教训到什么地步，我都尽量做到了。黑鬼用人麻烦就麻烦在这里，跟你久了，就自以为是，就贱了。还以为自己是一家之主。

四、自由联想与衔接的触点

第一部分傻子班吉的意识流动，基本就是他的直接内心独白，它同时也是一个自由联想的好案例。所谓"自由联想"，强调的是自由性、随意性、无逻辑性。就是看起来，作者对人物意识活动是放任的，理性不再明目张胆地控制一切思绪。和自由联想相反的，要算是推理联想，推理小说里，为了探寻真相，所有联想都是一环扣一环，严丝合缝的。由于班吉的心智处于混乱非自觉的懵懂状态，所以福克纳常常让不同时期和不同人之间发生的事混为一谈，逼真再现了一个傻子的心路历程，就比如下面这一段。这样的心理活动看似是随意转换，但只要同样注意三个仆人拉斯特、T.P.、威尔什，就能理顺联想轨迹，理出三个不同时间段的叙述线索。（T.P. 是黑人老女佣迪尔西的儿子，拉斯特是迪尔西的外孙。）

一般来说，我们阅读意识流作品，只要了解联想的一般原理，就能解决"自由"造成的理解障碍。作者在文本中创造出来的看似飘忽跳跃的联想，主要和记忆、感觉、想象有关。但既然是"造"出来的，内在肯定有关联性，就有办法把握。只要找到每次联想开始跳跃时的那个起跳点就行。比如，抓住听觉、视觉、嗅觉线索。

"你不是可怜的孩子。是不是。是不是。你还有你的凯蒂呢。你有你的凯蒂呢是不是。"

班吉三十三岁生日这天，想起自己还是宝宝时姐

姐凯蒂对自己重复说的这些温暖的话,于是嘴里嘟嘟哝哝说着这些,结果被仆人拉斯特抱怨:

你就不能把嘴闭上,别这么哼哼唧唧流口水了,拉斯特说,这么吵吵嚷嚷的,你就不害臊么。我们过了马车房,马车在那里头。它装了个新轮子。

(因为要坐上马车被带出去玩,看到了马车,班吉就想到了上一次自己被安排坐上马车和母亲一起去墓地给父亲和大哥上坟的情景。)

"上去吧,快点,老实坐着,等你妈来。"迪尔西说。她把我推进马车。T.P.抓着缰绳。……

母亲走出来,拉下面纱。她拿了一些花。

……

"您要干吗。"杰森说。他的手插在口袋里,耳朵后夹着一支铅笔。

"我们去墓地。"母亲说。

……

"跑起来,'女王'。"T.P.说。那些形体又流动起来。另一边的也开始动了,又亮又快又平滑,就像凯蒂说我们要睡觉时那样。

(因为想到凯蒂,这个最爱自己的姐姐不在身边,于是班吉开始抽泣。)

你就是好哭鼻子,拉斯特说,就不害臊么。

我们过了牲口棚。马厩的门都开着。你没有小花马骑了，拉斯特说。地面很干，很多灰尘。屋顶在往下陷了。斜斜的洞口下，黄黄的光在转着。你要去那里干吗。要是球飞过来，还不把你脑袋砸掉。

（因为经过牲口棚，班吉又想起上次和凯蒂绕过牲口棚是为了替毛莱舅舅给帕特森太太送信的事。）

我们绕过了牲口棚。……我们走下山坡。

"就我不明白为什么毛莱舅舅不派威尔什来。"凯蒂说，"威尔什不会讲的。"……

帕特森先生在绿色的花丛里砍着。他停下来，看着我。帕特森太太从花园那边一路跑过来。我看到她的眼睛时，哭了起来。你这白痴，帕特森太太说，我叫他不要再单独派你来嘛。给我。快点。帕特森先生拿着锄头，快步过来了。帕特森太太身子探过围栏，手伸过来。她试图爬上围栏。把它给我，她说，把它给我。帕特森先生爬上围栏。他接过信。帕特森太太的衣服挂在围栏上了。我又看到了她的眼睛，于是向坡下跑去。

（因为想起上一次自己是朝坡下跑去的，于是班吉又打算往下跑，被拉斯特阻止。）

"那儿除了房子啥也没有。"拉斯特说，"我们去下面水沟那边吧。"

生活就像傻子讲的故事 297

班吉近乎白痴，无法与别人交流，他的联想能力与他直观所见所闻所嗅有关。我们可以清晰地看到，福克纳是精心选择每一次意识转变的那个触点的。看似无序，实际符合意识跳动的思维逻辑。班吉这一天所见，将他的整个思绪连接在一起，成为连缀起几十年跨度的事件主线。

五、标点符号的使用

正如此前提到的福克纳为班吉选择句号，而对问号弃用一样，标点符号在意识流小说中起到很强的标识作用。有学者总结：乔伊斯习惯使用破折号表示人物的有声话语；伍尔芙喜欢使用括号表示叙述者的外部评价和解释，或人物的推理；福克纳习惯使用斜体表示人物的意识空间内时间的切换……像疑问句、感叹句、祈使句等等，都能标识出不同人物的意识流动。

六、一句口头禅或者一个情感的象征物

意识流小说尽管看似绵延不绝，一会儿发散一会儿收缩，但至少在完整一段或一节里，还是只围绕某一个人物的意识来集中描写的。就算一部作品中出现多个人物的意识流，像伍尔芙的《海浪》是从六个人物的不同视角探讨各自理解的人生，像福克纳《我弥留之际》全书59节，穿插记录了15个人物的意识流，但每一节仍是相对独立的一个人物的内心活动。

即使是那些没有标点符号、内容上看起来无法按传统阅读习惯断句、词语像是随意排列的意识流叙述，仍然有某种将它们聚合在一起的黏合剂。

> 嗯因为他从来也没那么做过让把带两个鸡蛋的早餐送到他床头去吃自打在市徽饭店就没这么过……
>
> ……在直布罗陀做姑娘的时候我可是那儿的一朵山花儿嗯当时我在头发上插了朵玫瑰像安达卢西亚姑娘们常做的那样要么我就还是戴朵红玫瑰吧好吧在摩尔墙脚下他曾咋样地亲我呀于是我想啫他也不比旁的啥人差呀于是我递个眼色教他再向我求一回于是他问我愿意吗嗯说声嗯我的山花于是我先伸出胳膊搂住他嗯并且把他往下拽让他紧贴着我这样他就能感触到我那对香气袭人的乳房啦嗯他那颗心啊如醉如狂于是我说嗯我愿意嗯

上面是被称为像"天书"般难读的《尤利西斯》

最后一章（第十八章）莫莉的独白部分的第一段和最后一段，曾有数据统计，原文共 1608 行，分七大段，只在第三段和第七段末尾加了个句号。除此之外既无标点符号，句子和句子之间也没有空白。但其实，这些意识都围绕着一个相同的核心，那就是无论想到了哪一个男性，在莫莉的意识中，都是"我愿意"做一朵直布罗陀的山花儿，都是"嗯"。这章是以"Yes"开始，以"Yes"结束，这个词语是女主人公的口头禅，在这一章出现了不下 90 次。乔伊斯自己说：这词简直没有声音，而又表示接受、委身、放松、终止一切抵抗。莫莉是在最不动脑子的 Yes 中感受到自我的消隐，作者精湛地表现出她在半睡半醒时状态的完全放松。

我们既可以像这样，将某些短语醒目地插入叙述，类似思维跳跃时的那个断点，通过对它的反复使用和并置，表达出有起伏有变化的情感；我们也可以找到一个情感的象征物来给出线索。

伍尔芙的作品《海浪》《到灯塔去》《达洛维夫人》《墙上的斑点》中，依次使用了海浪、灯塔、街角处的鲜花、斑点这些对主人公来说具有独特情感内涵的象征意象；普鲁斯特的《追忆逝水年华》中则出现了文学史上的经典回忆意象：名为"小玛德莱娜"的点心……

七、视角的转换

意识流小说往往会在第三人称以及第一人称之间进行切换。我们来看《尤利西斯》第四章中布鲁姆早晨出门买东西的一段。

> 在门前台阶上，他伸手到后面裤袋里摸大门钥匙。（第三人称，是作者通过布鲁姆视角来描述其动作的。）没有。在昨天刚换下来的裤子里。得拿。马铃薯倒是在。衣橱吱吱格格响。没有必要吵她。刚才她翻身的时候就是还没有睡醒。（布鲁姆的内心活动）他很轻很轻地把门拉上，又拉紧一点，让门下端刚够上门槛，虚掩着。（第三人称，是作者通过布鲁姆视角来描述其动作的。）看来是关着的。（布鲁姆的内心活动）反正我就回来，没有问题。（第一人称内心独白）

由于没有"他想"之类的词语，读者在阅读过程中往往会不知不觉地跟随作者引导走进人物内心，又不知不觉地跟着出来。

此外在西方，意识流小说和经典文本的关系也比较密切，比如乔伊斯就采用了一种非常独特的叙述手法，叫"荷马对应"，让《尤利西斯》与荷马史诗《奥德赛》在情节上平行。还有一类就是通过塑造当下"新人"与《圣经》等作品中的人物原型形成对比，以此来表现和突出当下时代人们的精神面貌和社会现实。像凯蒂这一人物形象，据说就是借用了《圣经》中夏娃这一原型。

和夏娃一样，凯蒂也被认为是一个现代的伊甸园即康普森家族逐步走向衰落、毁灭的主要原因。"凯蒂上树偷看"这个情节是非常重要的。仆人们劝告无效，即便想起父亲曾经的警告，以及杰森威胁要告发，她还是断然爬上了树。在她上树之前，"一条蛇从屋子下面爬了出来"。通过蛇这一象征物，将她的行为与夏娃偷食禁果的形象联系到了一起。

有意思的是，凯蒂在小说中的身影是缺席的，虽然她的失贞、被配婚导致小弟班吉失去温暖，大哥昆廷失去继续活下去的勇气，杰森丢了一份银行美差，自己的女儿小昆廷则因为寄人篱下卷款而逃，但也有评论指出，这恰恰是一种叙述技巧的成功运用，是"南方妇女几百年来没有发言权，默默无闻，忍受屈辱的一生的隐喻"。

汉语语境下，《圣经》这些参考价值不大，但我们不妨试试，创作一个类似鲁迅《故事新编》那样的连结起古今的文本。最后让我们以艾略特的诗歌作为

结束语,这其实正是意识流小说对时间的精辟理解:

> 时间现在和时间过去
> 也许都存在于时间将来,
> 而时间将来包容于时间过去。
> 如果时间都永远是现在,
> 所有的时间都不能得到拯救。

影史上最成功的愚人，142分钟的反智奇迹
——电影《阿甘正传》

电影《阿甘正传》改编自美国作家温斯顿·葛鲁姆（Winston Groom）的同名小说。温斯顿·葛鲁姆出生于1945年，曾经做过越战随军记者，后来专业从事写作，1978年以来先后发表八部作品，包括越战小说《缅怀好时光》《逝夏》等。他与人合著的传记作品《与敌人对谈》曾荣获1984年的普利策奖提名。《阿甘正传》出版于1986年，1994年被改编为同名电影，不过电影和小说有着很大的不同。简单来说，就是电影用成人童话的方式消解了小说中的黑色讽刺，变成了一锅宣传保守主义价值观的鸡汤。

首先我们来聊聊电影。整部电影都是阿甘的意识流，坐在长椅上的阿甘从看到一双鞋开始了自己意识的流动，开始讲述自己的生活，人生的四个阶段都是由此物及彼物，从而展开联想。虽然长椅另一边的听众在不断变换，但他的讲述始终没有中断，过去和现

在以四个独立小圆结构不断交叉，最后回到现实中，形成一个闭环叙事。

电影中的羽毛是一个比较重要的意象。羽毛象征什么呢？应该象征的是智商只有75的阿甘，因为阿甘是常人眼中的先天智障。（其实不然，小说里的阿甘在数学、物理和音乐方面可以说是天才。他甚至还是国际象棋天才、摔跤能手。在电影里，这些天分都被转化成了运动能力。）设定智障后，理所当然，阿甘不争取不反抗，因此他的人生不是自己掌控的，就像羽毛是随波逐流的。

和羽毛有关系的另一个意象是飞鸟，它对应了阿甘喜欢的女孩珍妮。大家是否记得她还是孩子时在玉米田里向上帝祈祷时说的话？"亲爱的上帝，把我变成一只会飞的鸟吧，飞得越远越好。(Dear God, turn me a bird, so I can fly, far, far, far away.)"电影临近尾声，她死后埋葬的坟墓周边是什么景象？鸟群远飞。

羽毛和飞鸟最大的差别是，鸟能自己飞，飞到任何想要飞到的地方；而羽毛只能是"随风飘荡(blowing in the wind)"。为了正面肯定这种价值观，即"就算你傻、保守、没文化、不懂得抗争与思辨，只要你爱家爱国，真诚善良，你就能好人有好报，获得最后的成功"，电影对小说做了完全相反的改编，这样一来，珍妮的女性形象就有了很大改变：

电影里的珍妮参与了很多当时的运动，包括反战等等，一个知道要去反抗不公的女性，却会被性侵，被男友家暴，被编剧设定成了一个弱势的被动型人格。但如果读过原著就会发现，小说里的珍妮是比较强势的。电影里，他们两个都有某种缺憾，一个是来自原生家庭的缺憾，一个是来自身体上的缺憾，因此他们两人两小无猜、惺惺相惜。而在小说里，是阿甘抽大麻，还因为抽了大麻而滥交，最后因为舍不得名声而忽略爱情，爱着他的珍妮则带着他的孩子，嫁给一个非常普通的男人。她没有滥交，没有染上电影里给安排的艾滋病，有自己选择的人生。只是她选择过平凡的生活。

电影要说的，其实是何必像珍妮那样追求所谓自由呢？你看阿甘这样一个弱者，只要顺应上天的安排，就可以比任何人，比折腾不止的那些珍妮们，飞得都更高更远。反观珍妮们，不是一辈子都在追求自由吗？最后还不是空手而归，还是得在最初希望逃离的囚禁自己的"家"里离开这个世界？电影消解了整个美国二十世纪六七十年代青年反抗风潮的意义。所以，电影更像一部爽文小说，就像阿甘的第一桶金是靠欺骗得来的（他在打乒乓球时对着球板说了一句广告词），电影对真实人生的欺骗性也很大。

小说《阿甘正传》的第一句话是："当白痴的滋

味可不像巧克力。"到了电影里则变成经典金句："人生就像一盒各式各样的巧克力，你永远不知道下一块将会是哪种。"把人生比成巧克力，说明什么？生活总体上不差，都是巧克力，没有粗糙的干粮，也没有砂石，无非是个巧克力盲盒，不知道下一块是偏苦还是偏甜而已。如果他说生活像轮盘赌，永远不知道下一颗是不是射向自己的子弹，那么意味是完全不同的。如果这是一部非洲某贫穷小国的电影，说生活像一盒巧克力，这可能吗？所以这句话本身也体现了美国无意识体现出的自信。影片总体也在不断强调这一点，即阿甘本来就生活在天堂（巧克力）里，我们再来看一处细节：

有没有注意到影片中阿甘家的大房子？这和小说是完全不同的。编剧将之改为阿甘母亲祖上传下来的家产，这说明祖上很有钱，因此尽管孤儿寡母，但可以把房间都租出去，一直有稳定的租金收入。房子外面都是苍苍大树，根深叶茂，居住环境相当舒适，就连墓地也是自己家里的祖地。阿甘小时候，只要跑到这块地上，欺负他的同学们就不会再追他，因为这里是他们家的私产。影片中的这处房子本质也是美国的价值形象体现，一是多元文化，是宽松的、包容的；二是，在那个代表传统道德和男性权威的空间里，他生活得很自如。这所房子的意义在珍妮这里同样适用。

珍妮在得病，即将不久于人世的时候回到这里。她要在这里结婚，要有明确的生和死的交接仪式感。所以这处空间，象征着父权社会和主流文化所代表的稳定的价值体系。也因此，阿甘无论如何奔跑，都不会奔出美国之外，他始终在山姆大叔的庇荫范围内。

就像以幽默方式化解战争对人的影响一样，影片的成功之处在于把美国社会种种敏感问题作了柔化处理。比如小说中，阿甘的母亲是一个很软弱的人，跟着一个新教徒跑了，之后又被甩，房子也因意外烧毁。在电影里，编剧把这位母亲塑造成了一个很精致要体面的人，一直在为儿子挡风遮雨。但我们知道，这位母亲是有些种族歧视倾向的，比如她用美国南北战争时期的南方将领内森·贝德福德·福里斯特（Nathan Bedford Forrest）命名自己的儿子，恰恰是这位她眼中的所谓英雄在美国内战失败后成立的三K党。这种分裂被阿甘的弱智弥合，比如阿甘讲述人生故事的第一位听众就是一位黑人女性，他在军队交到的好友是黑人布巴等等。布巴家中女性都是白人的仆人，但在获得阿甘丰厚馈赠后，镜头一转，变成白人用人为布巴母亲服务了。

电影里还是稍稍保留了一些反讽的软刺。小说中，阿甘为了拿到养虾的资金经历了非常艰难的周折，电影可能为了缩短时间，第一桶金是做了欺骗性的广告所得，这是第一处反讽。另一处反讽则在电影开头部分，他对他的第一个听众礼貌搭讪："你的鞋子一定很舒服！"对方简单撑回："我脚疼。"这里化用了那句著名的谚语：鞋子合不合脚，只有穿鞋的人才知道。阿甘滔滔不绝倾诉自己的人生，其实跟其他人的人生没有可比性。而阿甘其实从来没有真正理解过，甚至不曾试图理解过别人的人生。从头到尾都是他自己单方面输出。就像他喜欢珍妮，珍妮跟男友在车里约会，他把对方拖出来。珍妮说，"你不要每次都这么做。"后来珍妮去演出，阿甘也想用自己的方式保护她，她对阿甘说，"你不要总是想着拯救我。"

电影里的父亲形象是缺失的。我们不知道阿甘的父亲是怎样一个人，小说里他是被香蕉压死的；珍妮的父亲作为性侵者，远远"出场"过，他穿着白T恤和褪色的军裤，手里拎着烈酒瓶，穿过庄稼地，嘴里大喊着珍妮的名字。一直到故事结尾处，镜头特写了珍妮的墓碑，从上面可以清晰地看到她生于1945年，这个时间以及对这个时间的特写给了我们强烈的暗示：二战。可以推测和联想的是，珍妮的父亲很可能就是二战的经历者、受害者，有着战争创伤。作者本人参加过越战，所以有反战的宣传意识。而战争主要带走的是男人，就像阿甘在旁白中解释，自己是如何崇拜丹中尉，羡慕他们家族的光荣历史。因为丹的父亲在二战时阵亡,他的祖辈都参加过美国不同时期的战争,都牺牲在了战场上。

那么,整部电影里,真正的父亲形象是谁?是阿甘。小说中那个一遇到事,口头禅就是"我要尿尿"的阿甘,换成温和的、包容的、忠诚的形象出现,只要珍妮回归,他总会义无反顾地伸开双臂迎接。但恰恰,他才是真正跟女性主义或者跟女性独立自主价值观相对立的一个父亲形象:像珍妮这样的女性,你们只有回到传统的男性父权制家庭里,才可能获得安全、得到保护,否则只能遍体鳞伤。

有学生就提出,和小说相比,电影里处理失去腿的愤怒的丹中尉与战争的和解方式是非常浅显的,即跟一个越南女子生活在一起。(女性再次成为工具人。)

> 如今我照镜子,发现自己脸上长出了皱纹,发鬓泛灰,体力也不如从前了。我知道生意一直在进展,但是我自个儿,我觉得自己在原地打转。我纳闷自己做这些究竟是为了什么。许久以前,我和布巴有个事业计划,如今这事业已远超过我们的梦想,但是这又如何?它的乐趣远不及我在"橘子杯上"跟那些内布拉斯加种玉米的家伙打球,或者是在波士顿跟"裂蛋"演出时吹口琴飙上一段……

小说中的上面这段是一种对生活意义的反思，阿甘认为他的生活并不仅仅是做生意，或者取得世俗意义上的成功。小说结尾，阿甘其实是跳脱出了整个体系，去寻找他自己真正想要的东西。但是电影的改编恰恰让阿甘获得了大家公认的成功后止步于此。

这一组我们学习的是"傻子叙事"。文学中的傻子，一种是智力明显低于故事中其他人物的，比如班吉；一种则是由于遵循自我价值观念而被人称为傻子的，比如阿甘。如果想借助傻子之口来讲述整个故事，作为一个不可靠的叙述者，一般主要使用第一人称，否则读者无法看出傻子的世界和傻子的视角与普通人之间的陌生化区分。另外如果是傻子的叙述视角，时间可以混乱，可以跳跃切换。

当我们要塑造一个傻子形象时，可以多描述其感性一面，注意使用非常基础和简单的语言，比如福克纳在刻画班吉时，只有当他转述别人语言的时候，才会使用一些稍微复杂的句子。就像《尘埃落定》里那句话："一个傻子，往往不爱不恨，因而只看到基本事实。"

由于傻子不具任何社会威胁性，故事中的其他人物在面对他们时，往往会袒露内心真实情感和人性中丑恶一面，这里要注意，作为叙述者，任务只在于转述而非思考，对事情只需知其然，不需知其所以然。尽量真实、准确地表现出其他人物的本性，切忌夸张、变形。改一改那句"人类一思考，上帝就发笑"，傻子一思考，读者就发笑。

傻子处于社会边缘，一般而言，他们总是被侮辱被损害的对象，所以他们做主人公的小说，主题往往是"受难"。不过和西方文学里傻子先天就是傻子的普遍设定不同，中国文学往往会处理他们的"前史"，即傻子的出生本来就缺乏某种正义性。比如苏童的《罂粟之家》里，"演义是他爹他娘野地媾合的收获，那时候刘家老太爷尚未暴毙，翠花花是他的姨太太，那时候刘老侠的前妻猫眼女人还没有溺死在洗澡的大铁锅里，演义却出世了。家谱记载演义是个白痴"，因为这是儿子与后母乱伦所生；《尘埃落定》里的土司二少爷是土司酒后与太太所生；《爸爸爸》里丙崽是因为母亲弄死一只蜘蛛冒犯了神灵……也因此，中国文学的这种"因果原罪"理念导致傻子们基本都是孤独无助，生命意识向内的，少有西方文学里的外向幽默。也因为向内扭曲着生长，中国傻子们往往感官上超常敏感，变态的生命力格外旺盛。（比如苏童笔下的。）

如果不往变态路上走，也可以试试精灵型叙事模式，像莫言的《透明的红萝卜》，傻瓜黑孩就是精灵型的傻子，他和动物的沟通能力，和大自然的感应能力都超出常人：

> 黑孩的眼睛本来是专注地看着石头的，但是他听到了河上传来了一种奇异的声音，很像鱼群在喋喋，声音细微，忽远忽近，他用力地捕捉着，眼睛与耳朵并用，他看到了河上有发亮的气体起伏上升，声音就藏在气体里。只要他看着那神奇的气体，美妙的声音就逃跑不了。他的脸色渐渐红润起来，嘴角上漾起动人的微笑。
>
> ……

不仅如此，黑孩能听懂野鸭说话，能看见一蓝一黄升腾在空中的火苗，能看见美丽无比的红萝卜，他还第一个发现了百灵鸟叫的秘密。

和中国傻子无人拯救，往往悲剧收场相比，西方傻子在辛格、福克纳等人笔下总有人爱，至少上帝永远在那里。宗教往往成了傻子们的救赎之路。就像《傻瓜吉姆佩尔》，受尽欺负，最终隐忍、宽恕、原谅。未来等待中国傻子的，会是怎样的生命礼物？会让他们找到福克纳所言"心灵深处的亘古至今的真情实感"吗？

图书在版编目（CIP）数据

无声的细节：小说的"读到"之处 / 走走著. --上海：上海文艺出版社，2024
ISBN 978-7-5321-8905-2
Ⅰ.①无… Ⅱ.①走… Ⅲ.①小说创作－文学创作研究－中国－当代
Ⅳ.①I207.42
中国国家版本馆CIP数据核字(2024)第011910号

发 行 人：毕　胜
责任编辑：张诗扬　景柯庆
装帧设计：山川制本workshop
内文制作：艺　美

书　　名：无声的细节：小说的"读到"之处
作　　者：走　走
出　　版：上海世纪出版集团　上海文艺出版社
地　　址：上海市闵行区号景路159弄A座2楼　201101
发　　行：上海文艺出版社发行中心
　　　　　上海市闵行区号景路159弄A座2楼206室　201101　www.ewen.co
印　　刷：苏州市越洋印刷有限公司
开　　本：1194×889　1/32
印　　张：10.125
插　　页：2
字　　数：181,000
印　　次：2024年5月第1版　2024年5月第1次印刷
I S B N：978-7-5321-8905-2/I.7016
定　　价：58.00元
告 读 者：如发现本书有质量问题请与印刷厂质量科联系　T:0512-68180628